ハヤカワ文庫 NV
〈NV1455〉

暗殺者の追跡
〔上〕

マーク・グリーニー
伏見威蕃訳

早川書房
8392

MISSION CRITICAL

by

Mark Greaney

Translated by
Iwan Fushimi
First published 2019 in Japan by
HAYAKAWA PUBLISHING, INC.
This book is published in Japan by
arrangement with
MarkGreaneyBooks LLC
c/o TRIDENT MEDIA GROUP, LLC
through THE ENGLISH AGENCY (JAPAN) LTD.

ローレン・ギリランドに捧げる
一九八四年十一月二十七日生、二〇一八年一月十九日没
安らかに眠りますように

謝辞

以下のひとびとに謝意を表したい。ジョシュア・フッド（JoshuaHoodBooks.com）、J・T・パットン（JTPattenBooks.com）、スコット・スワンソン、クリス・クラーク、エミリー・フィールド・グリフィン、テイラー・ギリランド、マイク・コーワン、ニック・シューボタリュー、ティファニー・グランツ＝ドーンブレイザー、デレク・ルジューン、イーゴリ・ヴェクスラー、ラリー・ライス、メンフィスのグリーニー一族、タルサのグリーニー一族、ヒューストンのグリーニー一族、ジョン・ハーヴィー、ブリジット・ケリー、ミステリー・マイク・バーソー、ミシェル・プルザク、ジョン・グリフィン、ブランディ・ブラウン。

わたしのエージェント、トライデント・メディア・グループのスコット・ミラーとCAAのジョン・カシア、わたしの編集者トム・コルガン、ペンギン・ランダムハウスのすばらしいスタッフ：グレイス・ハウス、ジン・ユー、ローレン・ジャガーズ、ブリジット・オトゥール、ジーン＝マリー・ハドソン、クリスティン・ボール、アイヴァン・ヘルドにも感謝している。

武勇は向こう見ずと臆病の中間にある。

——ミゲル・デ・セルバンテス

暗殺者の追跡

〔上〕

登場人物

コートランド・ジェントリー…………グレイマンと呼ばれる暗殺者
マシュー（マット）・ハンリー…………ＣＩＡ作戦本部本部長
スーザン・ブルーア……………………同計画立案部幹部。ジェントリーの調教師《ハンドラー》
ジェイ・シーキンズ……………………同作戦本部副本部長
マリア・パルンボ………………………同作戦本部上級幹部
アルフ・カールソン……………………同作戦本部幹部
ルーカス・レンフロ……………………同支援本部本部長
マーティ・ウィーラー…………………同支援本部副本部長
ダグ・スパノ……………………………同局員
ザック・ハイタワー……………………同特殊活動部のジェントリーの元上官
ゾーヤ・ザハロワ………………………元ＳＶＲ（ロシア対外情報庁）将校
フョードル・ザハロフ…………………ゾーヤの父親。元ＧＲＵ（参謀本部情報総局）長官
デイヴィッド・マーズ…………………ロンドンのビジネスマン
ロジャー・フォックス
（アルチョーム・プリマコフ）…………ロシアマフィアの頭目
ジョン・ハインズ………………………フォックスの専属ボディガード
バーナクル………………………………ＣＩＡ内部に潜む情報提供者
ディルク・ヴィッセル…………………ルクセンブルクの銀行家
アントニー・ケント……………………ノッティンガムの犯罪組織の構成員
チャーリー・ジョーンズ………………同頭目
元《ウォン・》薔《ジャン》美《ミ》（ジャニス・ウォン）…………北朝鮮の細菌・ウイルス学者。情報資産
アレクセイ・フィロトフ………………ＧＲＵ将校
ウィリアム・フィールズ………………ゾーヤの警護官
アルカージー・クラフチェンコ…………航空機チャーター会社の経営者兼パイロット
テリー・キャシディ……………………弁護士
ウラジーミル・ベリャコフ……………ロシアのオリガルヒ

プロローグ

機体内蔵式タラップ《ジェットステア》のてっぺんに立っていたフライトアテンダントが、片手をそっとうしろにまわして、ジャケットの下に差し込んであった拳銃のグリップに指をかけた。親指で安全装置《セイフティ》を押しさげ、駐機場を照らすライトの向こうの闇から悠然《ゆうぜん》と近づいてくる人影を見て、拳銃を抜くべきだろうかと迷った。

見えている未知の対象《サブジェクト》がひとりだけだったので、拳銃を使うことにしたが、このガルフストリームⅣエグゼクティヴ・ジェットの機内には、ほかにも防御用武器がある。脅威が複数だったら、そばのコートクロゼットに吊り紐《ひも》で掛けてある装弾済みのコルトM4アサルトカービンを取っていただろうし、もっと危険な事態だったら、単発のM320四〇ミリ擲弾発射器《グレネード・ランチャー》も、手の届くところにある。

近づいてくる男は、黒い野球帽をかぶり、ダークブラウンのジャケットの下にグレイのTシャツを着ていた。はきはきとした足どりだが、動きに明らかな威嚇《いかく》は感じられない。それでも、副操縦士が不安げな顔で、コクピットから身を乗り出した。

「あの男がそうなのか、シャロン？」

フライトアテンダントは、男から目を離さずに答えた。「だとしたら、指示どおりにするのが嫌いみたいね。わたしたちが乗せる人間は、ターミナルから近づくように指示されているのに、あの男はフェンスの近くの闇から出てきた」

「機を移動させようか？」エンジンは回転している。ガルフストリームは、このチューリヒに着陸したあと、乗客ひとりを乗せるために、微速《アイドル》（地上または飛行中のエンジン最小出力）のまま待つように命じられていた。

シャロンは、男から目を離さずに答えた。「いいえ。あの男が面倒を起こしたら、わたしが対処する。座席ベルトを締めて、離陸準備をしていて」

「いってくれれば、すぐに出発する」副操縦士は、コクピットに戻った。

闇から現われた男が、なおも近づいてきた。バックパックが右肩で揺れているのが見えたが、両手は脇に垂らしていた。武器を持っていないことを示すために、掌《てのひら》を見せていた。

ジェットステアの二〇メートルほど手前で立ちどまった男が、シャロンのほうを見あげた。ターービンがうなりをあげているので、その距離では話ができない。男のようすを見定めてから、シャロンは左手でジェットステアを昇るよう促した。右手は九ミリ口径のSIG・P320セミオートマティック・ピストルのグリップを、いっそう強く握っていた。リテンションホルスター（素材のテンションのみで銃を保持するタイプのホルスター）からはずされるカチリという音がするまで、ほんの二、三センチ、拳銃を引き出したが、完全に抜きはしなかった。

男が、ジェットステアを昇った。話ができる距離になると、男がいった。「これがおれの乗り物だな？」

「確認したらどう？　正式な手順として」

男がいった。「X《エクスレイ》、X《エクスレイ》、88《エイティ・エイト》、W《ウイスキー》、U《ユニフォーム》」

シャロンは、親指でセイフティをかけてから、グリップを押しさげて、SIGをホルスターに戻した。うしろから手を出した。「確認した。J《ジュリエット》、U《ユニフォーム》、13《サーティーン》、P《パパ》、E《エコー》」

野球帽の男がうなずいた。

「用心したのよ。来た方角がちがっていたから」

男が肩をすくめた。「おれはちょっと反抗的でね」

小賢《こざか》しい男だと、シャロンはすぐに見てとったが、そういいながら男がやれやれというように愛敬のある笑みを浮かべたので、聞き流すことにした。男がキャビンにはいれるように、シャロンはコクピットのドアまでさがった。

「いらっしゃいませ」シャロンはいった。「あなたは特別なひとにちがいないわ。高優先度移動でルクセンブルクに向かっていたのに、あなたを乗せるためにここに寄るよう命じられたのよ」

男が肩をすくめた。「特別じゃない。CIA本部《ラングレー》のだれかが、話を聞きたいということで、召還されたんだ」

それを聞いたシャロンが、両眉をあげた。「そう、うまくいくといいわね。死刑囚になにか飲み物を差しあげましょうか？」

「いや、結構。手間はとらせない」そういうと、男は豪華なガルフストリームの尾部のほうへ行き、バックパックを座席にほうり投げて、その横で左窓ぎわの席にどさりと座った。

そのガルフストリームには、キャビンに革の座席とふかふかのソファがあり、乗客十四人が乗れる。奥のローズウッドの隔壁に埋め込まれたモニターには、チューリヒの現在位置が表示されていた。キャビンのカップホルダーすべてに、ボトルドウォーターが用意してあった。

シャロンが、昇降口を閉じて、コクピットを覗《のぞ》き込み、機長に声をかけると、すぐにガルフストリームが地上走行《タキシング》を開始した。シャロンは、たったひとりの乗客のそばに戻り、向かいの座席に座った。「あなたをワシントンDCにお送りすることになっているけど、あいにく途中で二カ所に寄らないといけないの。ルクセンブルクに着陸して、乗客を乗せ、イギリスの飛行場に送り届ける。そこで給油して離陸し、大西洋を越える。DC到着の予定時刻は、現地時間で午前十一時ごろよ」

「それでいいよ」

「あなたって、ほんとうに手のかからないかたね」シャロンが立ちあがって向きを変え、コクピットへ行った。

男は窓の外の闇を眺めた。

やがてガルフストリームが夜空に上昇していき、CIAの暗号名ヴァイオレイターことコートランド・ジェントリーは、すぐに眠りに落ちていった。

ルクセンブルク市でガルフストリームが着陸したときにようやく、ジェントリーは目を醒《さ》ました。CIA《エージェンシー》が小さな目立たない飛行場を使いたがるのを、ジェントリーは知っていたが、ルクセンブルクは小さな国なので、舗装されている滑走路があるのは、フィンデルの郊外にあるこの大きな国際空港だけだった。

チューリヒのときとおなじように、ガルフストリームは地上走行して、空港の活動の中心から離れた駐機場で停止した。

ジェントリーは、あくびをして、左側の窓からぼんやりと外を見た。

駐機場をヘッドライトが近づいてくるのが見えて、まもなく商用バンがジェットステアの下でとまった。ドアがあき、男たちの一団がおりてきた。ジェントリーがキャビンの機首寄りになにげなく目を向けると、あいた昇降口にフライトアテンダントが立っているのが見えた。うしろにM4アサルトカービンを隠し持っていて、銃口は下に向けてあるが、危険の気配があれば即座に構えられるようにしている。

その武器の取り扱いを心得ているようだった。それを観察していたジェントリーは、べつに意外には思わなかった。CIAは輸送要員を何事にも対応できるように訓練している。

ジェントリーも、九ミリ口径のグロック19、三八口径のリヴォルヴァー、二二口径のサブレッサー内蔵拳銃を携帯していた。一挺は腰、一挺は足首、あとの一挺はバックパックのなかで、危険を察知したときにはすぐに使えるようにしてある。だが、フライトアテンダントが万事を管理しているようだった。キャビンの外でジェットステアに立っているだれかと話をしてから、M4をコートクロゼットに戻し、その男を招きいれた。

ジェントリーは目を閉じ、帽子を目深にかぶって、ふたたび眠ろうとした。


四十六歳のCIA局員、ダグ・スパノは、ガルフストリームに乗り込んだ。スパノが安全を確認するまで、部下たちは駐機場で待っていた。

スパノは昇降口のところで美人のフライトアテンダントと話をしてから、向きを変えて、照明を落としてあるキャビンのほうを眺めた。野球帽を目深にかぶっている男が、奥に座っているのが、すぐさま見えた。スパノはジャケットの裾《すそ》を払って拳銃のグリップを握り、男から目を離さずに、フライトアテンダントに向かっていった。「あれはだれだ?」

「エージェンシーの要員です。許可を得ています」

「わたしは許可していない。これは高優先度移動だ」

「あのひともそうなんです。あなたがたをターンヒルに送り届けてから、あのひとをワシントンDCに送るよう、命じられました」

スパノは、怒りで顔をゆがめた。だれかがとんだ手違いをし、それが作戦の邪魔になる。

スパノはすたすたとキャビンを進んでいって、薄暗がりで乗客のほうに身を乗り出した。はじめは眠っているのかと思ったが、男が帽子の鍔《つば》をあげて目をあけ、「こんばんは」といった。

「悪く思わないでほしいが、この飛行機にあんたを乗せるわけにはいかない。輸送部にほかの便を用意してもらえ。わたしには高優先度任務がある。あんたはそれを侵害している」

男は、うんざりしているようだった。また目を閉じた。「CIA本部《ラングレー》に電話しろ。内線五八一二だ。彼女がおりろといったらおりる」

「聞いていないのか？」返事がなかったので、スパノはいった。「あんた、だれの部下だ？」

「暗号化」

男のいうとおり暗号化作戦をやっているようなら、男がここに乗っている理由を聞き出す権限は、スパノにはない。

だが、スパノは譲らなかった。「こっちの作戦も暗号化だ、タフガイ」戦術を変え、脅しつけようとした。「二度とはいわない。降機しろ。いますぐに」

「五八一二」男が、うんざりした声でくりかえした。脅しには動じていない。顔を窓に向けた。

ダグ・スパノはジャケットから携帯電話を出し、憤然とキャビンを歩いていった。

五分後に、携帯電話を耳に当てたCIA局員が戻ってきたとき、顔色や態度から、かなり怒っているのをジェントリーは見てとった。CIA局員が、ジェントリーのほうに突進してきて、携帯電話を渡した。

ジェントリーは、携帯電話を受け取っていった。「もしもし」

「またお友だちができたようね」調教師《ハンドラー》のスーザン・ブルーアがいった。不機嫌な声だったが、ジェントリーの記憶にあるかぎり、機嫌がよかったことはなかった。

「これでも勤勉な働き蜂のつもりだ。あんたがこの飛行機に乗れといったんだ」

「そうよ、ワシントンDCに急いで来てほしい。その便に乗っていていいけど、武器は手放してちょうだい」

ジェントリーは、間を置いてからいった。「おれは〝武器を手放す〟ような人間じゃない」

「手放して」

「なぜ？」

さらにいらだった声で、スーザンがいった。「わたしがそう命じているからよ、ヴァイオレイター」

ジェントリーは、溜息をついた。「わかったよ」携帯電話をCIA局員に渡した。CIA局員が通話を切った。

作戦を邪魔されたのが明らかに不愉快らしく、CIA局員はジェントリーを見おろすように立っていた。「あんた、自分が無敵だとでも思っているのか？　暗号化作戦に武器を持って付き添うつもりかね。そんな馬鹿なことは、見たことも聞いたこともない」

「厄介《やっかい》はかけない、ボス」

一本指が突きあげられた。ジェントリーの目の前ではなかったが、むっとするような近さだった。「あたりまえだ。ここから動くな。わたしたちは前のほうに乗る。便所に行きたいときは、呼び出しライトのボタンを押せば、付き添いをよこす。よし……銃を渡せ。ターンヒルで返す」

ジェントリーは、相手が危険を感じないように、グロックを指先で逆向きに抜いて渡した。CIA局員が受け取って、弾倉を抜き、薬室の一発を排出して床に落とした。弾倉をはめ直して、ジーンズのウェストバンドに差し込んだ。

それから、座ったままの男のほうを見た。

ジェントリーはじっと見あげた。無表情で、動かなかった。

「予備」

ジェントリーは、右脚をゆっくりと持ちあげて、〈ベルクロ〉でふくらはぎにとめてあったアンクルホルスターを引きはがした。三八口径のリヴォルヴァーごと、ホルスターを渡した。

そして、上から見おろしている男を見た。

予想どおり、CIA局員がいった。「バックパックのなかも見せてくれ」

ジェントリーは溜息をつき、じっとしていた。

「部下を四人連れてきて、無理やり取りあげるようなことをさせないでくれ」

くそったれ、とジェントリーは思ったが、口にはしなかった。バックパックに手を入れて、サプレッサーを内蔵している二二口径のルガー・セミオートマティック・ピストルを出した。やはり指先でグリップをつまみ、立ちはだかっている男に渡した。

CIA局員が、困惑した顔でその銃を受け取り、顔の前に持ちあげて、入念に眺めた。

ジェントリーには、その馬鹿野郎の考えていることが、手に取るようにわかっていた。ルガー・アンフィビアンは、CIAの工作担当官やセキュリティ要員が現場で使用するような銃ではない。軍補助工作員ですら、ふつうは使わない。そうではなく……その銃の使用目的はひとつしかない。

暗殺の道具だ。

CIA局員は目を丸くして、野球帽をかぶってうす暗がりに座っている男を見返した。落ち着かないようすで咳払いをしてからいった。「そ……それでぜんぶか？」

ジェントリーは答えた。「爪やすりは取りあげないんだな」

立ったままのCIA局員は、サプレッサー内蔵のルガーをしげしげと見ながら、しだいに落ち着きを取り戻した。「こいつは、どうも嫌な感じだ」

ジェントリーはあくびをした。「あんたの抱えている問題がなにかは知らないが、おれのことじゃないはずだ」

CIA局員が背を向けて、キャビンの前のほうに歩いていった。CIA局員がドアの近くのクロゼットに二二口径をしまってから、機外に出るのを、ジェントリーは見守っていた。

一分後、その他の男たちが乗ってきたときも、ジェントリーは観察をつづけていた。胸から短銃身のHKライフルを吊った、体格のいい顎鬚《あごひげ》の男がふたり。つぎがやはり大柄なCIA局員。頭に黒いフードをかぶせられ、手首と足首に枷《かせ》をかけられた小柄な人物の体を、そのCIA局員がつかんでいた。つづいて、さきほどジェントリーから武器を取りあげたCIA局員と、もうひとりの顎鬚のCIA局員がはいってきた。

囚人は機首寄りの座席に連れていかれて、顎鬚の屈強な男ふたりに挟まれて座った。

キャビンの奥にいたジェントリーは、それらすべてを見て事情を察した。あの囚人はイギリスに引き渡されるのだ。十中八九、MI6という名称がよく知られているイギリスの海外情報部門――SIS（情報局秘密情報部）が受け取るのだろう。いわゆる犯人の他国への引き渡しだ。

キャビンの機首寄りに陣取ったアメリカ人の大部分が、〝くそでもくらえ〟という目つきでジェントリーを見た。ジェントリーは無表情で睨《にら》み返してから、やれやれというように目を剝《む》いて、すぐにまた目を閉じた。

ガルフストリームが、夜空に向けてフィンデルから飛び立った。

1

表は夜の雨が降りそうな気配だったが、車三台分のガレージを改造した設備の整ったジムでは、女が独りきりでトレーニングしていた。肩まである焦茶色の髪をポニーテイルにまとめ、ブルーのアメリカン大学のTシャツにグレイのヨガパンツという服装で、腕立て伏せと腹筋運動をやり、重いサンドバッグを叩き、蹴り、ダンベルを持ちあげてから、登攀《とうはん》用ロープに向かった。

ガレージの天井はわずか三メートルの高さなので、そう高くはないが、ロープとロープの間隔は九〇センチなので、登るのはかなり難しい。女は手袋をはめた左右の手で、それぞれ一本ずつロープをつかみ、登りはじめた。片手で一本をつかんで体を引きあげながら、もう一本のロープを握った反対の手を上にずらす。そして、その手でロープを万力のように握り締めて、体を引きあげる。

両腕、背中、肩がすべて役割を果たしていた。足は垂らして、登りながら揺らし、上半身の力を駆使した。天井に達すると、一本のロープを両手でつかみ、下っていった。

すぐに、また二本のロープを登りはじめた。

女がトレーニングしているあいだ、ウィンドブレーカーとカーゴパンツを着た筋肉隆々の禿頭《はげあたま》の男が、私設車道《ドライブウェイ》の持ち場から、ときどき女のようすを見守っていた。男は腰のユーティリティベルトに、ベレッタ・セミオートマティック・ピストル、手錠、〈メース〉、無線機を付けていた。その向こうの森で、ライフルを胸に吊るしたべつの男が、ぶらぶらと歩いていた。

ロープを四度登ったあと、おりてきた女は体をくの字に折って、膝《ひざ》に手をつき、息を整えようとした。

私設車道にいた禿頭の男が、女を叱りつけた。「偉そうにしてるくせに、もうへばったのか。おれたちはBUD（正確にはBUD／S。水中爆破／SEAL基礎練成訓練）で、その三倍高いロープを、五回登るんだ。腕立て伏せを千回やったあとで」

女は男に背を向けていたが、片手を膝から離して、肩ごしに中指を突き立てた。

男は、ヨガパンツをはいた女の尻を見た。「いつでもお相手するぜ、ねえちゃん」

女は男を無視して、床に両手をつき、足を蹴りあげて逆立ちをした。そのままの姿勢で、腕に力をこめ、ガレージの向こうまで行った。体を奥の壁で支えて、何度か倒立腕立てをやった。

その一分後に、女は重いサンドバッグをチェーンからはずして、重さ五〇キロのバッグをかついだ。そのまま三台分のガレージの壁から壁へと走った。

それを十往復やった。

しばらく休むために、女はサンドバッグを床に落とし、膝に手をついてしゃがんだ。そうやって荒い息を整えていると、にやにや笑っている警護官の携帯無線機に呼び出しがかかるのが聞こえた。筋肉隆々の男が応答してから、女に大声でいった。

「準備はいいか、あんた？　まず部屋へ行って、着替えてもらうぞ」

ゾーヤ・ザハロワは、タオルと水のボトルをつかみ、隠れ家のドアに向かった。


一分後、ふたりは照明の明るい地下の廊下を歩いていた。警護官がいった。「今夜二二〇〇時から夜明けまで、ここにいるのはおれとあんただけだ。つまり、おれはカメラと鍵をすべて自由にできる」警護官はゾーヤのほうを見たが、ゾーヤは歩きつづけた。目は前に向けたままで、顔は汗にまみれていた。「装備バッグに入れて持ってきた赤ワイン二本も飲める。証拠が残らないように監視カメラを切って、消灯後にあんたの部屋へ行き、楽しい夜を過ごそうじゃないか」

ゾーヤは歩きつづけた。なまりがまったくない完璧な英語で、それに答えた。「ウィリアム、あんたが口説《くど》くたびに丁重に〝ノー〟といったのが十回、そのあとできっぱり〝ノー〟といったのが十回よ。つぎにどうなるか、本気で知りたいの？」

「あんたがどう出ようと、おれにはさばける」自信満々に笑みを浮かべて、ウィリアムがいった。

ブルネットのゾーヤが、歩きながら小さな笑い声をあげた。「できの悪い映画に出てくる男みたい」

「そうか……ひょっとして脈があるのか？　四カ月も閉じ込められてたら、淋《さび》しいだろう」

ゾーヤがウィリアムに目を向けて、頭のてっぺんから爪先《つまさき》までじろじろと見た。「そこまで淋しくはない」

ウィリアムが、気を悪くしたふうもなくいい返した。「なあ、おれはあんたのことをかばってるんだぜ。だけど、みんながいうとおりだ。あんたはヘビみたいに性悪《しょうわる》だ」

ゾーヤは、真正面を向いたまま、自分の部屋を目指した。「ヘビはそういうものなのよ、ウィリアム。性悪じゃないの。独りでいるのが好きなのよ」

ゾーヤはシャワーを浴びて、ジーンズと黒いジョージ・ワシントン大学のスウェットシャツに着替えた。髪はポニーテイルのままで、ウィリアムといっしょに、八三六平方メートルあるCIAの隠れ家の三階を占めている図書室へ行った。ドアの外に警護官ふたりが立っていて、ドアをあけ、ゾーヤだけがはいった。

CIA計画立案部の幹部、スーザン・ブルーアが、すでに中央のテーブルに向かって席についていた。その前に熱い紅茶を入れた真空断熱カップがふたつ置いてある。片手は厚い茶色のフォルダーに載せていた。スーザンは四十一歳で、ブロンドの髪は肩よりもすこし長く、引き締まった体にぴたりと合っている濃紺のビジネススーツを着ていた。眼鏡《めがね》は飾り気のない実用的なもので、ボールペンの先を口もとに近づけてから、話しかけた。

「ハイ、ゾーヤ」

スーザンよりも若いゾーヤは、小さなテーブルの向かいに座った。「遅かったわね、スーザン。時計が見られないから、どれくらい遅いのかはわからないけど、もう外は暗い。いつもはもっと早く来るのに」

「デートの約束でもあるの？」

ゾーヤは、紅茶に手をのばした。「かもしれない」

スーザンが応じた。「外出にはわたしのサインがいるし、そんな書類はどこにもないみたいだけど」ゾーヤが答えなかったので、スーザンはいった。「道路が混んでいたのよ。いつもよりもっと。はじめましょう」

ゾーヤがうなずき、揺れている木立に降る雨を、窓から眺めた。

スーザンが、テーブルに置いた小型デジタルレコーダーのスイッチを入れた。「今夜は九十四回目の面談。二時間ほどかかる。終わったら部屋に戻っていいわ」

「監房でしょう？」

スーザンが、小さな溜息をついた。「地下が拘禁用に造られているのは事実だけど、鉄格子はないわ。夜にドアに鍵をかけるのは、あなたの安全のためよ。でも、昼間は家を自由に使える」

「警護の人間に、一挙一動を見張られながら」

「警護といってくれてほっとした。警護官に当たっていると聞いているけど」

「全員にじゃない。いい寄ろうとする男だけよ」

それを聞いて、スーザンが眉をひそめた。「プロフェッショナルらしくないわね。だれなの？　交替させるわ」

ゾーヤは、顔の前で両手をふった。「そうしなくていい。無害だから」

「その男たちがわたしの警護スタッフだとしたら、無害であっては困るのよ。それに、ゲストにつきまとうようなことは望ましくない」

ゾーヤは、馬鹿にするようにいった。「ゲスト」

「ねえ、その話を蒸し返すのは、やめましょう。ここは刑務所ではない。隠れ家《アセット》よ。警護の人間は、あなたの身の安全を護《まも》るためにいるの。あなたは開発されている資産だし、わたしたちは投資を保護しているの」

ゾーヤは、窓の外を見つめた。

スーザンは、なおもいった。「じつは、今夜、話すつもりはなかったんだけど、あなたがそういう気分だから、話すわ。いい報《しら》せがあるの。あなたに作戦用の暗号名があたえられたのよ」

「何回目で当てればいいのかしら？」

スーザンが、わけがわからないという顔をした。「いったいなんの――」

ゾーヤが、スーザンの頭の上から雨を見た。「讃歌《アンセム》。わたしのＣＩＡの暗号名はアンセム」

スーザンが目をパチクリさせ、肩を落とした。「どの間抜けがそれを漏らしたの？」

「いろいろ耳にはいるの。それだけよ」

スーザンが、怒りのあまり目を閉じた。「まったく馬鹿ばかりだわ」目をあけてきいた。

「ほかにどんなことを聞いたの？」

「手っ取り早くいえば、警護の男どもは、わたしとあなたをおなじくらい嫌っている」——

ゾーヤはすこし頬をゆるめた——「それから、わたしは敵の情報部の人間だったと」

スーザンは、隠れ家の警護班に好かれていないことなど、まったく気にならないようだった。「念のためにいうけれど、アンセム、だれもあなたを敵だとは思っていない。あなたは自主的に来て、何カ月もの事情聴取、心理分析、テスト、嘘発見器にも耐えた。数週間後には解放され、わたしたちの組織の派遣諜報員になる」

ゾーヤは、家の裏の森に降る雨を窓から眺めたまま、ゆっくりとうなずいた。「みごとに転向させられたわけね」

その言葉が、長いあいだ宙に浮かんでいた。やがてスーザンがいった。「あなたが知りたいだろうと思ったんだけど。やっとヴァイオレイターから連絡があった。元気よ」

ゾーヤは、スーザンを見つめ返した。「コートのことね」

「そうよ」

ゾーヤは、小首をかしげた。「ここに来てから、彼のことを一度でも尋ねたことがあった？」

「いいえ……でも、あなたたちのおたがいの思いには気づいていた。あなたは表向きは気丈だけれど、そういう気持ちは残っているはずよ。きょう、無事だという連絡があったことだけ教えたかった」

ゾーヤはうわの空でうなずき、テーブルのフォルダーに視線を落とした。「これにはなにがあるの？」

スーザンが、書類数枚を伏せたままで抜き出した。ゾーヤが無言でそれを見たとき、感情のこもらない態度が、つかのま崩れた。

「お父さまの死についてのファイルが見たいと、あなたはずっといっていたわね。わたしは気乗りしなかった……その問題には疑問や胡乱《うろん》なところがなにもなかったから、あなたから聞き出すような材料もないはずだった。それだけではなくて……このファイルの写真や詳しい資料はかなり……衝撃的なの。ことに犠牲者の子にとっては」

「わたしはありきたりの犠牲者のふつうの子供ではないでしょう？　ロシアの海外情報機関に十年いたんだし、父は――」

「お父さまは」スーザンはさえぎった。「フョードル・ザハロフ、ロシア軍の情報機関GRUの長官だった。そうね……たしかにあなたは、控え目にいっても、特別な例でしょうね」

スーザンは言葉を切って、紅茶をすこし飲んだ。ゾーヤはその隙に書類をちらりと見た。

スーザンが、真空断熱カップを置いてからいった。「わたしたちが事情聴取で明確にしたのは、こういうことよ。あなたはカリフォルニアの大学に行っていたときに、お父さまがダゲスタンでGRU将校数人とともに迫撃砲攻撃で死んだことを知った。UCLAを卒業すると、あなたはロシアに帰り、亡くなったお父さまとおなじように情報機関にはいった。ただし、GRUではなくSVRに」

ゾーヤがうなずくと、スーザンはつけくわえた。「お父さまが存命だったら、あなたのことを誇りに思ったでしょうね」

ゾーヤは笑みを返さなかった。「国を捨てたことをそうは思わないでしょう。父は母なるロシアを心から信じていた。わたしは自分自身を信じている。おなじではないわ」

スーザンは、ロシア人のゾーヤを数秒のあいだ見つめてから、ボールペンの先でファイルを叩いた。「しつこいようだけど、この……情報や写真は、あなたにとって衝撃的よ」

「だいじょうぶよ。見せてもらえる？」ゾーヤは感情を隠そうとしていたが、声に心の乱れがかすかに表われていた。

また間を置いてから、スーザン・ブルーアは書類を裏返して、テーブルの上でゾーヤのほうに向けた。

「注意しなかったといわないでね」

午前一時三十分、上流階級が住むロンドンのノッティングヒルで、濃い黒い顎鬚《あごひげ》と口髭《くちひげ》をたくわえた六十二歳の男が。のろのろと頭を持ちあげて、ナイトスタンドのほうを見た。まばたきをして眠気を追い払い、充電器にはめ込んである携帯電話五台を見やって、ブザーの着信音で深い眠りから自分を目醒《めざ》めさせた一台をさっと取った。

ふたたび仰向《あおむ》けになると、目をこすりながら、はっきりしたイギリス英語で電話に出た。

「どなたかね?」

電話をかけてきた相手が、アメリカ英語《バーナクル》でせかせかといった。「ミスター・ブラック?わたしだ。フジツボだ」

ベッドに寝ていた男は、溜息をついて、目をこすった。「知っているだろうが、わたしはヨーロッパにいる。こっちは真夜中なんだ。きのう話し合ったことなら、あとで――」

「ちがう。そのことじゃない。重大なことが起きた」

「落ち着けといっただろうが――」

「これは聞きたいはずだ」

ベッドの男が、あくびをした。「それじゃ、話せ」

「以前、われわれのシステムのファイルにフラッグを付けた。アクセスがあったり、アップデートされたり、他の情報機関か法執行機関に伝えられたりしたら、ただちに知らせるようにという命令だった」

男はさっと上半身を起こし、携帯電話を耳に押しつけた。「たしかにそう命令した。そういうことが起きたんだな?」

「ああ。今夜、現地時間の八時二十八分に、四〇ページ分がプリントアウトされた。約一時間前。監視するようあなたが命じた個人ファイルのうちのひとつだった」

「ウォッチリストの個人ファイルは、数十件ある。どれにアクセスされたんだ？」

「ザハロフという人物のファイルだ。フョードル・イワノヴィッチ・ザハロフ陸軍中将。GRU長官で、十年以上前にダゲスタンで殺された」

ノッティングヒルの男は、濃い顎鬚をしごき、ボールペンとメモ用紙をナイトスタンドから取って、新鮮な空気を吸うために、大股で寝室のバルコニーへ行った。「その名前は憶えている。きみと組むようになってから、そのファイルについて報告されたことは、一度もなかった」

「だれも何年も取り出していなかった……今夜までは」

「ファイルをプリントアウトしたのはだれだ？」

「ログインの記録は、スーザン・ブルーア。計画立案部にいるが、じっさいには作戦本部本部長のマット・ハンリーの部下だ。記録に残さない活動《オフブック・アクティヴィティー》に何度か関わり、毒リンゴ《ポイズン・アップル》と呼ばれる秘密プロジェクトに携わっている。わたしにはアクセスできないレベルのものだ」

「興味をそそられるな」バーナクルは、ミスター・ブラックとおなじように暗号名だった。ミスター・ブラックの本名はデイヴィッド・マーズ、バーナクルはマーズのCIA内部の情報提供者だった。その男は暗号化作戦についての情報を、もっとも高い値段をつける相手に売りはじめた。中国、イラン……そして、デイヴィッド・マーズに。

バーナクルがつけくわえた。「もっと興味をそそられることがある。このファイルは、C《ラ》

IA本部《ングレー》でプリントアウトされていない。SCIF外だった。SCIFとは枢要区画格納情報施設のことで——」

マーズがどなりかえした。すっかり目が醒《さ》め、話に引き込まれていた。「SCIFがなにを意味するかは知っている！ どこでプリントアウトされた？」

「ああ、たしかに。えー……ヴァージニア州グレートフォールズに、われわれの隠れ家がある。ラングレーからは、ジョージタウン・パイクで二十分。おもに長期の事情聴取や、重要拘置者の監禁に使っている。地下室があり、そこでプリントアウトされた。わたしが調べたところでは……その隠れ家はいま使用され、中規模の警護要員がいる——つまり、逃亡と外部からの脅威については、中位のリスクを意味する」

ロンドンの男が、携帯電話に向けてゆっくりと息を吐き出した。

男が答えなかったので、アメリカ人はいった。「ミスター・ブラック？」

ミスター・ブラックことマーズはきいた。「いまそこにだれが監禁されているのか、調べられるか？」

電話をかけてきた男が、きっぱりと答えた。「無理だ。ぜったいに。ハンリーやブルーアが関係しているとすれば、暗号化プログラムにちがいない。たぶんポイズン・アップルだろう。だとすると、長官の承認を得ているレベルだ。ちょっと探りを入れるだけでも、疑われる。これでもかなり大きな危険を冒しているんだ」

「わかった。正体がばれないようにしろ」間があった。「よくやってくれた、バーナクル」

「それはどうも」バーナクルが、隠れ家の住所を教え、マーズがそれをメモに書き留めた。

バーナクルが、話題を変えた。「あの……あっちのほうはどうなった？」

「心配するには及ばない」

「というのは？」

「処理中だからだ。今夜のうちにやる。心配するな。われわれには計画がある。それをきちんとやれ。五日後には、きみは抜けられる」

「五日も待てない！　オフィスのドアがあくたびに、防諜部が来たのかと思うんだ。うしろにヘッドライトが見えたら、FBIに尾行されているんじゃないかと思う。本部で同僚がちらりと見るたびに、四方から壁が迫っているような気がする。早く逃げないといけない！」

マーズの声が、一オクターブ下がった。「わたしと話すときは、言葉に気をつけろ」

「ああ……たしかに。申しわけない。ただ――」

「きみを安全に脱出させるには、来週、このイギリスでやるしかない。それまでのあいだ、取り乱さずにいれば、何事もなく終わる。もう切るぞ」

ミスター・ブラックことマーズは、電話を切り、バルコニーの手摺の上で身を乗り出した。森閑《しんかん》としている深夜のポートベロウ・ロードを見おろした。しばらく考えてから、うなずいて、べつの相手の番号をダイヤルした。

先方が出ると、マーズはいった。「フォックスか？　わたしだ」

若い声の男がイギリス英語でいった。「はい」

「チームを集めてくれ。今夜」

「おれたち……いまチームを向かわせていますが──」

「べつのチームだ。イギリス国内ではなく、アメリカで」

「アメリカで、今夜に、ですか？」

「やるしかない。ヴァージニア州、ワシントンDCの郊外だ。やれるな？」

「どういう仕事ですか？」

「一施設を殲滅《せんめつ》する。そういうことをやってのける骨のある人間を集めろ。そこはCIA《エージェンシー》の隠れ家だ」

「本気ですか？」

マーズは答えなかった。

「アメリカで殲滅を命じたことはなかったですね。いや……西ヨーロッパでもなかった。でも、今夜は、まずターンヒルで、それからヴァージニア州で……ひと晩のうちに二度ですか？」

「目的を果たすまであと数日だ。これから一週間、活動が増えると思っていてくれ」

相手が間を置いてからいった。「はい、わかっています」

マーズは、ポートベロウ・ロードをもう一度眺めた。決意がみなぎる目が鋭くなる。「われわれの報復攻撃を、あらゆる脅威から護《まも》らなければならない。なにがあろうと」

ゾーヤ・ザハロワは、父親の死に関するファイルを、一ページずつゆっくりと丹念に読み進んだ。その間、スーザン・ブルーアが紅茶をちびちび飲みながら、見守っていた。

五分後に、スーザンが沈黙を破った。「ひとつきかなければならない。事件について、まだわたしたちに話していないような疑惑はあるの？」

ゾーヤは、ファイルを読みながら首をふった。「ないわ。でも、父に対して、わたしには調べる義務がある。家族のだれかが父の……犠牲の真相を知るべきよ」ゾーヤは目をあげた。「それがわたしの父への最後の責務よ」

スーザンが、疑うような目つきでゾーヤを見たが、「そうね」といった。

アメリカ英語を話すロシア人のゾーヤが、ページをめくると、最初のカラー写真があった。男ふたりが仰向《あおむ》けに横たわっている。自動車修理工場のように見える残骸《ざんがい》のなかで、体がよじれていた。エンジンの部品、タイヤ、ぼろ布《ウエス》、自動車の部品が、死体のそばの地面に散らばっていた。

右側の男は、ゾーヤには見おぼえがなかったが、抗弾ベストをつけ、ロシア軍砲兵隊将校の戦闘服を着ていた。左手と前腕部がなく、目はあいていたが、白目を剝《む》き、喉《のど》とそばの土埃《つちぼこり》にまみれたコンクリートの床が、血に覆《おお》われていた。

もうひとりが、ゾーヤの父親だった。着ている厚手のコートがはだけ、軍服の上着は血にまみれて、切り裂かれ、首と右肩が露出していた。だれかが応急手当をしようとしたが、致命傷だとわかった、というような感じだった。毛皮帽が頭の横に落ち、目は閉じていた。右こめかみにギザギザの穴があき、耳の上を流れた血が、頭の下に重ねたぼろ布にこぼれ落ちていた。両腕と両脚が、斜《なな》めに曲がっていた。

ゾーヤは身を乗り出して、写真の細かい部分を記憶に吸収しながら、指先で父親の顔と首をなぞった。そのあいだずっと、スーザンが紅茶をゆっくり飲みながら見守っていた。

ようやくゾーヤがつぎの写真に注意を向けた。おなじ部屋を向かいから撮ったもので、天井の穴の下に瓦礫《がれき》が積もり、床に死体がいくつもあるのがわかった。専門知識のあるゾーヤには、屋根を貫通してから起爆する遅延信管付き榴弾《りゅうだん》が爆発したのだとわかった。

その写真には、立ったままで死体を見ている男三人が写っていた。いずれもGRU将校で、ふたりには見おぼえがなかったが、三人目はよく知っていた。「ウラジーおじさん」とゾーヤは声を殺してロシア語でいったが、スーザンには聞こえなかった。

現場の写真はほかにも何枚かあった。髭《ひげ》をきれいに剃《そ》っているゾーヤの父親のクローズアップ。穏やかな死に顔だった。四十八という齢《とし》よりも若いように見えたが、ゾーヤが憶えているとおりの見かけだった。

それから十分間、メモを読み、何度か父親の遺体の写真を見てから、ゾーヤは向かいのCIA局員のほうに書類を滑らせた。「ありがとう」

スーザンは、それまで二十分間、ゾーヤの顔から目を離さずにいた。「なにか気づいたことはある？」

ゾーヤは首をふった。「父の同僚が説明したとおりよ。迫撃砲弾が百万分の一の確率で命中して、ロシア軍情報機関の長を殺した」

「お父さまを」

「そう、父を」

「互角の激戦のさなかに、GRU幹部がなんのために前線にいたのか、CIAには突き止められなかった」

ゾーヤは、肩をすくめた。「その幹部の娘にも、皆目《かいもく》わからない」

スーザンが同情の目を向けたが、本心ではないだろうとゾーヤは思った。スーザンはファイルを閉じて、足もとの床に置いてあった革のバッグにしまった。「さて、今夜の事情聴取をはじめましょうか」

ジョージ・ワシントン大学のスウェットシャツを着たブルネットは、窓の外を眺めつづけていたが、「ほかに行くあてもないしね」といった。

「わたしもおなじよ。はじめましょう」

2

午前三時半前に、CIAのガルフストリームは、イングランドのウェストミッドランズにある、空軍がほとんど使用していないターンヒル英空軍基地に着陸した。国防省が所有しているが、民間企業がもっぱら整備している。

ジェントリーが身を起こして目をこすり、左側の窓から覗《のぞ》いたとき、ガルフストリームは、シルバーの大きなSUV三台に向けて地上走行《タキシング》していた。そこは駐機場の端のさびれた一角で、大型給油車がそばにとまっていた。カバーオールを着た地上員四人が、給油車の近くにいて、ガルフストリームが停止すると、ダークスーツの男が八人、SUVからおりた。

MI6の局員だろうと、ジェントリーは当たりをつけた。CIA特殊活動部《SAD》にいたころに、こういうイギリスへの容疑者引き渡しに関わったことがあるので、手順はよく知っていた。

ジェントリーはいまでは独行資産《シングルトン・アセット》――CIA局員ではなく、契約工作員だった。チームプレイヤーになるのが好きではなく、たまにしかやらない。しかし、かつてはコート・ジェントリーもこういう世界に属していたのだ。

人里離れた飛行場。駐機場で深夜の会合《ランデヴー》。フードをかぶせられた囚人には、自分がどこにいるのかもわからない。

スーツ姿の男たちが、いつでも銃を抜けるように身構え、夜の闇にこっそり目を配っている。

そうとも、そういう暮らしは憶えているし、二度と戻りたくはない。

ダグ・スパノは、ジェットステアを下って、三台のSUVとそのまわりに立っている男たちのほうへ歩いていった。八人がSUVの周囲に散開し、運転席にもひとりずつ乗っていて、周囲三六〇度の安全を確保しているのに気がついて、スパノはほっとした。MI6は脅威に対処できる態勢を整えている。

地上員が給油車をガルフストリームに近づけ、ひとりがホースを引き出して、ジェット燃料を注入するために、胴体の右主翼側へとのばしていった。

つづいて三人が給油車からおりて、ホースを接続するのを手伝いはじめた。

スパノは、前に出てきた黒いスーツの禿《は》げかけた男と、握手を交わした。「あんたがパーマーだね？」

「そうだ。あんたはスコットだな」

「そうだ」ふたりは握った手を揺すった。

イギリス人が、にやりと笑った。「CIA《エージェンシー》のヤンキーが、ファーストネームだけを偽名に使うのが気に入っているんだ。冗談めいていて可笑《おか》しいからね」

スパノは、任務一点張りだった。「地上員は調べたんだな？」

相手は溜息をついた。「もちろん調べた」

スパノがうなずき、ガルフストリームのほうを指さした。「受け取る準備ができているようなら、連れてこさせる」

「準備万端だ。ほんとうにありがとう」

スパノがジェットステアのてっぺんにいた部下に手をふり、フードをかぶせられた四人がゆっくりと機外に出され、導かれてジェットステアをおりはじめた。

ガルフストリームの尾部寄りの席では、ジェントリーが自分の過去に思いを馳《は》せながら、引き渡しを窓からずっと見守っていた。SUVを囲む警備陣は警戒を怠《おこた》らず、ライトが照らしている範囲に視線を走らせている。地上員四人が固まって、ホースを接続している。

ジェントリーは、夜明け前のその活動を観察し、フライトアテンダントがそばに現われたときだけ、目を離した。

「給油に二十分くらいかかるわ。何時間か前にミュンヘンでかなりおいしいシュニッツェルとポテトを買ってあるの。温め直すのに十分かかる。半端な時間だけど、食べる？」

ジェントリーはうなずいた。「ああ、それはありがたい」また窓の外をちらりと見て、これからの空の旅に気持ちが戻りそうになったが、そのとき、SUVのライトが届かない遠くに、かすかな動きがあるのを捉えた。

空港の車両だった。ボディにラヴァトリーサーヴィス（トイレ車）と書いてある。そのうしろに機内食運搬車《フードローダ》が現われた。最後尾になにも標章のない黒いバンがつづいていた。

警備の男たちも、その動きを見たが、反応に一瞬のためらいがあった。たぶん、ガルフストリームに用事がある車両なのかどうか、アメリカ側に確認しようとしたのだろう。

ジェントリーは、給油車にさっと視線を戻した。四人ともその蔭にいて見えなかったので、ジェントリーの研ぎ澄まされた戦闘頭脳で脅威警報が発せられて、警告灯がついた。

駐機場の照明の届かない闇から、閃光が二本ほとばしるのを、ジェントリーは見た。即座に、シルバーのSUVのそばの男ふたりが倒れた。

地上員が給油車の蔭から姿を現わした。いまではライフルを持っている。給油車から持ち出したにちがいない。その四人が、駐機場のイギリス人とアメリカ人に向けていっせいに発砲しながら前進した。

激しい銃声とカタカタという作動音が、夜の闇を揺らした。

また闇から閃光。トイレ車と黒いバンが、横滑りして、給油車の蔭にとまった。

ジェントリーは、ぱっと立ちあがって、フライトアテンダントを床に押し倒し、体でかばった。連射された銃弾が、ガルフストリームの機体を切り裂く音が聞こえていた。窓に穴があき、ちぎれた金属や銃弾の破片が、キャビン内で飛び散った。

ふたたび爆発がガルフストリームを揺さぶった。SUVに擲弾《てきだん》が撃ち込まれたにちがいないと、ジェントリーは察した。

「どいて！」フライトアテンダントが叫び、ジェントリーの下から這《は》い出して、キャビンを走っていった。コートクロゼットからM4アサルトカービンを出し、セレクターを単射にして、目の前に構えながら、あいている昇降口に跳び出した。

ジェントリーが通路を這いはじめると、また銃弾がすぐ上で機体に穴をあけた。ジェントリーが昇降口のほうへ進むあいだ、フライトアテンダントがターゲットめがけて数発を放った。

一メートル半ほど前方で、フライトアテンダントが悲鳴をあげて床に倒れた。M4は、駐機場までジェットステアを滑り落ちていった。

ジェントリーは、フライトアテンダントのジャケットの襟《えり》をつかんでひきずり、昇降口から遠ざけた。ざっと調べると、フライトアテンダントは左手首に貫通銃創を負い、右掌《てのひら》も貫かれていた。ハンドガードを握っていた左手とグリップを握っていた右手を、一発が貫いたようだった。両手から血がどくどく出ていて、痛みのあまり身をよじっていた。

ジェントリーは、フライトアテンダントの上にかがみ込みながら、クロゼットのハンガーからフリースのフーディーをひったくり、それで彼女の両手をくるんだ。

「銃は？」ジェントリーは叫んだ。

「腰のうしろ」フライトアテンダントがうめいた。フーディーの生地に血が染みていた。

ジェントリーは、床に倒れているフライトアテンダントの背中に手をのばし、スカートからSIG・P320を引き抜いて、立ちあがり、あいたままの昇降口の前を駆け抜けて、閉まっているコクピットのドアを目指そうとした。

ジェットステアの前を通るときに、ちらりと外を見た。二〇メートルも離れていないところで、シルバーのSUVが三台とも炎に包まれ、まわりに死体が折り重なっていた。

カバーオール姿の男ふたり——地上員に混じっていた男たち——が、フードをかぶせられたままの囚人の両手をつかんで、駐機場のライトがどうにか照らしているところにとまっている車両四台のほうへ走らせていた。銃弾がなおも駐機場とSUVに当たりつづけ、生き残っているCIAとMI6の男たちも応射していた。

地上員ふたりが、給油車のそばに倒れているのも見えた。死体のそばにサブマシンガンが転がっていた。

ジェントリーは、囚人をひっぱっているふたりそれぞれの背中に向けて、一発ずつ放った。ふたりとも前のめりに倒れた。つづけてフードローダの男たちを狙い撃とうとしたが、そばの昇降口に連射の銃弾がつぎつぎと当たったので、身をかがめた。ジェントリーは向きを変えて、コクピットのドアへ這っていき、機長と副操縦士のほうに身を乗り出した。「早く動かせ！」叫んだときに、ふたりとも首が横に折れ曲がっているのに気づいた。風防に弾痕があり、離陸させないようにふたりとも撃たれたのだとわかった。すくなくともひとりは狙撃手《スナイパー》がいて、闇に身を隠し、コクピットを見張っているにちがいない。ジェントリーは、機長席の蔭に隠れ、風防よりも身を低くして、手を上にのばし、副操縦士のハーネスをはずした。それから副操縦士の死体を、座席から床にひきずり出した。

ジェントリーは、副操縦士席に座った。飛行場のどこにいるのかを見るために、一度覗いただけで、あとはずっと頭を低くしていた。

ジェット機はエンジンをかけたままだったので、ジェントリーはブレーキをはずして、推力《スラスト》レバーを二〇パーセントまで押した。たちまちガルフストリームがゆっくりと動き出した。ラダー・ペダルを使って向きを変え、誘導路と四〇〇メートル離れたターミナルのだいたいの方向へ地上走行《タキシング》させていった。

スラストレバーを一〇パーセントまで戻し、コクピットを出て、拳銃を高く前に構え、昇降口にひきかえした。

カバーオール姿の男が、給油車の向こうで大型ライフルを左右や上下に向けているのが見えた。英陸軍が使用しているL86A2軽支援火器だと、ジェントリーは見分けた。その男は、まだ戦っている正面の敵数人に向けて、整然と短い連射を放っていた。

ジェントリーはためらわなかった。ガルフストリームが進むにつれて小さな的になる男に、SIGの照準を合わせて、四発たてつづけに放った。

男が死んで駐機場に倒れ、その上にライフルが落ちた。

給油車のそばの死体の向こうで、フードをかぶせられて手錠をかけられた囚人が、ふたりの襲撃者によって黒いバンに押し込まれているのが見えた。フードローダとトイレ車が、そのそばにとまり、武装した数人がそこから散開していた。

つぎの瞬間、また銃弾がジェントリーのそばでガルフストリームに食い込んだ。ジェントリーは遠くの脅威に向けてSIGの残弾を放ったが、動いている飛行機の昇降口の奥から撃ったのでは、当たるはずがなく、音で脅す効果しかないとわかっていた。

弾薬が尽きて、スライドが後退したままになると、ジェントリーはコクピットに戻った。

ガルフストリームは、誘導路と闇に向けて二〇ノットで進み、危険から徐々に遠ざかっていた。駐機場のアメリカ人とMI6局員を支援する方法はなにもないとわかっていた。

コクピットのドアの近くの小さな戸棚にあった医療品バッグを持ち、撃たれたフライトアテンダントのそばに走っていった。フライトアテンダントは上体を起こし、クロゼットの奥に手をのばそうとしていた。

ジェントリーは彼女の上にかがんで、血まみれの傷を調べた。「機長と副操縦士は死んだ」

フライトアテンダントが、昇降口から外を見て、合点のいかない顔で、ジェントリーを見た。「それじゃ、だれが地上走行《タキシング》させてるの？」

「たぶんおれがやっているんだろうな」怪我《けが》を調べ終えた。「ものすごく痛いだろうが、指はあるし、ちゃんと動く。手首の骨は折れているが、神経や血管は撃ち抜かれていない。治るよ」

まるで他人が怪我をしたとでもいうように、超然とした顔で、フライトアテンダントが傷を見おろした。

ジェントリーは、医療品の殺菌パックから包帯を出して、彼女の手首にきつく巻きつけた。

それをやりながらきいた。「衛星携帯電話と、べつの武器が必要だ」

フライトアテンダントが、傷口からひざまずいている男に視線を移した。

「どうして？」

「囚人を追う」

「でも……たった独りなのに」

「おれはいつもそうなんだよ」ジェントリーは、包帯を結んだ。「武器は？」

「ＳＩＧの弾倉が何本か、クロゼットのゴーバッグ（機内に持ち込めるサイズのもの）にはいってる」

「ほかには？」

ようやく痛みはじめたとでもいうように、フライトアテンダントが顔をゆがめた。

「あそこ……榴弾《りゅうだん》と催涙ガス弾の弾帯といっしょに、Ｍ３２０がおなじバッグにはいってる」

ジェントリーは、クロゼットを調べた。「擲弾発射器《グレネード・ランチャー》か。役に立ちそうだな」フライトアテンダントの反対の手に包帯を巻きはじめた。

昇降口から覗くと、飛行場のメインターミナルに近づいているのがわかった。ガルフストリームは、固定されている小型機の列のそばを通った。すべて航空訓練隊の標章が描かれている。国防省が次世代の英空軍《ＲＡＦ》パイロットを養成するための若者向け軍組織だ。だとすると、ここには飛行訓練所があるはずだ。ジェントリーの頭に計画が浮かんだ。

フライトアテンダントがいった。「ゴーバッグには、諜報員に必要なものがすべてはいってる。監視機器、通信機器……ああ、手首がすごく痛い。医療品も手術の道具もある」

ジェントリーは、もう一度コクピットへ行って、傷ついたガルフストリームを停止させた。

背後では銃声が弱まり、最後の数発が放たれていた。

3

黒いバンがA41国道を突っ走り、ターンヒル空港から北西へ遠ざかっていた。助手席に乗っていた三十歳のアントニー・ケントは、顔の汗を拭《ぬぐ》いながら、生き残っているチームの仲間と無線機で話し合っていた。トイレ車とフードローダは空港に乗り捨て、生き残ったものは目立たないグレイの4ドアに乗り込んだ。ケントは一度バンからおりて、生き残ったもののようすを確認した。そしていま、現場からの逃走を再開したところだった。

ケントのうしろ、黒いバンの後部で、肩の傷を手当てしていない黒人が、使えるほうの腕をのばして、囚人のフードをむしり取った。

イギリス英語で、黒人がいった。「名前は？」

相手は軽いショック状態に陥っているようだった。返事をせず、一瞬、うつろな視線を据えただけだった。

「おい、おまえの名前は？」

囚人が咳をした。「ディルク・ヴィッセル」

肩を怪我《けが》している黒人が、ポケットから一枚の紙切れを出した。痛みがひどいのは明らかだった。紙切れはパスポートのカラーコピーだった。黒人が向きを変えて、バンの前部に向かって叫んだ。「たしかにこいつだ。怪我はしてねえ」

助手席からケントがいった。「わかった」

肩に血まみれの穴があいている黒人は、四人の頭にフードをかぶせた。

後部に乗っていたもうひとりの武装した男が、目出し帽を脱ぎ、汗まみれの顔に赤いもじゃもじゃの顎鬚《あごひげ》を生やしているのがわかった。「ちくしょう！　いったい何人殺《や》られたんだ？」

ケントがいった。「そこのディヴィーも含めて四人負傷、六人死亡」

「六人？」運転していた男がどなった。「六人かよ？」

ケントは、バンに乗っている生き残りの男たちの顔を見た。「マーティンも戦闘中死亡《KIA》だ。タキシングして離れていく飛行機から撃ったやつに殺られた」

「くそ！」運転手が叫んだ。

ケントがつけくわえた。「マイキーは首に一発くらった。おれのすぐ横で血をだらだら流してた」

運転していた男も含めて、バンに乗っていた全員が、信じられないという顔で、ケントを見つめた。四人のそばでひとりがフロアに横になり、傷を圧迫して出血をとめられるような姿勢をとろうとしていた。そうしながら、その男がいった。「マーティンもマイキーも死んじまったんだな」

運転手が、ドアに肘《ひじ》を叩きつけた。「マーティンは指揮官だったんだぞ！　マイキーは副指揮官だった。おれたち、これからどうすりゃいいんだ？」

デイヴィーがいった。「ケントがナンバー3《スリー》だった。これからはケントの作戦だ」ちょっと間を置いてからいった。「だよな、ケント？」

そのとおりだということに、ケントはようやく気づいた。今夜の仕事に雇われた男たちとの初顔合わせで、マーティンは一から十四まで順番をつけた。ケントは三番目で、バンとそれに乗っている男たちを指揮することになっていた。

ケントはしぶしぶいった。「そうだ。いまからおれが指揮する」つづいて悪態をついた。「ちくしょう」

運転手がいった。「すばやく荒っぽく攻撃すりゃ、あっというまにやつらをぜんぶ片づけられるっていう話だった」

ケントが答えた。「まあな。おれたちは襲撃のために呼ばれた寄せ集め。訓練なし。打ち合わせもなし」気を静めるために、何度か息を吸った。「だけど、銀行家は捕まえたぜ」

運転手がどなった。「これから護《まも》らなきゃならねえのに、手が足りねえ」

ケントは、つかのま窓の外を見た。「ロンドンに電話する。応援の人数をよこしてくれるだろう」

運転手がいった。「それが心配なんだよ。やつらがよこすのはロシアのギャングだろう。ロシア人なんかといっしょにやるのは嫌だ」

「どうかな」ケントは、そういってからいい直した。「たぶんそうだな」自分もダッシュボードを拳《こぶし》で叩いた。「くそ！」甲高《かんだか》い声でわめいた。

バンに乗っていた全員が、アントニー・ケントはリーダーの器ではないと気づきはじめた。

しばらくすると、ケントが落ち着きを取り戻し、もう一台に乗っている生き残りと連絡をとるために、携帯無線機のスイッチを入れた。「ようし、みんな。負傷者の手当てを精いっぱいやれ。隠れ家には行かねえ。ほかの場所を考えてる。おれに土地勘がある縄張りだ。電話して、人数を集める。そこのほうが安全だが、二時間半かかるから、監視されてないかどうか、気をつけろ」

「二時間半かよ？」だれかが無線機に向かって大声でいった。

ケントはどなり返した。「あそこには政府の諜報員がいたんだぞ。やつらはウェストミッドランズで徹底的に襲撃犯を捜すにちげえねえ。空港の血みどろの現場から、できるだけ遠いところへ行かなきゃならねえんだ」

ケントは、携帯電話を出して電話を一本かけた。数分後には、目的地で応援の人間が出迎えるように手配を決めていた。

張りつめた沈黙をはらんで、バンは走りつづけた。

ガルフストリームのスラストレバーを戻して、ブレーキを踏むと、ジェントリーは急いで、キャビンの床に横たわっているフライトアテンダントのところへ行った。

彼女が衛星携帯電話を取り出すのに手を貸してから、擲弾発射器《グレネード・ランチャー》がはいっているゴーバッグをクロゼットから出した。二二口径のルガーが棚にあったので、それもバックパック型のゴーバッグに入れた。キャビンを駆け抜けて、尾部寄りの席に置いたままになっていた自分のバックパックを取り、片方の肩にかけた。

遠くの銃撃が弱まって熄《や》んだ。

ジェントリーは、フライトアテンダントにうなずいてみせてから、その上をまたぎ、昇降口から誘導路に跳びおりた。バックパック二個を両方かついでいたので、動きづらく、力を入れなければならなかったが、すぐに小型のプロペラ機の飛行列線に向けて駆け出した。単純な練習機として使われているモーターグライダーのグロプG109だとわかった。それを操縦したことはないが、もっと複雑なピストン・エンジン機をいろいろ飛ばしてきたので、離陸させる技倆《ぎりよう》はあると自信を持っていた。

もっとも近い機体まであと二〇メートルというところで、飛行列線の蔭から電動カートが出てきて、ジェントリーの前でガクンと停止した。

六十代の体格のいい整備士が運転していた。その男が、フラッシュライトをジェントリーの顔に向けた。「どうなってるんだ？」

ジェントリーはいった。「飛行機が必要なんだ。あんた、キーを持っているだろう？」

整備士が、正気を疑うようにジェントリーの顔を見た。「おれがあんたにグライダーを渡すわけがないだろう！」

ジェントリーは、練習機に向けて歩きはじめた。「いいか、無理に奪うようなことはさせないでくれ」

年配の整備士が、カートをおりて追いかけてきた。ジェントリーの肩をつかんだ。ジェントリーはふりむいて、溜息をつき、SIGを抜こうとしたが、思い直した。「誘導路の四〇〇メートル向こうで、善良な男が十数人、死ぬか負傷している。ガルフストリームの機内でもふたりが死に、フライトアテンダントが怪我をしている。彼女にはあんたの手助けがいるし、おれは彼らにそういうことをやったやつらを追いかけなければならない。力を合わせることはできないか？」

整備士が、遠くで燃えているSUVを眺めてから、ガルフストリームを見やり、ジェントリーに視線を戻した。「だれがあんなことをやった？」

「見当もつかないんですよ。でも、グライダーを一機借りて、突き止めたい」

「あんたらCIAがここにジェット機を着陸させるときには、近づくなと注意された。理由がわかったよ」

CIAが犯人をここで引き渡すのを、地元の人間が知っていたようなら、当然、悪党どもその情報を嗅《か》ぎつけたはずだ。

一瞬、沈黙が流れ、ジェントリーはいった。「その悪いやつらが逃げていった。いいほうの人間は血を流して死にかけている」

整備士がうなずいた。「四三号機。最後尾から三番目だ。おれがキーを持ってるし、給油したばかりだ」

「行こう」ふたりは電動カートに乗り、整備士が運転した。

四三号機に近づくと、ジェントリーは北西を指さした。「あっちへ逃げるとしたら、どの道路を走る？」

「道路は数限りなくある。どこへ向かうかによるんじゃないか？」

「速くここから遠ざかりたいと思っているだろう。夜明け前だから車の流れにまぎれ込めない。だから、街は避けるはずだ」

「ああ、だったらA41で北西を目指すか、A525だな。A41だと一時間でリヴァプールまで行ける。途中でA525に折れて東に向けて走れば、静かなところばかりだ。ストーク・オン・トレントまで小さい町しかない。そこからA50に乗ればいい。ノッティンガムを通って、イーストミッドランズへ抜けられる」

逃走する車が方角を変更する地点に達する前に見つけるには、できるだけ早く空にあがらなければならないと、ジェントリーは気づいた。数十秒後には自力で離陸できるグロプG1 09モーターグライダーに乗り込み、バックパック二個を押し込んでいた。


午後十時三十分、ヴァージニア州グレートフォールズにあるCIAの隠れ家では、地下の狭く飾り気のない部屋に閉じ込められている女が、目を閉じ、ベッドに仰向《あおむ》けに寝ていた。

ゾーヤは、ブルーアの事情聴取を八時過ぎに終え、ウィリアムに部屋に連れ戻されて、ドアに鍵がかけられた。ミニ冷蔵庫から出したボトルドウォーターを飲み、できの悪いテレビ番組を三十分見てから、バスルームへ行って、スウェットパンツとTシャツに着替えた。

それからベッドに行き、目を閉じたまま、仰向けでじっとしていた。

だが、眠ってはいなかった。コート・ジェントリーのことを考えていた。親しかったのは数日間で、何カ月も会ったことがなく、連絡もない男。だが、この世で信頼できる唯一の男だと、ゾーヤは確信していた。彼に会えないのは淋《さび》しかったが、ふたりの再会を阻《はば》む大きな障壁がふたつあることは承知していた。

ひとつは、CIAが保全のための人物確認を終えて、任務をあたえるまで、この隠れ家に監禁されることだった。もうひとつは、ジェントリーがフリーランスの工作員で、ときどきCIAの依頼で仕事をやっていることだった。ふたりともおなじたぐいの危険な仕事に従事し、たえず移動している。それに、秘密保全上の理由から、ふたりが同時におなじ場所に配置されることはめったにないか、ことによると一度もないかもしれない。

ゾーヤは、つかのま知り合っただけの男のことを、意識から追い出し、父親のことを考えた。父親もまた、つかのまの知り合いのようなものだった。死んでから十四年たつし、その前も会うことは稀《まれ》だった。

今夜じっくりと眺めた写真の遺体と生前の姿を重ね合わせるために、ゾーヤは目をしばたたいて、父親についての古い思い出をよみがえらせようとした。

思い出はなかなか戻らなかったが、ようやくよみがえった。ベッドに横たわって、父親のことを考え、本棚から古いアルバムを引き出すようにして、長い歳月を経ても意識に残っている、あらゆる細かい事柄を思い浮かべた。

ウィリアム・フィールズは、椅子をリクライニングさせて、足をデスクに載せ、正面にずらりとならぶ画面を眺めていた。

いや、はっきりいうと、監視していたのはひとつの画面だけだった。そのカメラ12は、廊下の突き当たりの拘禁室の上端にある。

ウィリアムは三十分前から、カメラの赤外線画像で、ベッドに寝ているゾーヤを見守っていた。胸がゆっくりと上下している。ゾーヤは両手を前で組み、身長一七〇センチの体をじっと横たえていた。

暗号名アンセムを夜通し見守るよう命じられてはいない……仕事上の余禄《よろく》だと、ウィリアムは見なしていた。

ウィリアムが〈ダイエット・コーク〉をひと口飲んだとき、ゾーヤの目が急にあいて、赤外線画像のなかで光った。眠っているのかと思っていたのだが、缶を口もとに近づけながらウィリアムが見ると、ゾーヤは天井を見つめていた。顔をズームすると、考えにふけっているような感じで、目が細くなっていた

それから一分以上もゾーヤは身動きしなかった。彼女を観察していたウィリアムも、じっとしていた。だが、ウィリアムがまた炭酸飲料を飲もうとしたとき、ゾーヤが体を起こして、

足でカバーをめくり、転がってツインベッドから出た。

ゾーヤが起きあがり、靴下のままでドアに向けて歩いていった。天井照明のスイッチのそばにある呼び出しボタンを押した。監視室で同時に呼び出し音が鳴った。ウィリアムが見ていると、ゾーヤはそこに立ち、小窓から照明の明るい廊下を覗《のぞ》き込んだ。

ウィリアムは、画面から眼を離さずに、デスクのマイクのスイッチを入れた。「呼んだか？」

ためらってから、返事があった。「ええ。ちょっとこっちに来てもらえない？」

規則では、監視室の当直員がメインフロアの当直員に無線連絡し、そこからひとりがゲストのようすを見にいくことになっていた。だが、ウィリアムはだれかを呼びたくはなかったし、どのみち規則など気にしていなかった。

「ちょっと待て」ウィリアムはそう答えて、鍵を持ち、廊下に出ていった。

ゾーヤは、小窓から覗いた。向かいに小さな物置があり、右側に拘禁室がならんでいて、廊下の端に監視室がある。いちばん遠いドア――階段と屋敷の主要部分に通じている――は、その先だった。

ウィリアムが姿を現わし、近づいてきた。小窓の向こう側で足をとめ、ゾーヤのほうを覗き込んだ。

「どうした、セクシーガール？　怖い夢を見ておねしょしたのか？」

ゾーヤが、落ち着かない目でちらりと見た。「あの……ワインのこと、本気？」

ウィリアムが、にやりと笑った。「はったりかどうか、試そうっていうんだな」

ゾーヤが、媚《こ》びるような笑みを浮かべた。「一杯くらい飲んでも、差し支えないでしょう」

ウィリアムは、指を一本立てた。「まずカメラだ。ちょっと待ってくれ」戻りかけたが、ふりむいた。「それにワイン。ワインを持ってこないといけない」ウィリアムが廊下をひきかえした。小走りとはいわないまでも、浮き浮きした足どりだった。ゾーヤは部屋のまんかに戻って、靴下を脱ぎ、丸めてそばの床に転がした。Tシャツを脱いで、白い〈ライクラ〉のスポーツブラだけになり、スウェットパンツの紐《ひも》をほどき、床に引きおろした。足をふってスウェットパンツを脱ぎ、一瞬じっと立ってから、ドアのほうを向き、落ち着くために息をゆっくりと吸って、ウィリアムが戻ってくるのを待った。

地下拘禁室から一〇〇メートルほど離れたところで、十二人の男が土砂降《どしゃぶ》りの雨に打たれながら、遠くに見える建物の明かりを目指して、山腹の森を登っていた。樹木に覆《おお》われた斜面のずっと上のほうに、広い屋敷がある。屋敷の正面に通じている二車線の九十九折《つづらおり》の道に達すると、男たちは三人ずつ四組に分かれた。ひと組はそこにとどまり、雨に濡れた樹木の蔭に陣取った。あとは西と東に離れていった。

最大限の効果をあげるために、四方から屋敷に接近しろと命じられていた。

十二人は、全員がボルティモアに住んで活動している、シナロア・カルテルの殺し屋《シカリオ》だった。ほとんどがいっしょに仕事をしたり、職分として人を殺したりしたことがあったが、こういうことをやるのは、はじめてだった。

十二人は親玉に、この大きな屋敷を襲撃して、そこにいる人間を皆殺しにしろと命じられていた。

屋敷の防御はかなり厳重だと、チームはあらかじめ知らされていた。だが、親玉は、用心深くやれというような注意はしなかった。宿敵のギャングを暗殺するために送り込まれるのだと、シカリオたちは考えていた。当然、銃を持った男たちが、戦う備えをしているはずだ。

このシナロア・カルテルの構成員たちは、それぞれ好みの武器を携帯していた。AKかM4を持っているものもいれば、サブマシンガンのスコーピオンEVOを持っているものもいた。ふたりは古式ゆかしいウージー・サブマシンガンを肩から吊っていた。

全員が、アマゾンかメリーランド州の狩猟用品店で買った暗視ゴーグルをつけていた。森の多い二ヘクタールほどの敷地を屋敷に向けて進むのに、それがおおいに役立った。

歩哨がひとりだけいる守衛詰所の五〇メートル手前で、チーム・リーダーが濡れた落ち葉に沈み込むように伏せ、M4の二脚を引き出して、四倍の望遠照準器《スコープ》で歩哨の側頭部に狙いをつけた。

チーム・リーダーは、無線機のヘッドセットのスイッチを入れ、スペイン語でいった。

「南の私設車道で位置についた」イヤホンから、裏の森をパトロールしている動哨にM4の照準を合わせている部下の声が聞こえた。「ターゲットひとつ、西側。捉えている」

べつの声が聞こえた。「北側、対象《サブジェクト》ひとつ。ターゲットを捕捉している」

東のチームが、屋敷の外にだれもいないことを報告すると、チーム・リーダーはいった。

「突入するぞ。三《トレス》……二《ドス》……一《ウノ》」

〝一《ウノ》〟といった直後に、ターゲットを照準器に捉えていた三人が、サプレッサーで減音された亜音速弾を発射した。正面ゲートの歩哨の首が折れて、守衛詰所の床に倒れ、西の動哨と北の歩哨も、水浸しの落ち葉の上に前のめりに倒れた。

メキシコ人ギャング十二人全員が、森のなかで身を起こし、三人ずつ組んだままで、四方から屋敷に接近し、強襲を開始した。

4

小窓のガラスごしに覗くと、ゾーヤが半裸で立っていたので、ウィリアムは目を丸くした。気を取り直すのに数秒かかったが、ドアの鍵をあけた。はいるときに鍵束をまとめるのにまごついたが、やっと片手でポケットに入れた。反対の手には、赤ワインの小瓶二本と紙コップ二個を持っていた。

ゾーヤが笑みを浮かべ、ウィリアムも笑みで応じた。

拘禁室にはいりながら、ウィリアムはいった。「やあ」ゾーヤの体をじろじろと眺めまわした。「すげえ」ゾーヤがワインに目を向けたので、ウィリアムは急に思い出した。「そうだ、ワインだ。正直にいうと、おれはこれを装備バッグに一カ月前から入れてた。あんたがイエスっていうのを待ってたんだ」

ウィリアムがワインと紙コップをそれぞれの手に持ち替えたとき、ゾーヤは笑みを浮かべたまま、片手を前にのばして、ウィリアムに近づいた。距離を詰めて、なおも進みつづけ、腕を上にあげて、ウィリアムのうなじに手を置いた。キスしそうな感じだったので、ウィリアムは見るからに驚いていた。

だが、ふたりの顔が数センチにまで近づいたところで、ゾーヤの笑みは猛々《たけだけ》しい表情に変わった。ゾーヤは両脚のばねを使って跳びあがり、筋肉が盛りあがっている首のうしろに手をついたまま、空中で体の向きを変え、ウィリアムのうしろにまわった。そして、ウィリアムが反応する前に、背中に跳びつき、両脚を胴体に巻きつけ、腹の前で足を組み合わせて、自分の頭が相手の頭よりも高くなるように位置を決めた。

ワインと紙コップが、床に落ちた。

目にもとまらない早業《はやわざ》で、ゾーヤがこんどはウィリアムの首の前に腕をのばし、喉《のど》の右側の頸動脈《けいどうみゃく》に、たくましい右二頭筋を叩きつけ、前腕を左にのばして、動脈の血の流れをとめた。左腕でウィリアムの頭を前に押し、首の左右に圧力がかかるようにした。

ウィリアムがうしろに手をのばして、ゾーヤの体をつかもうとしたが、ゾーヤは左右に動いて、その手を避けた。

ゾーヤが背中にまたがった上体で、ウィリアムが体をまわし、顔を真っ赤にしてうめいた。

ゾーヤは身を乗り出して、もがいているウィリアムの耳もとでいった。「血の流れをとめるだけの絞め技よ。後遺症は残らない」

筋肉隆々の三十歳のウィリアムが、背中に乗っている女のしなやかで強靭《きょうじん》な腕をひっぱろうとしながら、うしろ向きに壁にぶつかった。首の左右の動脈への圧迫をやめさせようと、必死になっていた。

衝撃にゾーヤは悲鳴をあげたが、万力のように絞めつけている腕をゆるめはしなかった。

この絞め技を使うと、頸動脈からの血の流れがとまり、脳への血流を調整する頸動脈洞に血が行かなくなる。頸動脈洞に新しい血が供給されなくなると、血圧が上がりすぎていると脳が判断し、脳内の血が即座に排出される。

逆に、喉頭隆起を圧迫する絞め技では、気管をふさいで、肺から脳に送り込まれる酸素を不足させる。このやりかたは時間がかかるだけではなく、絞めているあいだに気管を損傷させたり、死なせるおそれがある。

酸素を含んだ血が脳に送られなくなると、ウィリアムが前のめりになった。もう一度背中から壁にぶつかったが、力が弱くなっていたので、ゾーヤはその打撃をあっさりしのいだ。

「ごめんなさい」ゾーヤがまたささやき、一秒後にウィリアムのまぶたが下がって、閉じ、意識を失って床に倒れた。

脳への血流を絶つと、すぐに意識を失うが、動脈を圧迫するのをやめたとたんに回復しはじめる。ゾーヤはそれを知っていたので、首から腕を放すとすぐさまウィリアムをうつぶせにした。ベルトから手錠をはずして、ウィリアムの太い腕をうしろにまわし、手首に手錠をかけた。

ウィリアムはすでに動きはじめていて、目をあけ、叫んだ。「くそったれ！」

ゾーヤは、丸めておいた靴下をウィリアムの口に突っ込み、スウェットパンツから紐《ひも》を抜いて、靴下の猿轡《さるぐつわ》を締め、首のうしろで固く結んだ。

こんどはウィリアムを仰向《あおむ》けにした。ウィリアムが、信じられないという目つきで、怒りをこめてゾーヤを睨《にら》んだ。

ウィリアムが見ているあいだに、ゾーヤはジーンズとスウェットシャツを着た。

ゾーヤは、ウィリアムのポケットから鍵束を取ったが、ホルスターに収めた拳銃は奪わなかった。ひとこともいわずに顔をそむけて、ドアのそばにあった靴をはき、拘禁室のドアに鍵をかけてから、廊下を駆け出した。


ゾーヤは、ウィリアムが持っていた鍵で地下から一階に出て、だれもいない書斎をゆっくりと音もなく進んでいった。屋敷の広いロビーから話し声が聞こえた。硬木の床をゆっくりと歩く男たちの、うつろな足音が響いていた。屋敷内を巡回してパトロールしているだけだろうと思った。

ゾーヤはそれらの音から遠ざかって、キッチンに向かった。そちらに広い洗濯室があり、裏に出られるドアがあるのがわかっていた。

ほどなくそのドアに近づいて、表に見張りがいないことをたしかめるために、窓から外を覗いた。舗装された歩道が、そのドアから屋敷に沿ってのびている。草地の上り坂が森のほうへつづいている。そのあたりは闇に包まれ、しかも雨が降っているので、外壁のガーデンライトの光が届かないところは、ほとんど見えない。

ずぶ濡れになるのを覚悟してドアをあけようとしたが、すばやく手をとめて、窓の下にしゃがんだ。ガーデンライトがかろうじて照らしている森のなかに、動きがあるのが見えた。

あれはなに？

隠れ家の正面玄関があるうしろのほうで、銃声が沸き起こったので、ゾーヤははっとした。ふりむいて、キッチンの奥に目を凝らした。男たちの叫び声や、ガラスが割れる音が聞こえた。ゾーヤは、裏口のドアに背中をつけて、身を低くした。なにが起きているのだろうとまどいながら、じっとしゃがんでいた。

警護官たちが追ってきたのではない。ちがう、これは明らかに隠れ家への強襲だ。

森に向けて駆け出そうと決意したが、体を起こそうとしたときに、上で窓が砕けた。表から見えないように、ゾーヤはさらに身を低くして、上に目を向けると、窓ガラスの残りをAK－47の銃床で叩き落としているのが見えた。

洗濯室とキッチンの境のドアまでは、わずか四、五歩だが、そのあいだずっと、AK－47を持った男に姿をさらけ出すことになる。ガラスを割った窓から手がのびてきて、すぐ上の掛け金を手探りしているのが見えた。つまり、その襲撃者がアサルトライフルの引き金から手を離している。すばやく動けば、撃つひまはないはずだ。

唯一のチャンスだ。

ゾーヤは、低い姿勢で敏捷《びんしょう》に洗濯室を駆け抜け、尻で滑って戸口を抜け、キッチンにはいった。うしろから叫び声が聞こえたが、なにをいっているのかは理解できなかった。

キッチンでは、ナイフはすべて鍵がかかる戸棚に保管されていた。隠れ家では、そうするのが通例になっている。ゾーヤはウィリアムの鍵束を持っていたが、鍵は十数本あるし、試している時間はない。そこで、ゾーヤはキッチンを通り、書斎に戻った。銃声がかなり近かったので、CIAの警護官の一部がそこにいるにちがいないと予期していた。

だが、書斎にはだれもいなかった。銃撃の音は、ここからは見えないロビーから聞こえているのだと気づいた。銃声と叫び声のあいまに、無線交信と、いましがた通ったキッチンでの動きが耳にはいった。

キッチンの戸口の横にあたる書斎の端に、巨大な石の暖炉が据えつけてあった。ゾーヤは炉床《ろしょう》に跳びあがって、炉棚《ろだな》を一八〇センチ上までよじ登った。身を縮めて戸口のほうを向いたとき、暗視ゴーグルを額の上に押しあげた男が、AK-47を肩付けしてはいってきた。

そのすぐうしろで、もうひとりの男がウージーをあちこちに向けて進んできた。

ゾーヤは、二番目の男の上に跳びおり、首をつかんで、弾みを利用して仰向けにした。いっしょに倒れ込んで硬木の床にぶつかる前に、ゾーヤは男のウージーの用心鉄《トリガー・ガード》とグリップを片手で握っていた。完全戦闘装備のその男が上から落ちてきたときに、ゾーヤは男の腕といっしょにウージーを持ちあげて、引き金にかけていた男の指を絞り込んだ。

前方の男の両脚を一連射が薙《な》いで、男は体をまわして膝《ひざ》をついた。ゾーヤはなおも引き金にかけた男の指を押した。九ミリ弾が脚を撃たれた男の頭に命中し、男はたちまち死んだ。

ゾーヤは上の男を腰で押してどかし、その動作でウージーをもぎ取った。男の脇腹に銃口を押しつけて、接触距離から三点射を撃ち込んだ。

屋敷の南側と東側で、また銃声が響き渡った。ゾーヤは起きあがって、書斎から裏口に向からドアを目指そうとしたが、足をとめて向きを変え、地下に戻る階段へ走っていった。

地下でゾーヤは監視室に駆け込み、地下の監視カメラの〝全システム作動〟スイッチを見つけた。そのスイッチを入れてから、廊下を走り、物置の前を通って、自分がいた拘禁室へ行った。ドアを開錠してあけると、ウィリアムがまだ起きあがれず、横向きになっていた。

ウージーを持ったゾーヤが立っているのを見て、ウィリアムがかっと目を見ひらいた。だが、ゾーヤはウージーを肩にかけ、ウィリアムの両肩をつかんだ。タイル張りの床をひきずって、廊下に出した。猿轡《さるぐつわ》をはめられたままでウィリアムがわめいたが、ゾーヤはくぐもった声の悪態には耳を貸さなかった。暗い物置にウィリアムをひっぱっていき、巨大な給湯器のタンクの奥に押し込んだ。上半身を起こしてやり、給湯器に寄りかからせると、顔を近づけた。

「よく聞いて。隠れ家は蹂躙《じゅうりん》された。あんたが応援しようとしても手遅れよ。仲間はみんな殺されたか、死にかけている。ここにいれば襲撃者には見つからない。音をたてなければ」

ウィリアムがいっそう目を丸くして、叫ぼうとした。

「わたしはあんたの命を救おうとしているのよ、ウィリアム」

ゾーヤは、ウィリアムのホルスターからヘッケラー＆コッホのセミオートマティック・ピストルを抜き、廊下にだれもいないことをたしかめてから、物置を出てドアに鍵をかけた。

ゾーヤが洗濯室の裏口へひきかえすときには、銃声はまばらになり、依然として屋敷の正面から聞こえていた。用心深く目を配っていると、一五メートルほど左で、書斎のドアに向けて進んでいる黒ずくめの男ひとりが見えた。片手にカービンを持ち、反対の手に持った無線機で、だれかを呼び出しているようだった。書斎でさっき殺したふたりとおなじ班の人間で、応答がないわけを調べにきたのだろう。

その男が見えなくなると、ゾーヤは表に出て、激しい雨のなかで、斜面の向こうの林を目指して全力疾走をはじめた。

5

ジェントリーは、高度一〇〇〇フィートでモーターグライダーを水平にして、ターンヒルから北西にのびている国道に視線を走らせた。闇のなかを捜しながら、右手で衛星携帯電話を操作し、スピーカー機能をオンにして、膝《ひざ》に置いた。

そのとき、黒いバンが見えた。すぐうしろにグレイの4ドアがつづいている。ジェントリーはグライダーの機体を傾けて、二台のうしろにつけ、速度を落としてから、よく見ようとして、高度二〇〇フィートに降下した。

ガルフストリームから持ってきたゴーバッグのなかを手探りして、目当てのもの——双眼鏡——を見つけた。それを目に当てて、下の国道を眺めた。

まちがいなく例のバンだと、すぐにわかった。そのうしろを走っているグレイの4ドアも、作戦に関わっているようだった。

呼び出し音がいくつか鳴ってから、相手が出た。「ブルーア」きびきびしたそっけない声だった。ヴァージニア州では午前零時に近いはずだが、まだ仕事中なのだろうと、ジェントリーは思った。

「ヴァイオレイターだ。飛行機がターンヒルの地上で蹂躪《じゅうりん》された。銃を持った敵が多数……十二人を超えていたかもしれない。そいつらが囚人を連れていった」

スーザンが、一瞬口ごもってからいった。「なに……囚人って？」

「おれの飛行機に乗っていた、べつの作戦の連中は……引き渡しチームだった。囚人をひとり連れていて、MI6に渡そうとした。いまではみんな駐機場で死ぬか負傷している。囚人は、グレイの4ドアと車列を組んで現場から遠ざかろうとしている黒いバンの後部に乗せられている」

スーザンが、ようやく事情を察した。「そいつらは何者なの？」

「おれが知るわけがないだろう。便乗しただけで、なにも話を聞いていない」

また間があった。「わかった」

「で……その囚人を追ってほしいか？　そいつを捕まえておきたいんだろう？」

スーザンは、黙っていた。

「おい！」ジェントリーはどなった。「どうしろというんだ？」

スーザンが、しばしためらってからいった。「わたしの作戦ではない。なにも知らないのよ――」

「決めてくれ！」

すぐにスーザンがいった。「囚人を追って」

「了解した」

「わたしはロンドン支局に連絡して、襲撃のことを報《しら》せる。ただ——」

スーザンのべつの電話の着信音が、ジェントリーの耳に届いた。

「ヴァイオレイター、スタンバイ（〝通信を切らず、当方が呼ぶまで待て〟を意味する）」

ジェントリーは、信じられないという顔で、衛星携帯電話を見おろした。「こんなときに待てっていうのか？」

スーザンは答えなかった。べつの携帯電話に向かって「ブルーア」というのが聞こえ、ジェントリーとの電話は消音になった。

ジェントリーは、また国道の前方を双眼鏡で見た。まもなく陽が昇るとわかっていた。生き残った殺し屋とCIAの囚人が乗っている二台は、隠れ家か中継地点に向かっているにちがいない。

二台のうしろで、ジェントリーはグライダーをゆっくりと大きく旋回させた。早朝の大気のなかで、小さなグライダーは上下に揺れた。

「ゆっくりやってくれよ、ブルーア」ジェントリーはつぶやいた。

五分もたってから、スーザンが電話口に戻った。落ち着かない声で、とまどっているのが感じられた。「えー……ヴァイオレイター……あなたの好きにやってもらうしかない。囚人の追跡をつづけて。わたしはターンヒルのことをロンドンに報せる。彼らが処理してくれるでしょう」

「これよりももっとでかい、べつのなにかが起きているんだな？」

「えー……教えられない……そう、じつはこっちが非常事態なの。またあなたに連絡しないといけない」

「おれは、エージェンシーの人間を六人も殺したやつとあんたを結ぶ、たった一本のつながりなんだぞ。わかっているのか？」

「あなたは独行工作員《シングルトン》でしょう。いまもそうしている。あなたは……ほうっておいてもだいじょうぶ」

「いったいなにが起きて――」

スーザンが電話を切ったので、ジェントリーはしゃべるのをやめた。信じられないという顔で、膝の電話を見おろした。

眼下では車二台が東に向かう国道に曲がって疾走し、地平線に朝焼けが輝きはじめていた。

デイヴィッド・マーズは、ノッティングヒルの広壮な家のホームオフィスで、クルミ材のデスクに向かって座っていた、正面の壁には、七二インチ・プラズマディスプレイのテレビが三台、取り付けてある。CNN、RT（ロシア・トゥデイ）、BBCがロンドンの朝のニュースを報じ、マーズはつねにそれらすべてに目を光らせている。

だが、きょうはとくに注意を集中していた。

ターンヒルを襲撃したチームがCIAの囚人を奪い、移動のつぎの経由点《ウェイポイント》に向かっていることを、フォックスが電話で報せてきた。何人か失ったが、死体はどうにか現場から運び出したという。

ディルク・ヴィッセルは、マーズとその組織に対する危険要因だった。ルクセンブルクを拠点とするオランダ人銀行家のヴィッセルに身許を知られていると考えられる理由はない。だが、ヴィッセルは、マーズが買収しているCIA幹部の専属銀行家だった。そのアメリカ人は、数カ月前からマーズに情報を流していて、マーズはダミー会社を使い、ヴィッセルに報酬を送金していた。どういうわけか、その口座とヴィッセルが情報を漏洩している人間と結びついていることを、CIAは突き止めた。どうしてそうなったのかが、マーズには見当もつかなかった。

ヴィッセルがCIAに拉致《らち》されたとき、訊問されたらCIAの情報源の身許がばれるおそれがあると、マーズは気づいた。売国奴のアメリカ人は、マーズの身許は知らないが、本筋とほとんど関係のない事実をかなり知っているので、明らかに危険な存在だった。

それに、いまのマーズには、かなり怖れている脅威がいくつもある。マーズの人生でもっとも重要な作戦が、わずか数日後に開始される。賭けられているものは大きい。作戦のことがあと一週間、明るみに出ないようにするためだったら、マーズは大都市を破壊するのもやぶさかでなかった。

最初の予定では、ヴィッセルをアメリカとイギリスの情報機関から奪って、なにをしゃべったかを拷問で聞き出すつもりだった。だが、いまではもっと大きな賭けになっている。売国奴のアメリカ人〝バーナクル〟からの情報で、ヴァージニア州にあるCIAの隠れ家に拘禁されている人間が、過去の特定の人物について重要なことを知っているとわかった。マーズの作戦に対する脅威は、それによって幾何級数的に拡大した。そのため、ふたつのことをやらなければならないと、マーズは悟った。

ひとつは、ヴァージニアの危険要因を取り除くことだった。それはいまやっている最中だ。

もうひとつは、フョードル・ザハロフという名前が、死蔵されていたCIAのファイルからよみがえり、非合法作戦の担当者がそれを見るためにプリントアウトした理由といきさつを突き止めることだった。

ヴィッセルが、自分を捕らえたアメリカ人にザハロフの名を教えた可能性はあるだろうか？

その謎を早く解かなければならない。そこでマーズはフォックスに、フォックス本人が出向いて訊問し、なにを知っているかを聞き出すまで、銀行家を拘束しておくよう命じた。イギリスの問題については、当面、できることはそれしかなかった。

電話が鳴り、マーズはさっと受話器を取った。洗練されたイギリス英語で、マーズはいった。「もしもし」

「フォックスです」

「どうした？」

「まずいことになりました……施設は殲滅《せんめつ》し、拘禁されている人間がいたことは確認しましたが、その女がどうやったのか乱戦のさなかに逃げました」

「女？」

「拘禁室に女の服が残っていました」

「女が何者なのか、突き止めたのか？」

「急いで殺し屋をかき集めなければならなかったので、シナロア・カルテルから十二人呼び寄せたんです。そいつらは殺しはできるが、現場を緻密《ちみつ》に調べるような技倆《ぎりよう》は持ち合わせていません。四人が戦闘中死亡《KIA》、四人が負傷、あとは施設にいた敵を皆殺しにするとすぐに離脱しました」

「死体は？」

「現場に置き去りです。そいつらは殺し屋《シカリオ》です。海兵隊員じゃない。規範などないんです。でも、心配することはありませんよ。カルテルの襲撃のように見えるので、われわれに影響はないでしょう」

　マーズは、正面のテレビをずっと見ていた。ようやく口をひらいた。「逃げた女だが、もう捜させているんだろうな？」

「捜しています。メキシコ人は使わない。べつの連中に付近を調べさせています」

　マーズは、一時間ごとに進捗《しんちょく》を報告するよう命じて、電話を切った。

　いったいなにが起きているんだ？　マーズは自分に問いかけた。パニックがこみあげた。何年も前に埋葬されたGRU長官について、なんであろうと現在と関係があることを知っている女とは何者だろうかと、必死で考えた。

なにも思い浮かばなかった。

スーザン・ブルーアは、午前一時にグレートフォールズの隠れ家に到着し、正面ゲート前で車をとめた。FBIの男女捜査官がひとりの死体のまわりに立ち、近くの濡れた叢《くさむら》をフラッシュライトで照らしていた。スーザンは、敷地への出入りを管理している警官に身分証明書を見せ、私設車道《ドライブウェイ》に何台もとまっている救急車のそばに駐車するよう指示された。あとは上り坂を歩いて、屋敷に行った。小雨が降りつづいていて、空気がひんやりとし、靄《もや》がかかっていた。

正面玄関まで行くと、破壊の痕が見えた。ポーチは弾丸で穴だらけになり、そのあたりの窓はめちゃめちゃに壊れていた。スーザンはあいたドアからはいって、またFBI捜査官たちのそばを通ったが、目もくれなかった。ふたりの死体のあいだに、CIA局員の一団が立っていた。

隠れ家はCIA支援本部が運営していて、死んでいたのは支援本部の警備要員だった。隠れ家にいたものは、アンセムが何者で、CIAが彼女に対してなにを行なっていたかを、まったく知らなかった。暗号名で呼ばれる人間のみが知っている、暗号化作戦の一環だったたからだ。つまり、スーザンと上司のマシュー・ハンリー作戦本部本部長だけが知っていた。

ほかに知っているものは、地球上にひとりもいない。

ハンリーがこの計画を発足させ、毒リンゴ《ポイズン・アップル》と名付けた。元独行工作員を選りすぐり、記録《オフ》いた。

に残さないCIAの契約工作員として働かせるのが目的だった。いま、そのプログラムには、工作員がふたりしかいない。アンセムは、以前、アメリカではなくロシアの情報機関に属していたが、まもなく三人目になる予定だった。スーザンが作戦に近づきたくないと思っているのは承知のうえで、ハンリーはポイズン・アップルとそれに属する工作員の指揮を任せていた。

死体を眺めながらスーザンは、この職務が誕生する前にハンリーに反抗して遠ざかればよかったと思った。この殺戮《さつりく》にはアンセムがなんらかの形で関係しているにちがいない。ほかの原因は考えられなかった。アメリカ国内でロシアが暗殺作戦をやっているような気配はないし、ゾーヤ・ザハロワがCIAに拘禁されているのをロシアが知っていたことを示す証拠はまったくない。たとえ知っていたとしても、元工作員を奪い返すためにここまでやるとは思えなかった。

ロシアのスパイだったゾーヤ・ザハロワをアメリカの資産《アセット》に変えるのは、スーザンの仕事で、ほぼ四カ月間、ずっとそれに注意を集中していた。順調に進捗しているとハンリーには報告していたのに、騙《だま》され、隠れ家の警護要員を殺してゾーヤが逃亡したのだと思うと、胸がむかむかした。

スーザンは、死体を見おろした。「リケッツとジャーヴィスだわ」アンセムが連れてこられてから、ほとんど毎日、隠れ家を訪れていたので、警護官の名前はすべて知っていた。

作戦本部副本部長のジェイ・シーキンズが、ロビーの一団のなかに立っていた。襲撃のとき、シーキンズはここにはいなかったが、近くのレストンに住んでいる。スーザンはひと目見ただけで、シーキンズがショックに襲われていることがわかった。それでも、スーザンを尊大な目つきで見るだけの余力はあった。ポイズン・アップルのことも、アンセムのこともシーキンズはまったく知らない。計画立案部の成りあがり者が作戦の詳細を知らされているのに、ハンリーにつぐナンバー2《ツー》の自分が蚊帳《かや》の外に置かれていることを、シーキンズはかなり気にしている。「どういうことだ、スーザン？」

シーキンズのあてつけを、スーザンは黙殺した。「これまでにわかったことは？」

シーキンズが、首をふった。視線が落ち着かない。「まだわかっていない。守衛詰所でひとりが死亡。森でふたりが死亡。屋内のここでもふたり死亡。身許不明の男が合計で四人死んでいたことになる。全員、武装している。強襲中に殺されたのだろう」

スーザンが聞きたいのは、そういうことではなかった。「ゲストはどうしたんですか？」ときいた。

「ゲストはいなくなった。警護官のウィリアム・フィールズもだ。攻撃のとき、フィールズは拘禁室がある地下で当直をつとめていた。二階でも警護官をひとり発見した。ハルペリンだ。生きているが、重傷だ。搬送されたが、助からないかもしれない」

「監視カメラの録画は見ましたか？」

「いや。ここで死んでいる人間に敬意を表してから、地下におりていって、たしかめるつもりだった」

スーザンは、死んだ警護官のために祈るつもりはなかった。「行きましょう」シーキンズが、しぶしぶついてきた。ふたりは玄関の内側に横たわる警護官ふたりの死体のあいだを通り、屋敷の奥へと進んだ。書斎にはいると、そこにも死体がふたつあった。市販の暗視ゴーグルや、CIA支給品ではない装備を身につけていることからして、襲撃部隊の一部にちがいなかった。

シーキンズがいった。「身許不明者はすべてヒスパニックで、戦闘可能な年齢の男だ。カルテルの殺し屋《シカリオ》だろうな。DC近辺では、シナロア・カルテルが最大組織だが、いまのところ、それはわたしの仮説にすぎない」

スーザンは、ほとんど聞いていなかった。ひとりの死体の上にかがみ込んだ。「この死体から武器を取りましたか？」

シーキンズが近づいた。「どういう意味だ？」

「拳銃はホルスターにはいったままです。おもな武器をべつに携帯していたにちがいない」

「発見したときのままだ。拳銃しかなかった」

「拳銃は腰のホルスターに入れたままでしょう？　この撃ち合いのなかで、武器を持たずに歩きまわるはずがありませんよ」

「たしかに変だ。なにがいいたい？」

スーザンが、レインコートの下の胸をふくらませて、溜息をついた。「ゲストはいままでは武器を持っているといいたいんです」

「なんてこった」シーキンズがつぶやいた。

「ひどいことになるいっぽうだ」

ふたりは階段を地下におりていった。

監視室でスーザンがコンピューターを使って画像を再生するあいだ、CIA幹部局員四人がそばで見守っていた。一階のFBI捜査官たちは、CIAが現われたら犯罪現場を保全して指示を待つべきだということを心得ていた。

スーザンは、壁の六五インチ・プラズマディスプレイに、屋敷の監視カメラ十二台すべての画像を分割画面で表示した。襲撃が開始された瞬間が映っているはずだと考えて、三時間分の録画を巻き戻し、早送りした。

午後十時四十五分、ゾーヤがベッドを出てドアへ行くのを、拘禁室のカメラが捉えていた。直後にウィリアム・フィールズが現われ、すぐにいなくなった。

その数十秒後に、地下のカメラ三台がすべて切られた。あとのカメラは、屋敷の他の部分や表の敷地を映しつづけていた。

シーキンズがいった。「警護官が拘禁室のカメラを切った。なんのためにやったんだ？」

屋敷の外のカメラと、玄関のカメラの画像で、スーザンは強襲が開始されるのを見た。かなりの人数で、四方から接近していた。腕はいいようだったが、グループ同士の調整がまったく整っていなかった。

アンセムがキッチンに現われ、書斎へ移動した。アンセムが炉棚《ろだな》から跳びおりて、素手で敵のひとりから武器を奪い、ふたりを斃《たお》すのを、スーザンは見守った。その交戦には、三秒もかからなかった。

「すごいな」シーキンズがつぶやいた。「あの女、何者だ？」

スーザンは黙って見守った。ゾーヤがウージーを持って立ちあがり、地下へひきかえした。ほどなく地下のカメラの画像が回復した。ウィリアムは手錠をかけられて拘禁室で仰向《あおむ》けになり、ベッドに寄りかかって体を起こそうとしていた。黒っぽく見える液体が、そのまわりの床にこぼれていた。

「あれはなにかしら？」画像に目を釘づけにして、スーザンがいった。

シーキンズがいった。「飛行機の機内で配る安物の赤ワインの小瓶が二本、割れて床に転がっている」

ほんの数秒後に、アンセムが廊下から拘禁室にはいってきた。ウージーを右肩に吊り、ウィリアムの腕の下をつかんで、部屋からひきずりだした。

スーザンは、まわりの男たちとともに、廊下のカメラの画像に目を向け、ゾーヤが物置をあけて大男の警護官を押し込むのを見た。すぐさまゾーヤが廊下に戻ってきて、独りで階段に向けて駆け出した。

一分後、M4カービンを持って顔を覆《おお》った男ふたりが、廊下にはいってきた。閉まっている物置の前を通って、拘禁室へ行った。だれもいないとわかると、そこにあった服をざっと調べ、小走りに地下から出ていった。

スーザンとシーキンズは、目配せを交わし、廊下に跳び出して、拘禁室の向かいの物置へ行った。携帯無線機で何度か呼び出して、鍵を持ってこさせた。ドアがようやくあくと、スーザンが踏み込んだ。最初はなにも見えなかったが、給湯器の裏にまわった。ウィリアムが、手をうしろにまわし、猿轡《さるぐつわ》をはめられて、そこに座っていた。ウィリアムが目をあげると、他の警護官とともに殺されたほうがましだったと思うにちがいないような目つきで、スーザンは見据えた。

スーザンは、首に結びつけた紐《ひも》をほどき、靴下をウィリアムの口からもぎ取った。

ウィリアムが発した最初の言葉は、自分が置かれている状況を承知していることを物語っていた。

「弁護士を呼んでくれ」

スーザンは、ウィリアム・フィールズの前でしゃがんだ。「弁護士なんか呼ばないで、スーパーマックス刑務所の奥の暗い穴倉でみじめな一生を送らせてあげましょうか？」すこし間を置いてからつけくわえた。「今夜起きたことをわたしに話せば、そうはならないかもしれない。あらいざらいしゃべるのよ」

ＣＩＡ局員のひとりが、物置に首を突っ込んだ。「ブルーアさん。ハンリー本部長とウィーラー副本部長が、三階の図書室にいます。話がしたいそうです」

スーザンは立ちあがって、シーキンズの顔を見た。「フィールズの手錠ははめたままにしておいてください。ハンリー本部長と話をしてから、フィールズから知っていることをすべて聞き出します」

6

マット・ハンリーは、数カ月前に作戦本部本部長に就任したばかりだった。五十代で、身長一八八センチ、がっしりしていて顔が大きい。ディフェンスのラインマンのようなたくましい肩で、ブロンドの髪にはかなり白髪《しらが》が混じっている。ポイズン・アップルはハンリー独自の計画で、通常の作戦系統の外で運営している。ウィリアム・フィールズとおなじように、ハンリーが不安をあらわにしているのは、自分の窮状がはっきりとわかっているからだろうと、スーザンは見てとった。

支援本部副本部長のマーティ・ウィーラーは、五十一歳で、硬い白髪が突っ立ち、チェサピーク湾で何十年もヨットに乗っているため、日焼けして、風雪が顔に刻まれている。ハンリーのほうがウィーラーよりも地位が高いが、三十年ほど前に陸軍特殊部隊にともに勤務したときからずっと、ふたりは親友だった。

ウィーラーはシーキンズとおなじように、隠れ家にゲストがいるという事実を知っていただけで、ゾーヤ・ザハロワについて具体的なことはなにも知らない。ウィーラーがそばに立っているところで、ハンリーにどう話をすればいいだろうかと、スーザンは迷っていた。

ハンリーがいった。「なにがあった、スーザン？」

「施設に調整攻撃がかけられました、ジェイは、敵はメキシコ人かもしれないと考えています」

べつの人物が、ノックもせずに部屋に跳び込んできた。スーザンはそちらに目を向けて、立ちあがった。驚きを隠すことができなかった。「レンフロ本部長」

「スーザン」レンフロがいった。壁に造りつけられた書棚の前に立っていたハンリーのほうを向いた。「マット」

「ルーカス」ハンリーが冷たく答えた。レンフロには目もくれない。

ふたりの挨拶《あいさつ》から、おたがいを好いていないことを、スーザンは察した。

ルーカス・レンフロは、CIA支援本部本部長だった。ウィーラーの上司で、ハンリーとは同列の地位にある。もっとも、インテリジェンス・コミュニティでは支援部門よりも作戦部門が高く評価されるので、重要度がおなじだとはいえない。五十五歳のレンフロは長年、CIAの議会担当スタッフだったので、作戦本部の人間には、キャリアの情報部員ではなく政治家だと見なされている。雨が降る真夜中に、血みどろの現場にレンフロが現われたので、スーザンは驚いた。まして、ナンバー2《ツー》のウィーラーがすでに来ているのだ。

レンフロが、スーザンだけに向かっていった。「報《しら》せを聞いてすぐに来た。いったいなにがあった？」

スーザンは、襲撃のことを詳しく話したが、施設に拘禁されていた女についての情報はいっさい漏らさなかった。

スーザンが予期していたとおり、レンフロがそのことを問題にした。

「それで、ゲストは？」

承認を得るために、スーザンはハンリーのほうをちらりと見た。ハンリーがしぶしぶうなずいたので、スーザンはいった。「逃げました。襲撃者といっしょではなく。現在、ゲストの居場所はわかっていません」

レンフロが、いらだたしげに首をふった。「カルテルがこの施設を襲撃したのはなぜだ？」

「誤解があったのでしょう。まちがった情報で」スーザンはいった。

「確信はあるのか？」レンフロがいいつのった。

ハンリーが、溜息をついた。「なあ、ルーカス、あんたらが副業に隠れ家で麻薬を密売していたんならべつだが、シナロア・カルテルがここに興味を持ったわけは、見当もつかない」息を吸ってから、つけくわえた。「いま起きたばかりだし、おれたちも来たばかりだ。すこし時間をくれ」

「ゲストが街を勝手に走りまわっているんだぞ。警備の厳重な建物にあんたたちがゲストを監禁していたのには、それなりの理由があったはずだ。脅威のレベルは？　その男は何者だ？」

レンフロは、隠れ家でなにが行なわれていたのか知らないし、ゲストが女性だというのも知らないのだと、スーザンにはわかった。ウィーラーとおなじように、レンフロはポイズン・アップルの情報を知らされていない。しかし、支援本部の要員の多くが、グレートフォールズの隠れ家のゲストは女ひとりだというのを知っているようだった。

とはいえ、レンフロは、この施設の警備要員とじかに話をするのは沽券《こけん》に関わると思うような人間なのだろう、とスーザンは思った。

スーザンが答えなかったので、レンフロが質問をくりかえした。「何者だ？」

スーザンは、またハンリーのほうを見た。ハンリーがいった。「その話はできない」

「なんだと！」

ハンリーは、話題を変えた。「ターンヒルの銃撃戦のことは聞いたか？」

「さっき聞いたばかりだ。あんたは部下を何人か失ったそうだな」

ハンリーはうなずいた。「ダグ・スパノが殺された」

「くそ」レンフロがつけくわえた。「作戦本部で情報が漏れている」

「馬鹿をいうな！」ハンリーが、たちまち態度を硬化させた。「支援本部から情報が漏れたんだ！　引き渡しも隠れ家も、あんたが指揮していた。この四カ月のあいだに、航空機三機の正体が敵に知られ、こんどは国内施設が蹂躙《じゅうりん》された！」

「四件とも、あんたの作戦がからんでいたんだ、マット」レンフロは、ハンリーの辛辣《しんらつ》な非難を受け流した。「それに、航空機の事件のうち、最初の二件は監察総監が支援本部を調査し、なにも出てこなかった。わたしなら、あんたの記録に残さない活動《オフブック・アクティヴィティー》を調べる。監察総監はそれには手を出せないからな。情報漏洩《リーク》はそこで見つかるだろうよ」

ハンリーは、憤然としてからいった。「ルーカス、マーティ……ちょっと席をはずしてくれないか。スーザンと話すことがある」

レンフロが嫌な顔をしたが、ウィーラーに手をふり、ふたりとも図書室から出ていった。

ふたりがいなくなると、スーザンはきいた。「どうしてあのふたりが来ているんですか？」

ハンリーが、図書室のまんなかのテーブルに向かって座り、まわりを見た。「カメラは？　マイクは？」

スーザンは、あきれて目を剝《む》きそうになるのをこらえ、ハンリーの向かいに座った。もちろん、話をするときには記録機器をとめる。「ぜんぶ切ってあります」

ハンリーがいった。「理由はわかるだろう。この施設は支援本部の縄張りだ。彼らはアンセムのことも、ポイズン・アップルのことも知らされていないが、この屋敷については責任を負っている。それが殲滅《せんめつ》された。しかもＦＢＩが来ているのに、いったいなにがあったのか、連中にはわからない」

スーザンはいった。「支援本部が嗅《か》ぎまわったら、アンセムを見つけるのがよけい難しくなります」

「ウィーラーに話をして、邪魔をしないようにしてもらう。レンフロは、いつだってひとの足をひっぱろうとする。ポイズン・アップルについて、なにかを嗅ぎつけられたら、ひどく厄介《やっかい》なことになるだろう」

「同感です」

ハンリーが、話題を変えた。「さっきの電話では、ヴァイオレイターがイギリスで囚人を追跡しているということだったな。そのあとで報せは？」

「いいえ。彼のほうからは電話してこないし、わたしも手が空かなくて、電話するひまがなかったんです」

「この緊急事態二件は、つながりがあるんじゃないか？」

「わたしに答えられるわけがないでしょう、マット。ガルフストリームに乗っていた囚人のことすら知らないのに」

「銀行家だ。きのうルクセンブルクで捕らえた。その男は、ビットコインで合計三十万ドル相当を局《エージェンシー》のコンピューターに送金するのに使われた秘密口座を管理していた。送金は三度で、いずれもここ数カ月のあいだに、エージェンシーの航空機が危機に陥ったときと一致している」

「つまり、エージェンシーの飛行機三機に狙いをつけていたやつらに、支援活動に関する情報を流した人間の身許を、その銀行家が知っているというわけですね。それにくわえて今夜の事件……何者かが銀行家を拉致《らち》した。その銀行家が、売国奴への支払いを請け負っていたんですね？」

「単純にいうと、そういうことだ」

「その売国奴は、どうして本部《ラングレー》のコンピューターを使ったのかしら?」

ハンリーは答えた。「理由はひとつしかない。彼もしくは彼女は、他人に罪を着せようとしているんだ」

「では、ビットコインを受け取ったのがだれのコンピューターなのか、わかっているんですね?」

「わかっているが、きみには教えない。その人物は無実だとわかっているからだ」

「でも――」

「犯人に仕立て上げられようとしている人物は無実だ、スーザン。われわれは真犯人を見つけなければならない。この話は終わりだ」ハンリーは、にべもなくいった。

スーザンは、追及しなかった。その代わりにこういった。「このリークがエージェンシー発だとしたら、どうして証人をＭＩ６に渡そうとしたんですか?」

「長官がおれにイギリス側に引き渡せと命じたのは、秘密口座の法的組織体が、ロンドンで登録されている企業だからだ。ＣＩＡ局員の刑事訴追をいっさいＦＢＩに任せなければならなくなった場合のために、長官はできるだけ公明正大に進めようとしたんだ。しかし……」

ハンリーの声がとぎれた。

「しかし、なんですか?」

「コート・ジェントリーを本土に呼び戻すようきみに命じたのは、売国奴が逮捕されないようにするためだ」

せるつもりだったんですね？」

「彼はそれをやっていたはずだ」ハンリーは、大きな肩をすくめた。「しかし、いまでは銀行家を見つけて、捕まえているやつらから引き離す仕事をやってもらうしかない。その銀行家は売国奴との唯一のつながりだから」

「本部長……」スーザンは、テーブルを指で叩いた。アンセムが六時間前に座っていた椅子に腰かけているハンリーのほうを見た。「はっきり申しあげます。ポイズン・アップルは、カチカチ時を刻んでいる時限爆弾です。そのプログラムの資産《アセット》ふたり、ことにヴァイオレイターが……きわめて不安定になっています。つないでいた紐《ひも》が切れて、野放しになっていま す。アンセムはまだ正式なメンバーではありませんが、数週間でそうなるところだったのに、すでに爆発しました」

ハンリーが座ったまま身を乗り出して、太い腕をテーブルに置いた。「この職務が気に入らないのはわかっている、スーザン。ここでおれといっしょに槍の穂先の強行資産《ハード・アセット》を管理するよりも、七階で幹部として決定を下したり、議会で立法に影響を及ぼしたり、支局長としてどこかの大使館に勤務したりするほうが、きみはずっと好きなんだろうな。この新計画はリスクに見合う大きな利益があるというのを、きみは信じていない。しかし、きみがここにいるのには、理由がある。たとえこの秘密プロジェクトに疑いを抱いていたとしても、きみはぜったいに秘密を守ると、おれはずっと信じているんだ。きみを手放さずにいるのは、ポイズン・アップルを運営するのに適した人間だからだ」ハンリーはつけくわえた。「それをせいぜい利用する方法を考えればいい」

スーザンは、テーブルに視線を落とした。「わかりました」

「さて」ハンリーはいった。「地元の法執行機関に、ゾーヤの人相風体を伝えないといけない。だが、写真はだめだ」

「どうしてだめなんですか？」

「まだアンセムを焼却《バーン》（情報機関が工作員を信頼できないとして排除すること）したくない。なにがあったのか、わかっていない」

スーザンは、気が進まなかった。朝になって家に帰る途中の道路でアンセムを見かけたら、轢《ひ》き殺してこの混乱を収拾したいところだ。だが、スーザンはこういった。「ＦＢＩに伝えます。そこから地元警察に伝えられるでしょう。じきに見つけます」

ハンリーはうなずいた。「やらなければならない仕事は、それだけではない。もぐら《モール》（組織に潜り込んでいる工作員）を見つける必要がある」

「それは作戦本部の仕事ではないでしょう」

「たしかに、公式にはちがう。しかし、ＣＩＡ本部内のリークで、作戦本部は打撃を受けている。今夜も二件の作戦が激しく炎上した。この数カ月のあいだに何度も、われわれの飛行機の正体が敵に知られた、いままたこれが起きた。あすの朝いちばんに、局のこれらの作戦をぶち壊しているやつを突き止める新戦略を打ち立てるつもりだ」

「でも……どうやって?」

「記録に残さずにやる。リークされた情報にアクセスできた人間の数には限りがある。全員の身許を突き止め、ひとりずつ調べる」

「水板責め《ウォーターボーディング》(板に縛りつけ、顔に布をかぶせて水に漬ける拷問)で?」スーザンは冗談のつもりでいった。

だが、マット・ハンリーは笑わなかった。「必要とあれば」といったので、ハンリーの策略で部下として働くようになった日のことを、スーザンは呪った。

7

四年前

潜水艇の司令塔《セイル》が日本海の黒い水面を割ったときには、予定時刻を二十五分過ぎていた。午前四時をまわっていたので、闇にまぎれて潜入するには、すばやくやらなければならない。日本の沿岸にある海上監視レーダーのオペレーターが、その小さなセイルを画面上で捉えるのは不可能だった。北朝鮮の鮭《ヨノ》型潜水艇は全長が二九メートルしかなく、ステルス性が高いので、いま渡ってきたような外海ではなく沿岸部での作戦向けに造られているにもかかわらず、今回の作戦に選ばれた。

ヨノ型潜水艇は、魚雷を備え、諜報活動に従事する特殊部隊兵士やその他の人員を六人運ぶことができるが、弱点があった。潜航時の平均速力が、時速一〇キロメートルにすぎないのだ。北朝鮮の元山《ウォンサン》港から日本沿岸のこの水域までは、四四五キロメートルある。したがって、丸二日間、つらい航海をつづけなければならなかった。

乗組員が四人の潜水艇は、日本本土に三人を送り届ける任務を命じられていた。そしていま、五キロメートル沖の水面で上下に揺れている潜水艇から、黒い人影が四つ、セイルの水密戸《ハッチ》から甲板に出てきた。ひとりが小さな黒い膨張式ボートをエアコンプレッサーでふくらまし、セイルから船外機が運び出されて、ボートの艇尾に取り付けられた。その直後に、四人が乗るボートは、暗い海をかきまぜながら、遠くでまたたいている明かりを目指した。

武器はまったく所持しておらず、それどころか着のみ着のままの姿だった。

砂浜にボートが近づくと、閃光が見えたので、ボートを操っていた乗組員が針路を調整し、光の信号のほうへ艇首を向けた。

そこは日本の本州の北陸地方、石川県の北岸だった。北朝鮮の領海からもっとも近い地点でもある。本州にはいたるところに都市や街があるが、この短い海岸線は僻地《へきち》で、白い砂浜とクロマツの林で知られ、キャンプ場が点々とあるだけだった。週末の娯楽として人気があり、大阪や東京からもおおぜいがやってくる。

潜水艇を出発してから四十分後に、四人のうち三人がボートをおりて、浅瀬にはいり、静かな砕け波のなかを歩いていった。

前方に動きが見えた。三つの黒いシルエットが、砂浜から海にはいってきた。潜水艇から来た三人組は歩きつづけ、くるぶしの深さの泡立つ海で、六人が出会った。六人は無言でお辞儀《じぎ》を交わし、立ちどまらずに大股ですれちがった。砂浜から来た三人はボートに向けて海のなかを歩き、潜水艇から来た三人は陸地を目指した。

膨張式ボートが潜水艇にひきかえし、新手の三人は前方の道路へと歩いていった。細い弓形の月の前に濃い雲が流れてきたため、視界がきかなくなっていた。

三人のうちふたりは男で、あいだに挟んでいる女のために、練度の高い小規模な警護を行なうのが任務だった。そのふたり、金東宇《キム・ドンウ》と南俊昊《ナム・ジュノ》は、北朝鮮の情報機関、朝鮮人民軍偵察総局の保全係将校で、英語が流暢《りゅうちょう》に話せるだけではなく、軍と情報機関での経験が三十年近くに及んでいる。

女は元薔美《ウォン・ジャンミ》、三人のなかで最年長の三十六歳だった。この任務では、彼女ひとりが最重要だった。金と南は、いざという場合には身代わりになって弾丸を受けてでも、彼女の命を守らなければならない。なぜなら、元薔美は北朝鮮で最高の科学者で、情報資産《インテリジェンス・アセット》としても高度の訓練を受けている、北朝鮮にとってきわめて貴重な人材だった。

元は、平壌《ピョンヤン》の生物学技術研究所の副所長だった。この研究所は二重の用途に使われている。表向きは、北朝鮮の農業のために農薬や除草剤を開発していると称しているが、じつは、中国以外とはほとんど国交のない北朝鮮の強力な化学・生物兵器開発センターの役割を果たしている。

元の専門は肺ペストと出血熱だった。今夜開始される任務は、七年前に元が欧米の言語と韓国の風習を叩き込まれるようになったときからはぐくまれていた。欧米は親愛なる指導者の神聖な権威と過大な自信を突き崩そうと策謀したが、北朝鮮はそれをはねのけ、その間も元の開発計画は強化された。

元は狂信者だった。北朝鮮の情報機関の命令すべてに、一言一句の狂いもなく従うつもりだった。自分の行動は、北朝鮮という小国を国際社会がもたらす脅威から救うと確信していた。

乾いた地面にあがってから数分後に、三人は、海岸から見える大島ビーチリゾート海水浴場にはいっていった。林に簡素なキャンプ場とキャビンがあり、テントが数張、設営してあった。キャンパーがそのなかで眠っているにちがいない。だが、三人はそのままキャビン四号棟へ行った。

なかにはいると、三人分の荷物が置いてあり、機内持ち込み用の車輪《キャスター》付きスーツケース、ブリーフケース、大きなハンドバッグがはいっていた。服も豊富にあり、アクセサリー、書類、ノートパソコン、携帯電話など、無害な韓国の企業幹部三人に化けるのに必要なものがすべてそろっていた。三人分のパスポート、運転免許証、クレジットカードがベッドに置かれ、潜入工作員三人それぞれのための服もならべてあった。

身分証明書などの書類は、さきほどボートに乗り移った三人のものだった。三人は伝説《レジェンド》(非合法工作員に用意される本格的な偽装で、短期間の偽装よりも大がかりで、発覚しにくい)を確立するために何年も前に韓国に送り込まれた不活性《スリーパー》工作員《エージェント》で、いずれも元、南、金と外見がよく似ている。

キチネットのテーブルには、三通の封書があった。なかには大阪発アテネ行きの航空券と、ギリシャ入国を許可するビザがはいっていた。

元、金、南は、着替えて、それまで着ていた服を用意されていたランドリーバッグに入れた。到着してから二十分以内に、表に出ていた。

キャビンのそばに、韓国製の起亜《キア》リオ5ドア・ハッチバックがとまっていた。キーは燃料補給口のフューエルリッドの下に隠してあった。キャビンの品物とおなじように、いまごろ故郷に向かっているスリーパー・エージェント三人が手配したものだった。三人は、荷物とランドリーバッグを、車に積み込んだ。南が運転席につき、元がリアシートで快適な姿勢をとるのを見届けてから、金が助手席に乗った。

午前五時四十五分、一行は南西の大阪に向けて出発した。途中の橋で、流れが速い川にランドリーバッグを投げ捨てた。

三人は、大阪の中心街の北にある伊丹《いたみ》国際空港に車をとめ、荷物を持ってセキュリティチェックを受け、税関と出国審査で書類を徹底的に調べられて、午前十一時には旅客機のキャビンの座席についた。

ギリシャは、三人の目的地ではなく、中継地点だった。そこを経由して、イランのテヘランへ行った。元はこれから六カ月、生物戦研究の分野で働き、イラン・イスラム共和国で最高の科学者たちに自分の専門知識を分かちあたえて、彼らの知識を学ぶ。疫病の胞子を変化させて殺傷力を高める効率的な新手法を編み出すことと、効果を最大限にするエアゾール散布法を工夫して病気を兵器化することに、元の研究は集中していた。

イランでの作業を終えると、元と警護のふたりはシリアへ行き、そこでも細菌とウイルスのエアゾール散布を研究した。ただ、シリアは化学兵器のサリンに開発を集中していた。とはいえ、シリアは、残虐な内戦に爆弾やロケット弾を使用して、化学物質をすばやく効果的に散布する方法の権威だったので、元はその手段やテクノロジーについて〝現地での〟訓練を受けた。

シリアでの研究が終わると、北朝鮮の統制官は元にロシアに行くよう命じた。北朝鮮とロシアは、ロシア南西部のボルガ川近くにある軍の内密の研究施設、第三三中央研究試験所に元を派遣する取り引きを結んでいた。

そこで元は、自分の専門技能を完成に近づけ、神経剤、糜爛《びらん》剤、窒息剤、血液剤の効果を最大限にする特殊技術を磨くことに励んだ。ロシアの医師、科学者、技術専門家は、非常にすぐれていたので、元は短期間で多くを学んだ。

元の研究は、対生物テロ防衛《カウンター・バイオセキュリティ》にも集中していた。生物テロ兵器の影響を阻止するか弱めるために、欧米諸国がどういう探知手段と防止策を講じているかを突き止めるのが、元の仕事だった。冷戦期からロシアはその研究を進めていたので、大量の生物兵器を開発して製造するインフラは現存しないが、欧米がその手の攻撃と戦えるか否かについての知識は残っていた。

それに、ロシアは試験のためにありとあらゆる細菌を保管する傾向があり、元が北朝鮮で取り組んでいたものよりもはるかにすぐれた安全策を講じていた。

元はロシアやその他の国で、こういう秘密産業との貴重な人脈を築いた。もちろん生物兵器は国際条約で禁止されているが、ロシア、イラン、シリア、小規模ではあるがキューバには、開発計画が存在していたし、それらの国の科学者たちは、元のような北朝鮮の有能な専門家と共同作業を行なうのにやぶさかでなかった。

元は自分の研究が倫理的にまちがっているとは思っていなかった。アメリカ、カナダ、イギリス、多くの欧米諸国は、すべてさまざまな生物兵器の研究を行なっている。どうして北朝鮮だけが、その権利を奪われなければならないのか？

それに、元は朝鮮戦争の話を聞いて育った。米兵は北朝鮮の子供を食べたというし、北朝鮮はつねにアメリカの核攻撃の脅威にさらされてきた。

欧米は邪悪そのものだ。元は全身全霊でそう確信していた。

生物性大量破壊兵器を製造する技術や知識など、ありとあらゆることを学ぶために、元は北朝鮮から外国に派遣された。しかも、一生ずっと洗脳されて、それが責務だと確信していたので、欧米へ旅をしても、その意欲が衰えることはなかった。

外国で自分の専門分野を学び、知識を祖国に持ち帰るように命じられていただけで、元は具体的な作戦任務はあたえられていなかった。だが、何年も学びつづけるうちに、自分の研究が現場で実行されることはないだろうという確信は、強まるばかりだった。また、国家の敵に大損害をあたえ、自分の技倆《ぎりょう》を世界に示すためには、北朝鮮が欧米を生物兵器で先制攻撃することがきわめて重要だと考えるようになっていた。

いつの日か呼び戻されて帰国することを、元はもっとも怖れていた。北朝鮮の研究所での生活に戻ったら、敵に対して行動する機会は、二度とめぐってこないだろう。

元がロシア側の知識の恩恵を受けたのとおなじように、ロシアも元の知識の恩恵を受けていた。何カ月もひそかに吟味した結果、元を利用できるとロシア側は判断した。ロシアの海外情報機関SVRが、その北朝鮮人資産《アセット》とそれが有する能力や技能について、報告を受けた。生物兵器をだれかに対して使用する予定は当面なかったが、SVRは元を監視することにした。

8

現在

ジェントリーは、車二台のはるか後方で高度をあげて、グライダーを飛ばしていた。気づかれないように視界からじゅうぶんに遠ざかり、A50国道に沿い、朝陽が昇る東に向けて追跡していた。

黒いバンとグレイの4ドアは、午前八時過ぎにノッティンガムの南を通過し、八時半ごろに国道からそれて、真南に向かう二車線の道路を走りはじめた。数分後に、平坦な農地のまんなかにある密生した森にはいった。まもなく森から出てくるだろうと思い、ジェントリーはその上空でグライダーを旋回させた。

だが、バンもセダンも現われなかった。

森の南の端に赤煉瓦《れんが》の大きな建物が何棟もあり、はじめのうちは付近に人間がいる気配は見られなかった。廃屋のようだが、高度一〇〇〇フィートからではたしかめられない。

だが、機体を傾けて北にひきかえしかけたときに、荒れ果てた建物群の本館らしきもののそばに、車が二台とまっているのに気づいた。セダンだということしか見分けられなかったが、その二台でやってきた連中も関係があるのだろうかと、ジェントリーは思った。

ジェントリーが操縦していた小さなモーターグライダーは、単純な造りで速度が遅いが、ひとつ利点があった。音もなくすばやく降下でき、どんな場所でもおおむね着陸できる。農家からひろがっている小麦畑の向こう側に、直線道路があるのを、ジェントリーは見つけた。付近にだれもいないとわかると、ジェントリーはエンジンを切り、グライダーを滑空させて、午前九時過ぎに地面におろした。すこし弾んだが、いちおうちゃんとした着陸だった。グライダーが無事に停止すると、ジェントリーはおりて、すぐそばの農道に押していき、主翼で小麦をかきわけながら畑の奥に入れた。

すこし風のあるひんやりとした朝で、ジェントリーがバックパックふたつを背負うときに、土埃《つちぼこり》と籾殻《もみがら》の茶色い雲がまとわりついた。

ジェントリーは農家を囲む小麦畑を突っ切り、納屋の裏で畑から出た。小さな汚れたM2Rピットバイクが、ロックをかけずに裏口のそばに置いてあった。たぶん十代の子供が乗っているのだろう。エンジンは九〇CCにすぎない。泥が固まっていたし、タイヤはいまにも擦《す》り切れそうだったが、ガソリンがタンクに四分の一はいっていた。バンが見えなくなったところまで、一・五キロメートルほどすばやく移動するのに役立つ。

子供のバイクを盗むのは気が引けたが、さほど悪いとは思わなかった。アメリカとイギリスの情報機関の人間をけさ何人も殺した男たちが、すぐ近くにいる。そいつらを斃《たお》すために、ジェントリーは全力をあげるつもりだった。

ジェントリーは、バイクを小麦畑の細い散水灌漑《かんがい》用路に入れて、畑の向こう側に出るまで押していった。そこでエンジンをかけた。回転がばらついていたが、すぐにスロットルをあけて、空から見た建物群の北にある森の方角へ猛スピードで走っていった。

鬱蒼《うっそう》とした森の小径《こみち》に着くと、バイクのエンジンを切り、おりて押していった。そうしながらブルートゥースのイヤホンをはめて、スーザンの番号にかけた。いまだに連絡がないのが不可解だった。どういうことかは知らないが、スーザンがかかりきりになっている事件に関わっていなくてよかったと思った。CIA局員が何人も虐殺されたのをあとまわしにするのだから、よっぽどひどい事件にちがいない。

アメリカ東海岸では午前五時過ぎなのにスーザンがすぐに電話に出たので、ジェントリーは驚いた。

「ブルーア」

森がとぎれるところから数百メートル離れていたが、ジェントリーは小声でいった。「おれだ。そっちの事態は片づいたのか？」

「すべて統制しているわ」スーザンが、そっけなく答えた。

「まちがいないか？」

「あなたの状況報告を聞こうと思っていたところよ」

「状況報告はするが、その前に……ターンヒルの損耗《そんもう》は？」

スーザンがいった。「ロンドン支局と話をしたばかりよ。局員三人、パイロットふたりを失い、四人が重傷。MI6もおなじようなものよ。三人死亡、三人負傷。大虐殺だった」

「忘れたのか。おれもそこにいたんだ」

スーザンが答えた。「忘れていないわよ、ヴァイオレイター。さあ、そっちの番よ」

ジェントリーはいった。「いま、イーストミッドランズにいる。それしかわからない。どこなのか、正確な位置は調べていない。囚人を捕まえている対象《サブジェクト》は、ここにいる。とにかくいまはいる。これから近づいて、詳しく調べる」

「了解」

「チームをよこしてくれれば、終わらせられる」

スーザンは黙っていた。

「だめなのか？」

「あいにく、それができないの」

ジェントリーは、腹の底から怒りが湧き起こるのを感じた。「どうしてだめなんだ？」

「あなたはイギリスにいる。司法権は彼らにある」

「それじゃイギリス人を呼べ。おれが囚人を取り戻したら、そいつらが司法権とやらを行使すればいい」

やはりスーザンは答えなかった。

「ブルーア？」

「よく聞いて。ＣＩＡ便がターンヒルに着陸して囚人を引き渡すことを、その連中に教えたのがだれなのか、まだわかっていない。仮にそれがわたしたちの側の人間だとしたら、あなたがどこでなにをやっているかは、だれにも知られないほうがいい。あなたのためよ。逆に、ＭＩ６の側で秘密が漏れたのだとすると、ＭＩ６に伝えて敵に知られるような危険を冒すことはできない」

「おれに話していないことがあるんだろう？」

スーザンが、大きな溜息をついた。「イギリス側は、もぐらがいると確信している。わたしたちの側とおなじように。ひとりではないかもしれない」

「冗談じゃないぞ」

「イギリス側は、リークした人間をいぶし出すといっている。でも、こちらとおなじように秘密が漏れていると想定しなければならない」

ジェントリーは、森のなかで小さなバイクをなおも押していった。「襲撃したやつらは、どうして空港でやるような面倒なことをしたんだ？　ＭＩ６のチームが囚人を受け取って道路を走っているときにやったほうが、ずっと手間がかからないし、だいいち対処しなければならない人数が半分になる」

スーザンがいった。「わたしもおなじことを考えていたの。たぶん、情報が不足していたから、任務の目的を果たすために飛行機を襲撃しなければならなかったんでしょう」

「囚人がそこでおろされるかどうかが、たしかではなかった。あるいは、迎えが来るかどうかがわからなかった。というようなことだな」ジェントリーはいった。

「たぶん」スーザンが認めた。「だとすると、こちら側のだれが漏らしたかを突き止めるのが、すこしは容易になる。暗号化作戦そのものに関わっていたのなら、引き渡しがあることも知っていたはずよ。でも、支援本部ではだれでも、その飛行機がルクセンブルクで何人かを乗せ、イギリスに寄ってからアメリカに帰ることを知っていた」

ジェントリーはいった。「だとすると、イギリス側で秘密が漏れた可能性はかなり低い」

「そうかもしれない」

「そうかもしれない、とはどういう意味だ？」ジェントリーはいった。「ブルーア、これはわれわれの側のリークだ。イギリス側じゃない。いうまでもないだろうが、エージェンシーの輸送手段の正体が敵にばれるのは、これがはじめてじゃない」

それは事実だった。数カ月前にジェントリーが香港行きの便に乗ったときにも、中国の情報機関は明らかにそれがCIAの飛行機だというのを知っていた。その秘密漏洩があった作戦にも、スーザンは関わっていた。

スーザンはそれを認めたくないのだと、ジェントリーは察した。だが、ようやくスーザンが答えた。「そのとおりよ。それに、正体を敵に知られたのは、あなたの飛行機だけではなかった。ほかにもあったのよ」

「ひどいな。ちょっと考えた。おれをエージェンシーの飛行機に乗せるのをやめたらどうだ？」

「もっともだわね。じつは、アメリカに帰らせようとしたのは、売国奴狩りを手伝ってもらうためだったのよ」

それがなにを意味するかを、ジェントリーは即座に悟った。ジェントリーは捜査官ではないし、監視作戦のために呼び戻されるはずはない。いや、ジェントリーは暗殺者なのだ。手伝うというのは、エージェンシーの人間を殺せということだ……アメリカ国内で。

「その人物を突き止めたのか？」

「まだよ。ハンリーは、あなたにこっちに来てもらって、準備させておきたいのよ」

「了解。では、これに取りかかって、片をつけたら、この一件すべてをやらかしたくそ野郎をよろこんで追うことにしよう。この秘密漏洩は、飛行機だけに限られているのか？　それなら犯人はまちがいなく輸送部にいる」

また沈黙があった。ジェントリーは、スーザンが情報を教えたがらないことに、慣れはじめていた。ようやくスーザンがいった。「あいにく、航空機に限らない。もうすこし広い範囲みたい」

それがどういう意味なのか、ジェントリーにはわからなかったが、その問題についてはもうスーザンから情報を引き出せないことは、わかっていた。

「取り戻す囚人がどういう人間なのか、知る必要がある」

「オランダ人銀行家。ルクセンブルクで仕事をしている」

「われわれはいつから、オランダ人銀行家の特別引き渡しをやるようになったんだ？」

「その男は、秘密口座の持ち主についての情報を知っている。その持ち主はＣＩＡ局員で、悪意ある当事者に情報を渡していると、わたしたちは考えている」スーザンがつけくわえた。

「売国奴がだれなのか知っていると思われるのは、その銀行家だけなのよ」

「武装したやつらが、六人以上、銀行家といっしょにいる。おれになにを期待している？」

「あなたのなみはずれた技倆《ぎりょう》を、ヴァイオレイター」

「どういう意味だ？」

「そちらの漏洩にイギリス側が関係していないという確信はない、という意味よ。それがはっきりするまでは、あなたは独りでやるしかない」

「あんたといっしょに仕事をやると、スリル満点だな」ジェントリーはそういって、電話を切った。

死んでもらいたいとスーザンは思っているのかもしれない。ジェントリーがそう感じるのは、これがはじめてではなかった。

ジェントリーがさっさと死んでくれればいいのに、とスーザンは思った。

電話を切ると、スーザンは両手で頭を抱えた。この一件から離れたかった。ポイズン・アップルの秘密を明かすことはできない。ハンリーの画策と脅しのせいでそれに深入りしているから、マスコミにそのプログラムのことを嗅《か》ぎつけられたら、まちがいなく沸き起こる余波を切り抜けて生き延びるのは不可能だろう。だが、プログラムが失敗に終わるか、その資《アセ》産《ツト》がとてつもない失敗を犯したら、ハンリーは即座にポイズン・アップルを中止するはずだ。ヴァイオレイターが死ねば、ハンリーはポイズン・アップルを放棄する。それはまちがいない。ポイズン・アップルをどうしてもやらざるをえないようなら、資産への支援を細らせ、たくみに責任逃れをすればいい。現場でなんらかの事件が起きて、ハンリーの危険なプログラムが終わりを告げ、厄介《やっかい》払いできるときまで、注意を怠《おこた》らずにいることが肝心だと、スーザンは思った。

だが、ヴァイオレイターはこちらのルールどおりには動かない。世界一腕のいい独行資産《シングルトン・アセット》であることはまちがいない。スーザンは、自分の不運をひとのせいにした。ずば抜けて優秀なヴァイオレイターが大失敗を犯すのを期待するほうがまちがっている。しかし、ヴァイオレイターは危険を冒すのを怖れない男だったし、スーザンはヴァイオレイターを平気で危地に投げ込む女だった。何度もそうやっているうちに、不運も変わるだろう。

それには、ヴァイオレイターの運が暗転しなければならない。

ジェントリーは、前方の車のシルエットを見た。未舗装路からはずれた、モミの厚い樹冠の下に、固まってとまっている。ミッドランズを横断して追跡してきたバンと4ドアだと識別すると、ジェントリーはCIAのフライトアテンダントから受け取ったSIGを抜いて、用心深く近づいた。血まみれの包帯とガーゼが、バンとセダンのうしろで松葉の上に散らばっていた。何人もが車からおりて、そのときに後部から落ちたような感じだった。

混戦のさなかに囚人が撃たれたのかどうか、ジェントリーにはわからなかったが、空港の撃ち合いを生き延びた敵が血を流しているのならありがたいと思った。ここで戦闘になったときに、そいつらが戦えないほうが都合がいい。

セダンのなかを覗《のぞ》くと、内側とフロアが血で汚れているだけで、だれも乗っていなかった。だが、バンの後部ドアをあけると、六人の死体が折り重なっていた。

すばやく死体を調べ、身許がわかるもの、武器、携帯電話を捜したが、服以外のものはすべて持ち去られていた。

上空を旋回していたときに森からだれも出てこなかったのはそのためかもしれないと、ジェントリーは気づいた。六人の死体から証拠となるようなものを取り除き、負傷者を手当てするには、かなり時間がかかる。

点々と残る血痕を、南へ一〇〇メートルほどたどると、森がとぎれているところが見えた。バイクをそこに残して、這《は》うように進んだ。真正面に細い砂利道があり、その向こうに、赤煉瓦《れんが》の馬鹿でかい異様な建物があった。十九世紀の建築物のように見える。

おなじ赤煉瓦の小さな建物が、その周囲にいくつもあった。

大きな建物と、それに付属する小さな建物を眺めて、ここは長いあいだ放置されたままになっているのだと、ジェントリーは判断した。大きな建物はおそらく病院だったのだろうと思った。窓の半分は板が打ち付けられ、あとの半分は完全に破れている。破れた窓を見ていくと、最上階の窓のひとつで影が動くのが見えた。さらによく監察すると、その男は外から姿を見られないように、部屋の暗がりを利用していた。だが、ジェントリーは訓練によってスナイパーの鋭い観察眼を備えているので、見つけることができた。

部屋のなかは暗く、男についてたいしたことはわからなかったが、明らかに北を見張っている歩哨のようだった。ジェントリーは、周囲の荒れ果てた建物を見ていったが、ほかに動きはなかったので、病院らしい建物だけに注意を戻した。

じきにふたり目の男が戸口から出てきて、そこに立ち、ひらけた場所ごしに木立を眺めはじめた。がっしりした黒人で、肩の包帯に血がにじみ、ドロップレッグホルスターに拳銃を収めていた。

ここにまちがいない、とジェントリーは思った。ゴーバッグに手を入れて双眼鏡を出すときに、Ｍ３２０擲弾発射器《グレネード・ランチャー》にたまたま触れた。一瞬、〝四〇ｍｍ《フォーティ・マイク・マイク》〟擲弾《てきだん》をこの殺し屋の隠れ家に数発撃ち込むことを空想したが、四人を生きたまま奪回するように、力を尽くさなければならない。

双眼鏡を出し、腰を据えて監察すると、病院の西側を大きな車庫に向けて歩いている男ふたりをすぐさま見つけた。

ジェントリーは心のなかで悪態をついた。見えているのが四人。つまり、見えていない人間がもっと多数いる可能性が高い。

森にひきかえし、ゴーバッグをあけた。包装された食料と水があった。両方とも包装を剝《む》きながら、なにがはいっているかを調べた。プロテインバーをかじり、ボトルの水を飲んで、登山用ロープを出し、火をおこす道具や浄水器とともに脇に置いた。

防水ケース入りのスマートフォンを見つけた。あらゆる種類の通信や追跡用ソフトウェアがインストールされ、暗号化と暗号解読のアプリもはいっているにちがいない。ジェントリーの携帯電話にも、隠密活動に使える市販のアプリがいくつかはいっているが、これのほうがずっと高性能のはずだ。

しかし、ジェントリーの携帯電話には、ほとんど追跡できないという利点がある。それに対して、CIAのこういう電子機器は、電源を入れたとたんに、CIAに居場所を知られてしまう。これまでの五年の大半、ジェントリーはそれをもっとも怖れていた。先ごろCIAとの緊張緩和《デタント》が成立するまで、ジェントリーは〝焼却された《バーント》〟資産《アセット》としてCIAに付け狙われ、電子監視網《グリッド》から遠ざかるようにしていた。CIAとの休戦はまだ数カ月たらずだし、その間に、独り働きの単純さを失ったことを、何度も悔やむはめになった。それまでは、雇われ暗殺者として、世の中のためになると信じる殺しだけを引き受けていたのだ。

いまはまた、命令を受け、必知事項《ニード・トゥー・ノウ》のみを説明され、五里霧中の状況に置かれる暮らしに戻った。

ジェントリーは、そういった心配事を意識から追い払い、スマートフォンの電源を入れて、ケーブルや予備バッテリーといっしょに、カーゴパンツのポケットに入れた。

ヘッドランプを見つけたが、もう一本のボトルドウォーターとそれは、バッグに入れたままにした。つぎに、イヤホン二個がはいっている小さなケースを出した。電子的にノイズを除去する装置で、それと同時に小さな音を十二倍の音量に増幅する。ジェントリーはすぐさまスイッチを入れて、耳にはめた。環境騒音が、すさまじい不協和音になって聞こえた。鳥の鳴き声、強い風の音、背後の線路を近づいてくる遠い列車の音。

ジェントリーはイヤホンを叩いて増幅機能を切り、ケースに戻してポケットに入れた。M320に榴弾《りゅうだん》を一発込め、バックパック型のゴーバッグに入れた。サプレッサー内蔵拳銃、工具箱、双眼鏡、SIGの予備弾倉二本、登山用ロープもほうり込んだ。あとはすべて、自分のバックパックやバイクも含めて森のなかのそこに残し、東に向けて這っていった。

9

元ロシアのスパイのゾーヤ・ザハロワは、カリフォルニアにいた大学時代以来、一度もヒッチハイクをしたことがなかった。だが、裏の森に隠れてから、広い土地をあてどなく二時間歩いたあとで、午前四時に、DCの中心部に出勤する中年女性のホンダ・シビックをとめることができた。ゾーヤは、なまりのない完璧な英語で、恋人に家から追い出されたのだという作り話をした。服を着て靴ははいていたが、ハンドバッグや携帯電話は置いてくるしかなかったので、DCのアパートメントまで歩いて戻ろうと思った、と。

家まで送ってあげると女性がいったので、ゾーヤはユニオン駅の数ブロック手前のアパートメントビルへ行くよう指示した。

女性の車が走り去ると、ゾーヤはユニオン駅へ行ったが、駅にははいらなかった。防犯カメラがあるのがわかっている。コンクリートの壁があってうしろからは見えない、クリストファー・コロンブス記念噴水のそばのベンチに、ゾーヤは座った。

駅の正面口に、すべての注意を集中した。

早朝なので、駅から出てくる通勤者はまばらだった。ゾーヤはすべての通勤者を観察した。

警察の見まわりが厳重で、パトカーが何台も通るのに気づいた。自分を捜しているのかもしれないと思ったが、ゾーヤは諜報技術《トレードクラフト》に長《た》けていたので、法執行機関や、CIAかFBIかもしれない標章のなにもない怪しい車の注意を惹《ひ》かないようにした。

ターゲットを見つけるのに、三十分近くかかった。高級な革ジャケットを着た顎鬚《あごひげ》の男が、駅から出てきて、ルイジアナ・アヴェニューに向けて歩きはじめた。ゾーヤは立ちあがり、周囲の状況を意識しながら、男のすぐうしろをぶらぶらとついていった。

男は携帯電話で話をしながら、黒い革の〈トゥミ〉のキャスター付きバッグを曳《ひ》いていた。まだ暗いなかを歩いていた数人とともに、男が角で立ちどまり、信号が変わるのを待った。ゾーヤは男の横に立った。

ゾーヤは幼いころから掏摸《すり》の訓練を受けていて、やりかたを心得ていた。まず、現金を持っていそうな人間だと見抜き、大きな折り畳《たた》み財布をジャケットの左内ポケットに入れていることをすでに突き止めていた。それに、電話に注意が向いているので、狙いやすい。

角でも男は話をつづけ、待っているあいだずっと、歩行者用信号に目を向けていた。男は注意が認知を左右することを、ゾーヤは訓練で教えられていた。男はジャケットのなかの財布や、隣に立っている女のことなど、まったく考えていない。ゾーヤはさりげなく男の前にまわり、そばに立つ一団のなかを男の右から左に向けて通り抜けた。そうやって数人とすれちがうときに、左手をあげて、男のジャケットの内側にするりと入れ、ポケットから財布を抜き出して、なめらかにジャケットの裾《すそ》から下げ、自分のウェストにくっつけた。

足をゆるめもしなかった。

一ブロック半離れてから、掏《す》り取った財布を調べた。予想どおり、革ジャケットを着た裕福そうな男は、現金が好きだった。百ドルのピン札が三枚、小さく折り畳んだ二十ドル札、五ドル札数枚があった。ぜんぶで四百ドルを超える。

ありがたい、とゾーヤは思った。移動するのにじゅうぶん足りる。

ルート123をおりてCIA本部に向かう東出口は、悪評にまみれている。一九九三年一月二十五日、偽造書類でアメリカに入国したパキスタン人が、そこを曲がってCIA本部へ行くために一時停止していた車の列に、AK-47から十発を放ち、CIA局員ふたりを殺し、三人を負傷させた。

スーザン・ブルーアは、まさにその攻撃が行なわれた場所でインフィニティのセダンに乗っていたが、東出口のかんばしくない歴史のことは頭になかった。もちろんそのテロ事件のことは知っていたが、それが起きたのは高校生のときだった。CIA局員になってからは、仕事人生のほとんどを脅威から局を守るのに費やし、一九九三年のテロ攻撃についても、一九九七年にパキスタンで容疑者ミア・カジが逮捕され、二〇〇二年にテロ行為の実行犯として死刑になるまでのいきさつを綿密に研究した。

いま、スーザンの頭にあるのは、現在の事件のことだった。この八時間に二度、CIA局員に対する攻撃が行なわれた。CIA施設への脅威を研究するのが専門だったスーザンは、答を見つけたかったが、それはもう自分の仕事ではなかった。いまではハンリーの作業犬だ。記録に残さない内密の資産の管理を指揮する作戦本部本部長の部下として、年季奉公を強《し》いられている。

ターンヒルとグレートフォールズの事件に関する危機管理センターの会議が、午前七時にはじまる。スーザンが東出口から本部に向かったのは午前五時で、オフィスで二時間ほど休みたいと思っていた。

敷地内の道路に向かいかけたときに、携帯電話が鳴り、スーザンは車のスピーカーホンを使って電話に出た。

「ブルーア」

「マットだ。おれのオフィスにいつ来られる？」

「駐車するところです。十分か十五分で行けます」

「十分のほうがいい」ハンリーが電話を切り、スーザンは車のなかで大きくうめいた。ハンリーがすでにオフィスにいて、七時の会議の前にじかに会いたいというのは、なにかを企んでいるからだ。そして、その企みを実行するよう命じられるにちがいない。

十三分後、スーザン・ブルーアは、マット・ハンリーの本部長室に向けて廊下を歩いていた。何人もの男女局員とすれちがったし、七階はいつもよりだいぶ騒々しく、かなりあわただしい雰囲気だった。

ターンヒルとグレートフォールズの事件とは無関係だというのを、スーザンは知っていた。七階の局員たちが忙しいのは、スーザンが馬鹿げた無意味な行事だと見なしているスコットランドでの会議に、数日中に彼らがみんな出席するからだ。

七階に勤務する幹部全員と中級・上級の属官数十人が、全員、土曜日に飛行機でイギリスに向かう。ロンドンのアメリカ大使館で一泊し、ロンドン支局の局員とともに準備を行なってから、毎年ひらかれている五カ《ファイヴ・アイズ》国合同会議に出席するために、空路か鉄路で北のスコットランドのハイランド地方へ行く。今年の会場は、ネス湖を見おろす、完全に修復された十五世紀の巨大な城だった。

英語圏の五カ国——アメリカ、カナダ、イギリス、オーストラリア、ニュージーランド——の情報機関は、まとめてファイヴ・アイズと呼ばれている。五カ国はすべての情報産物《インテリジェンス・プロダクト》（情報処理後の最終報告書）を共有し、可能なときには協力して活動する。ファイヴ・アイズは毎年、五カ国のいずれかで定期的に合同会議を行なっている。去年の会場はニュージーランドのウェリントンだったし、来年はカナダのトロントが会場になる。今年の会議では、イギリスが開催国の役目を担《にな》う。

加盟五カ国の情報機関の作戦、分析、管理部門の上級職が、すべてそこに集まる。スパイ、スパイ組織の親玉、ＩＣ専門家が合わせて四百人ほど、五カ国の権益がいま直面している脅威や勃発しかけている脅威に関する、数多くのブリーフィングに出席する。

スーザンは、今年のファイヴ・アイズには出席しない。それが、ポイズン・アップルがもたらした唯一の役得だと思っていた。秘密計画は同盟国との検討事項にはできないし、たいした話もできないのに他の国の情報機関の人間と交流するのは無意味だ。

スーザンは、ハンリーの上級アシスタントのジルに会釈して、その前を通り、あいたままのドアから本部長室へはいっていった。

七階の他の部分は、大規模出国の準備に大わらわになっているのに、マット・ハンリーはのんびりしたようすで、瓶入りのアップルジュースをそばに置き、書類を眺めていた。

ハンリーが手にした書類を読み終えるあいだに、スーザンは腰をおろした。これまでずっと、ハンリーがたいがい重要な海外出張を楯《たて》にして、会議に出席するのをまぬがれる名人だったということを、スーザンは知っていた。しかし、いまはCIA作戦本部のトップなので、スコットランドでひらかれる合同会議ではもっとも重要な出席者のひとりになる。

「ひどい夜だったようだな」スーザンをしげしげと見て、ハンリーがいった。

「悪夢みたいでしたよ」

「眠れたか？」

ハンリーが同情するはずがないし、横になる時間もなかったという事実を告げたところで、休ませてもらえないのはわかっていた。だから、「だいじょうぶです、マット」と答えた。

「きょうから、もぐら容疑者に揺さぶりをかけてほしい」

スーザンは、考え込むような顔でうなずいた。「揺さぶりをかけるというのは、つまり……具体的に、なにをやるんですか？」

「監視し、圧力をかける」

「作戦本部から監視チームや技術スタッフを集めることはできますが、圧力をかけるのは——

——」

ハンリーがさえぎった。「ポイズン・アップルの資産《アセット》をけしかける。交戦規則を決め、売国奴の可能性がある人間が不安になり、あやまちを犯すか、正体を現わすように仕向ける。電話線をくすぐり（盗聴装置を仕掛けてから、メディアにそれとなく情報を流し、証拠になるような通話が行なわれるのを待つこと）、なにが起きるかを見る」

スーザンはいった。「ヴァイオレイターはいまイギリスで活動しているし、アンセムはまだ使えるようになっていなかったうえに、隠れ家が襲撃されたときに逃げ出した。ということは、ロマンティックを使えというんですね？」

「そのとおり。この仕事にはうってつけだ。彼はいまどこにいる？」

「DC近辺にいます。いま訓練中なので、呼ぶのは簡単です」

「一時間以内に、こっちに来させてくれ」

「本部長……彼をオフィスに呼ぶのはどうかと」

ハンリーがいった。「あたりまえだ。そうじゃない。きみがどこか外で会って、やってもらうことを伝えるんだ」

スーザンはためらった。「迷いはないでしょうね、マット？　記録に残さない資産《オフブック・アセット》、それもロマンティックのような人間に、エージェンシーの幹部の同僚を脅すよう命じるんですよ」

「迷うことなくいえるのは、部下がつぎつぎと殺されているのに、だれもそれを阻止できないということだ。それをいま変える」ハンリーはつけくわえた。「ロマンティックはよろこんで引き受けるだろう。エージェンシーのスーツ組の馬鹿野郎どもが関係していることだからな」

「彼を制御するのは難しいですよ」スーザンはきいた。「容疑者はだれですか？」

マット・ハンリーが答えた。「昨夜のグレートフォールズの事件がおなじ秘密漏洩の一部だとすると、輸送部は容疑者からはずすことができる。グレートフォールズのことと、航空機の移動四件すべてを知っているのは、きわめて小さな集団だ」

「どれくらい小さいんですか？」

「きみとおれを除けば、四人だ。作戦本部にふたり、支援本部にふたり」

ハンリーがそれだけしかいわなかったので、スーザンは問いただした。「名前を教えてもらわないとやれませんよ、マット。そうでしょう？」

ハンリーは、スーザンの皮肉には答えず、ただこういった。「支援本部のマーティ・ウィーラー」

スーザンは、ウィーラーのことは三年前から知っていた。ハンリーの親友だということも知っていた。ウィーラーは早朝に隠れ家に現われた。スーザンは黙って名前を書き留めた。

「わかりました」

「作戦本部のマリア・パルンボ」

スーザンは、彼女のことをよく知っていた。マクリーンのCIA本部に勤務するようになったのは最近だ。これまでは中東、アジア、ヨーロッパの大使館での勤務がほとんどだったが、スーザンはおなじ施設で働いたことが何度もあった。マリアはスーザンよりも数多く危険な任務をこなしていて、自分の組織を裏切るとは思えなかった。

ハンリーがいった。「三人目はアルフ・カールソン、やはり作戦本部」

スーザンは美男子の第一世代スウェーデン人のカールソンは、社交行事でしか会ったことがなかった。いっしょに仕事をしたことは一度もない。スーザンはいった。「カールソンは、すべての事件について知識があったんですね？」

「そうだ、あとの三人とおなじだ」

スーザンは、カールソンの名前をメモした。

それからきいた。「四人目は？」

「ルーカス・レンフロ」

信じられない思いで、スーザンは口をあけた。「支援本部本部長が？ 途方もない話ですね。本部長という地位なんですよ。アメリカのインテリジェンス・コミュニティに三十五年もいるし」

ハンリーがいった。「手がかりはすべて調査する必要がある」

「調査」怪しむように、スーザンはその言葉をくりかえした。

「レンフロはおれを嫌っている。作戦本部本部長になりたかったから、おれがそうなったときに腹を立てた。それに、あいつは杓子定規《しゃくしじょうぎ》に規則を守る。おれはちがう。だから、あいつには動機がある。おれが内密の活動をやっているのを知っていて、やめさせたいと思っている」

「中国やロシアやその他の勢力に秘密を漏らすというやりかたで？　そんなことは、片時《かたとき》も信じられませんね。作戦本部本部長になりたかったのはたしかでしょう。それは疑いません。でも、本部長を失墜させるだけのために、売国奴になるはずがないでしょう」

ハンリーがいった。「しかし、つじつまが合うことは、それしかないんだ、スーザン」

「お言葉ですが、なんだってそれよりもつじつまが合いますよ」

ハンリーが溜息をついた。「きみに無理強いしているのはわかっている」助け舟を出してくれるのかと、スーザンは思った。だが、ハンリーはいった。「いいからやるんだ」

「わかりました」スーザンは、メモ用紙に書いた名前を見た。「ロマンティックに、どこからはじめるかを、指示しなければならないでしょうね」

ハンリーがそれに答えた。「どこからはじめるかは、わたしがきみに指示する。ロマンティックに四人をすべて調べてもらいたいが、ルーカス・レンフロにはことに強く圧力をかけてほしい」

スーザンは、ボスのほうを見あげた。「遺恨があるみたいに聞こえますよ」

ハンリーは首をふった。「あいつはくそ野郎だ。くそ野郎は売国奴にはなれないという話は、聞いたことがない。それどころか、そのふたつは強く結びついているといえる」

スーザンは立ちあがり、自分のオフィスへ戻っていった。

10

二年前

元《ウォン・》薔美《ジャンミ》は、コンピューターのモニターに向かって座っていた。部屋に窓はなかったが、吹雪《ふぶき》が激しく叩きつける音が壁を通して聞こえていた。ロシアのこの地域の冬は、元の生まれ故郷の北朝鮮では経験したことがないくらい、荒々しく過酷だった。

元は毎日、シハヌイという陰気な町のアパートメントを出て、特別なバスに乗り、仕事場があるロシア国防軍基地シハヌイ2まで、無言で十五分座っている。すでに四カ月もここにいる。完備した施設で、知的な同僚がいるのはありがたかったが、雪に覆《おお》われた森のなかでロシア人とともに細菌の研究をやっている理由が、納得できなかった。

外国人の交換留学生もどきではなく、工作員として働きたかった。

狭い部屋にノックがあったので、元は驚いた。ふだんはたいがい、ここで独りきりで、ロシア人研究者たちと話をするのは、実験室か会議室だけに限られている。

「どうぞ」どんどん上達しているロシア語で、元はいった。

元が見たことがない三十代の男がはいってきた。元は立ちあがり、握手を交わしながら、すこし当惑をにじませた。

「アレクセイ・フィロトフです」男が名乗った。

「元薔美博士です」

フィロトフのうしろで、施設の所長の大佐が、戸口から身を乗り出した。

「博士」大佐がいった。「彼は政府の人間だ。あなたの仕事について話がしたいそうだ。何分か割《さ》いてもらえるね」

「かまいませんよ」スーツ姿の見知らぬ男は、政府のどういう部門で働いていて、いったいなにを知りたいのだろうと、元は怪訝《けげん》に思った。

所長が手をのばして、レバーを握り、ドアを閉めた。フィロトフという男と、狭く暗い部屋にふたりきりになると、元は不安をつのらせた。ひどい社会不安障害があって、握手をするのも難しく、祖国を出て外国に行くために、訓練しなければならないほどだった。どの国にも、たがいに触れ合うのが好きな男や女ばかりがいるように思えた。

触れられたり、近づかれたりするだけでも、胸が悪くなるのだが、元はこの男との接触をなんとか乗り切ってたずねた。「どんなご用ですか？」

「あなたのここでの研究について、いろいろといい評判を聞いています。わたしは学者ではないので、わかりやすく話をしてもらわないといけません。あなたがやっていることについて、説明していただけるとありがたいです」

「わたしには特定の専門分野があります、フィロトフさん。わたしたちの政府に、どんなことでも協力するようにといわれているので、よろこんでお話をします」

「それで、あなたの専門分野はなんですか、薔美？」

元はむっとした。「薔美は名前です。元が苗字です。ただ博士と呼んでいただくほうがいいでしょう」

「失礼しました、博士」ふたりは、二脚しかない椅子にそれぞれ座った。

元はいった。「わたしはカテゴリーA有機体の専門家です。なんだかわかりますか？」

フィロトフがうなずいた。「つづけてください」

あまり熱のこもらない口調だと、元は気づいた。

「これはあなたが個人的に興味を持ったか、仕事の上で関心があることなのですか？　それとも政府の職員として、情報を探せといわれてきたのですか？」

フィロトフは、自分の動機を否定しなかった。「あとのほうですよ、博士。わたしはロシア各地の生物戦の専門家と会うように命じられました。失礼なことをいうつもりはないですが、正直いって退屈な仕事です。わが国は、三十年以上、化学兵器の開発に精力を集中してきました。博士もおそらく気づかれたと思いますが、生物兵器の研究はまったくお粗末です」

元が認めるはずはなかったが、この施設は北朝鮮のどんな施設よりも設備が整っていた。

フィロトフが言葉を継いだ。「しかし、そのうちに、あなたの評判を聞きました。この数週間、わたしの国の人間からもいろいろ聞いたのですが、それを超えるテクノロジー、見識、知識をあなたからじかに聞けるのではないかと思っているのです。話によれば、北朝鮮は生物兵器を積極的に開発しているそうですね」

元はいった。「ええ。あらゆる種や菌株を研究しています。でも、わたしの専門はペストの兵器化です」

フィロトフがジャケットに手を入れた。「煙草《たばこ》を吸ってもいいですか？」

「あなたの国ですから」

フィロトフが煙草に火をつけたが、この話し合いにあまり関心を持っているようには見えなかった。元は早く仕事に戻りたかった。出ていく前に握手を求められないことを願っていた。

フィロトフがいった。「あいにく、ペストのことはなにも知りません」

元は、初歩的な説明をはじめた。「人類史上、ペストはあらゆる伝染病のなかで、二番目に多い死者を出した病気です。もっとも死者が多かったのは、天然痘《てんねんとう》です。

四年間に七千五百万人ないし一億人以上が死んだ十四世紀の黒死病は、リンパ腺を標的にする腺ペストでした。肺ペストでは、肺が標的になります。

ペストを引き起こす細菌は、学名をエルシニア・ペスティスというペスト菌で、世界中のどこでもわりあい容易に手にはいります。研究室で専門家が培養し、エアゾールなどの手段で簡単に散布できます。さらに、手当てしやすい腺ペストではなく、肺ペストを使うと、死亡率が高くなりますし、二次感染——感染者が死ぬ前にほかの人間にうつすこと——が、ただの可能性ではなく、確実にひろがります」

フィロトフが、また煙草を吸った。「兵器ですね」

「すばらしい兵器です。専門家が慎重に製造し、保管し、配置すれば。ペストも含めて、生物兵器はほとんどが毒物とはちがい、生きている有機体なので、散布されたあとも繁殖する可能性があります」元は水を得た魚のように調子づいていた。二十代のはじめから打ち込んできた研究の話なので、社会不安障害や全般的な不安は消えていた。

フィロトフがいった。「その威力は？」

「お目にかけましょうか？」

フィロトフは、元が冗談をいっているのかと思った。無表情だったのでき返した。「どういう意味ですか？」

元が、モニターのほうを示した。「四年前にわたしの国で行なわれたテストの動画があります。ご覧になりたいですか？」

「テスト……なにを使って？」

「人間」

フィロトフが、かっと目を見ひらいた。「それはぜひ見たい」

元が画面にファイルを呼び出した。「この動画は平壌《ピョンヤン》以外では見せたことがありません。わたしの知るかぎりでは、研究所の外では見られていなかったはずです」

フィロトフがいった。「光栄なことだ」

元がフィロトフの顔を見た。「気分が悪くなるかもしれませんよ」

しかし、フィロトフはにやりと笑って、また煙草を吸った。「そういうのを期待しています」

元が動画の再生をはじめた。刑務所のコンクリートを敷いた中庭の中央に整然とならんでいる、白い囚人服を着た男女の一団が映し出された。壁と鉄条網が、うしろに見えている。武装した看守が、その一団を取り囲んでいた。

「テストの被験者は？」フィロトフがきいた。

元が、一時停止ボタンを押した。「朝鮮民主主義人民共和国の政治犯。敵国の個体群とおなじ体力をつけさせるために、六週間、欧米風の食事をあたえました。日光浴をさせ、睡眠と水分もじゅうぶんにあたえ、薬も飲ませました。これらの被験者の多くは、テストを開始した時点では健康でしたが、正直いって、平均的な欧米人ほどに健康ではなかったので、テスト結果は最終的には狂いが生じて、極端な症状が出ています」

「テストに使われた囚人の数は？」

「第一次テストに百人。多すぎるとわたしは思ったのですが、反対を却下されました。男女二十人のほうが、実証実験をやりやすく、結果も統計的に有意義だったでしょう」

フィロトフがいった。「百人とはまた切りのいい数ですね。先を見せてください」

中庭に立つ囚人が二列になって、園芸用品の物置程度の小さなコンクリートの建物を通り抜ける光景が映し出された。

元がいった。「わたしが設計した薬剤を、あそこで投与されています。わたしの細菌の菌株は、病原性を強めるように改良されています。つまり、芽胞《がほう》の効果が強く、潜伏期間が短く、死にいたる作用が早くはじまります。しかも、わたしの菌株は、症状が出るまで長くかかります。平均で四日ないし六日半です。ですから、罹患者《りかんしゃ》は、病気になったことが明らかになる前に、肺ペストの二次感染をひろめます」

「じつにすばらしい、博士」

動画は、小屋の内部を映し出していた。壁と天井からノズルが突き出している。元がいった。「エアゾールで散布されますが、無臭で肉眼では見えません。薬剤が噴霧される音は、囚人に聞こえるでしょうが、なにが行なわれているかは判断できません」

元はなおもいった。「薬剤にさらされたあと、囚人は監房に戻されます。看守は毎日、抗生物質を投与されているので、防護服を着る必要はありません。個体群の感染が明白になって、テスト結果が狂うのを避けられます。

八時間以内に抗生物質を投与して一週間かそれ以上投与をつづけないかぎり、患者が生き延びる可能性はほとんどありません」元は平然とつけくわえた。「この個体群には、いかなる抗生物質もあたえられません」

カメラのアングルが変わり、ふたたびコンクリート敷きの中庭が映し出された。やはり囚人たちが整列している。「これは第一日の終わりです。二十四時間後でも、症状は表われていません。第二日の終わりもおなじです。肺ペストの通常の菌株では、予想どおりの結果です」

画像が変わり、刑務所の病院か医務室にいるらしい囚人服の女がひとり映っていた。有害物質防護服で全身を包んだ人物が、女の血圧を測っていた。女は紙タオルに向けて咳をしていた。

「第三日、試験開始後五十五時間、被験者ひとりに症状が出ました。これは六十一歳の女性で、刑務所に入れられてから十年たっています」元は、フィロトフの顔をちらりと見た。「慢性的栄養不良で、何週間もかけて体力をつけ、免疫システムを強化させようとしても、健康体ではなかった。欧米人の八十五歳に相当すると判断しました」

動画をさらに再生すると、医務室で診断を受けている男や女が何人も映し出された。車輪付きベッドに寝かされているものもいれば、立っているものもいた。

「第四日には、七人に症状が表われました。六十一歳の女は、手助けなしではベッドから出られません。あとの六人は咳をしていて、ふたりが発熱しています。やはり年配者や体が弱っているものでした」

フィロトフは、なおも動画を見た。暗い廊下に病人がならび、そのあいだを看守が歩いていた。

「第五日、囚人十六人が発症しました。この時点で、最初の被験者は完全に身体能力を失いました」モニターには、硬いフロアマットに横たわって、痙攣《けいれん》し、嘔吐《おうと》している女が映っていた。「症状が表われていても歩行できる十五人を、すみやかにべつの中庭に移動させました」

最初の中庭とほとんど変わらない場所で、コンクリートの上で男女の一団が気をつけの姿勢をとっていた。

「ここは最初の中庭とは隔離され、五〇〇メートル離れています。肺ペストの二次感染の効果をたしかめるのが、今回の目的です。第一次実験とおなじように、百人が病原菌にさらされます」

第一次実験の症状が表われている十五人が、中庭にはいってきて、列が解散され、百人と十五人が交じり合った。

元がいった。「空中浮遊では伝染しないので、二次感染するには、罹患者《りかんしゃ》の二メートル以内に近づく必要があります。たとえば、咳の飛沫《ひまつ》がかかるくらいに。しかし、欧米は人混みの多い社会です。ペストが知らないうちに蔓延《まんえん》するおそれがあります」

「たしかにそうだな、博士」

「第六日、第一次実験の被験者二十六人に、症状が表われました。第七日には、七十一人になり、最初に出てきた女はその日に死に、もうひとり死にました」

画像の粗《あら》い動画はなおもつづき、死んだ女と身動きできなくなった患者が何人も、屋根のない中庭に横たわっているのが映し出された。

その微小な細菌の力に魅入られたように、フィロトフがモニターのほうに身を乗り出した。

「第八日」元がいった。「八十八人が、咳、熱、嘔吐。四肢が病的状態になるものもいました。壊疽《えそ》の発症。ほんとうにすごかった」

刑務所の医務室のカメラが、多くの患者の黒くなった指や爪先《つまさき》を映していた。

「第九日には、最初の被験者百人すべてが、ペストの症状を発していた。それまでの死者は九人。第十日には、死者は累計四十一人になりました」

フィロトフが、椅子にもたれた。「最終的に、最初の被験者百人のうち、何人が死んだ？」

「全員が死にました、フィロトフさん。いちばん長く生きたものでも十五日目に死にました。奇跡に近いともいえますが、彼は二十一歳で、感染する前はかなり健康でした」

「第二次被験者は？　そちらの死亡率は？」

「六十三人が死んだので、六三パーセントです。わたしは五〇ないし七五パーセントと予想していたので、自分の分析に満足しました」

「二百人のうち百六十三人だね」

「ええ、でも二次感染者は――管理された個体群のなかにいなかったら――三次感染を引き起こしていたはずです」元はにんまりと笑った。「管理下にない個体群の死亡率は予想もつきませんが、ペストが蔓延した場合の危険はあなどれないでしょうね」

フィロトフはいった。「率直にいおう。わたしは情報部員だ。科学者ではない。しかし、わたしの組織はひとつのことを知りたいと考えている。それを大規模に兵器化するのに必要なことを、あなたは知っているんだね？」

元はうなずいた。フィロトフがまだ具体的なことをいわないので、理論上の話のようにも思えたが、興奮がこみあげた。

「あなたの兵器が機能するかどうかに疑問はありますか？」

「この問題について、わたしには欠けている知識があります。ですから、その質問にはっきりと答えることはできません」

フィロトフが、居ずまいを正した。自分の専門知識にどこまでも自信を抱いているらしい相手がそういったのが、意外なようだった。「欠けている知識とは？」

「わが国は、欧米の現在の生物テロ防衛《バイオセキュリティ》がどういう態勢なのかを、まったく知らないのです。攻撃に完全に対応できる防御手段が、欧米諸国にあるのか、大都市の病院に備えがあるのか、大量の死傷者が出るような事件に対処できる量の経口薬や点滴はあるのか、壊滅的なペストの発生源を突き止める手順はあるのか、といったことです。わたしが必要なそういった情報が不足しています」

「そういう情報は、どこで手に入れられる？」

元は肩をすくめた。「わたしの知っているかぎりでは、二カ所あります。ストックホルムとアトランタです。ストックホルムには、欧州疾病予防管理センター、略称ECDCがあります。アメリカのジョージア州アトランタには、アメリカ疾病予防管理センター、略称CDCがあります」

フィロトフが、なにやらメモをとった。「そのいずれかの施設できみが地位を得るのをわたしたちが手伝ったら、そういう欠けている知識を得ることができるんだね？」

元が、すこしまごついた顔で答えた。「ロシアのためには働きませんよ。わたしは――」

フィロトフが手をふった。「あなたが手に入れられる情報に関して、二カ国には共通の利害がある。われわれがあなたの国の関係者と話をして、協力してやるようにする」

元はしばらく考えた。「アメリカには行きたくない」めったに笑わない元が、頰をゆるめた。「でも、スウェーデンなら行きます。ECDCとわたしの国の上層部のほうさえ手配りしてもらえれば」

数カ月以内に元はロシアを離れて、ストックホルムへ行き、ECDCの研究員という職務を得た。ロシアが元のためにその職務を確保し、偽装身分を確立し、ヨーロッパの首都で生活できるように金を用意した。北朝鮮側も元薔美がスウェーデンに行くことを許可した。元は、ロシアも北朝鮮も、欧米のバイオセキュリティのすべてを知りたいと考えていた。

その二カ国の上層部とおなじ目標を持っていた。

設置されている防御手段を知る必要がある。それがわかれば、元とそのペストは、護《まも》りを破る方法を見いだすはずだった。

波打ちぎわを歩いて日本の月明かりのビーチに上陸してから一年十一カ月後に、元はストックホルムの新しいオフィスで、デスクに向かって座っていた。

11

現在

ローセビーという集落のすぐ南にある廃病院は、もともとは精神科病院として一八九〇年代に建てられたが、第二次世界大戦になると英空軍の〝空中戦の敗者《クラッシュ・アンド・バーンズ》〟を収容する病院になった。戦後は精神科病院に戻り、一九九〇年代まで国民保健サービスが運営してから、完全に閉鎖された。

いまでは、病棟、ロビー、診察室、研究室、処置室、看護師宿舎がすべて放置され、長い歳月のあいだに朽ち果てていた。蔓《つる》植物が窓から忍び込み、タイルの床にはカビが生えている。調度や備品はいくらか残っているが、あとはすべて腐るか、錆《さ》びるか、カビが生えるか、壊れていた。

壁はいたずら書きだらけだし、ネズミとコウモリの糞《ふん》がいたるところに積もり、壁には緑色のイモリがへばりついていた。

そこは空《から》っぽのうつろな抜け殻だった。長い廊下や天井の高い部屋の割れた窓から、光の輻《や》が左右に射し込み、浮遊する埃《ほこり》を照らしていた。

アントニー・ケントは、広大な廃病院の中心にある薄闇に包まれた広い食堂で、その光の輻のなかに立っていた。腐っている木の舞台が奥のほうにそびえ、薄手のジャケットを着て、肩から銃を吊った男が三人、その前に立っていた。黒いフードを頭からかぶせられた男が、そのまんなかで椅子に座っていた。

ケントは、その囚人についてはなにも知らなかった。だいじな獲物なので、奪うためにだれかが大金を払ったことだけはわかっている。それに、囚人を拉致《らち》するときに、仲間が何人も死んだ。

ケントは時計を見た。電話がかかるのを待っていた。早く連絡がはいって、ろくでもない一日を終えたいと思っていた。

アントニー・ケントは、ノッティンガム・シンジケートの追いはぎ《ハイウェイマン》だった。ファミリーが牛耳《ぎゅうじ》っているその犯罪組織では、恐喝、船やトラックからの強奪、イーストミッドランズ全域の売春がシノギ（収入を得るための違法経済活動）だった。ケントはおもに、トラックを襲って積荷を奪う仕事を任されていた。大胆不敵だが単純な武装強盗で、ビール、酒類、医療品を奪ってブラックマーケットで売る。それにくわえて、ケントはノッティンガム・シンジケートの主《おも》だった武闘係《エンフォーサー》でもあり、ほかの組織の敵を拉致し、暴行していうことをきかせていた。

この廃病院を知っていたのは、それに使っていたからだ。

ケントはこの廃病院で、ギャングの武闘係としてかなり残忍な行為を行なってきた。ここは正式な隠れ家ではない——本物の隠れ家に囚人を連れていって、MI6部員殺害とノッティンガム・シンジケートが結びつけられるような危険を冒したら、ボスに殺される——この荒れ果てた建物は、何年も前から拷問室に使われていた。ここにいれば今夜の襲撃で生き残ったものは安全だという確信があったので、島国のイギリスを半分近く横断して、地理をよく知っている自分の縄張りに戻ることにしたのだ。

空港の銃撃戦を生き延びたあとの六人はすべて、イギリス各地のさまざまなギャングの構成員で、ケントとおなじようにボスの命令で、今回の仕事に送り込まれた。ボスたちは金で雇われて、構成員を作戦に提供したのだ。この一件はすべてロンドンの正体不明の人物によって仕組まれたもので、ボスは二十五万ポンドの報酬を受け取った、という噂をケントは聞いていた。ケントは七万五千ポンドを受け取るはずだった……だが、こんな仕事にしては報酬がすくなすぎると、いまは思っていた。

空港で銃撃を開始して以来、いい便りといえば、応援が来ることだけだった。ケントが、この正気とは思えない仕事を命じたボスに電話して、六人を失い、ひとまず廃病院へ行って身を隠すと報告すると、応援を待機させるとボスがいった。その言葉どおり、ここにケントたちが到着すると、武装した男が六人待っていた。ほとんどが、ケントがいっしょに仕事をしたことがある男だった。ケントはすぐさま応援の男たちを建物の周囲に配置して警戒させた。

それでも、ケントとあとの六人は、数時間ぶりにやっと気をゆるめることができた。

それでも、泥沼にはまり込んだことを、ケントは承知していた。自分はリーダーではないし、兵隊でもない。殺しは何度もやったことがあるが、さきほど午前三時過ぎにターンヒルで経験したような大がかりな事件には、一度も関わっていない。

電話が鳴り、ケントはポケットから急いで出した。やってくるヘリコプターからで、二十分後に着くと伝えられた。ケントは電話を切り、敵影がないことを確認するために、いっせいに最後の見まわりを行なうよう、表の男たちに指示した。

ケントは、四人のほうへ行き、見張りの男たちに向かっていった。

「ヘリが二十分後に来る。元気を出せ、みんな」

ディルク・ヴィッセルが、声のほうに顔を向けた。フードごしになまりのある英語でいった。「あんたが指揮しているのか?」

ケントはいった。「まあ、そうだろうな」

ヴィッセルがいった。「なあ、友よ、助けてくれてありがとう。家に帰りたい。どうしてまだ手錠をかけられたままなんだ? どうして目隠しを取ってくれないんだ? わたしは無関係——」

ケントはどなり返した。「おれはおまえの友だちなんかじゃねえ。話しかけるな。だれとも話をするな。じっと座って待て。じきにここから連れ出す」

「連れ出す? どこへ?」

「知るか。だが、たぶん、連れてかれる前に、ここで話をすることになるだろうな」ケントは、部屋を見まわした。「この薄汚れた部屋は、さんざん訊問を見てきたのさ」

ジェントリーは、用心深く敷地を横切り、荒れ果てた礼拝堂のそばを通り、歳月と風雪によって崩れかけた低い煉瓦塀《れんがべい》の蔭を小走りに進んだ。高い叢《くさむら》を這《は》い進み、見つからないように身を低くしたまま、大きな建物の東の壁まで三〇メートル以内に近づいた。廃病院とのあいだには、もうひと棟、建物があった。

その建物を迂回せずになかを通れるかどうか、覗《のぞ》いてみることにした。棘《とげ》のある灌木《かんぼく》や、蔓《つる》に巻かれた壊れたベッドのあいだを潜り抜け、窓まで行ってなかを見た。

内側のドアに、〝お見送り室〟という表札があった。ドアの向こう側がどうなっているのか、はっきりとはわからなかった。建物が荒れ果てていることからして、たいしたものはないだろうと思った。

割れたガラスを踏まないように気をつけながら、ジェントリーは窓を抜け、なかにはいった。〝お見送り室〟のドアを通ると、床に書類や漆喰《しっくい》が散らばっているだけで、なにもなかった。だが、ドアが三つあり、それぞれに字が薄れた表札がかかっていた。

女性、検死、男性。

ジェントリーは、放棄された霊安室のまんなかに立っていた。

まんなかのドアを通ると、そこは検死室だった。壊れた検査テーブルと車輪付きベッドがあり、闇に向けて下っている階段のドアが、右側にあった。

病院の建物に通じている地下通路だろうと薄々《うすうす》察して、ジェントリーは階段をおりていった。バックパックからヘッドランプを出して、赤い光をつけた。赤い光は白い光とは異なり、瞳孔がひらかず、夜目《よめ》がある程度きくからだ。前方はトンネルで、思ったとおり敷地中央の大きな建物の方角にのびていた。

トンネルはカビ臭く、くるぶしまで水とゴミに浸かったが、ジェントリーはヘッドランプのぼんやりとした赤い光を頼りに、できるだけ音をたてないようにゆっくりと進んでいった。ここに見張りを配置できるような人数はいないと思っていたが、ぜったいにいないとはいい切れない。

その地下通路は、車輪付きベッドを押して通れる広さだった。病院から霊安室に遺体を運ぶための通路にちがいない。ジェントリーが数十年分のゴミが積もった床を用心深く進むあいだ、黒と赤のトカゲが壁や天井をちょこまかと動いていた。

トンネルを半分まで進むと、金属製のドアの前にゴミが積もっているところが突き当たりだとわかった。ジェントリーはヘッドランプを手で覆《おお》って、三メートル以内に近づき、指のあいだから漏れるかすかな光で照らして、ゴミの山を乗り越えた。ヘッドランプを消して、体が通るくらいにドアをあけた。そして、丸一分、音をたてずにじっと立ち、物音が聞こえないかと耳を澄ました。そして、イヤホンを耳に差し込み、スイッチを入れた。

ヘッドランプを、赤い光にしてふたたびつけた。

そこは埃の積もった地階だったので、奥の階段を目指した。一歩ごとに細心の注意を払い、用心しながら昇っていった。

上まで行くと、そこは病棟だったとわかった。陶器の流しが、壁に沿ってならんでいる。金属製のテーブルやトレイ、組み立て式の棚が、ねじれ、曲がって転がっていた。中庭の丈の高い叢《くさむら》と、敷地のべつの建物のあいだをくねくねと通っている狭い道路が、破れた窓から見えた。陸軍の兵舎跡のような感じの建物群、給水塔、馬鹿でかい車庫があった。

空から見た車二台も目にはいった。本館らしき建物の蔭にとまっている二台の車種がわかり、ジェントリーは驚いた。一台はダッジ・チャージャーだった。艶《つや》のないグレイで、十年以上前の型のようだった。

もう一台は二十五年前のメルセデス・ベンツSL500のセダンだった。メルセデスがV8エンジンを積んでいる型だとすると、チャージャーはまちがいなくV8だろう。二台とも、イギリスではめずらしいマッスルカー（おもに大トルクのV8エンジン搭載の後輪駆動車を指す）だった。ターンヒルを襲撃した連中の応援が来たにちがいない。

窓から射し込む光に照らされている廊下を覗き込んだ。そこで音声増幅機能をオンにしたとたんに大音響が聞こえて、たじろいだ。

ヘリコプターが近づいてくる。音の高さが変わり、着陸しようとしているのだとわかった。それと同時に、着陸するヘリコプターの爆音を利用できると気づいた。

囚人の奪回を図る前に、すばやく連れ去られてしまうのではないかと心配になった。それ窓から外を見て、東棟にいるとわかっていた。ジェントリーは廊下に出て、左に折れ、埃《ほこり》の立つ室内に射し込む陽光を避けながら、精いっぱい速く移動した。

ロンドンから来たエアバスＨ１４５ヘリコプターをおりた男六人が、病院の西棟のエントランスに向けて、足早に歩いていった。

六人は、移動しながら施設全体に目を配っていた。まんなかにいた男は、周囲のようすがひどく気に入らないようだった。

その男、ロジャー・フォックスは、三十九歳で、赤茶色の髪を格好よく整え、山羊鬚《やぎひげ》をきちんと刈っていた。フォックスは配下に、アメリカのプリンストン大学を出ているといい触らしている。サヴィルローの〈ヘンリー・プール〉で仕立てたチャコールグレイのスーツを着て、〈ロレックス・コスモグラフ・デイトナ〉をはめていた。

警護班のうち四人は、薄手のジャケットの下にサブマシンガンを携帯していたが、ここと近辺にひと目がないともかぎらないので、廃病院に近づくあいだ、武器をできるだけ隠していた。

五人目はフォックスの専属ボディガードのジョン・ハインズだった。いつものようにハインズはフォックスの半歩うしろを歩いていた。身長二〇六センチ、体重一一三キロで、運動選手のような強靭《きょうじん》な筋肉をつけていた。一種の武器のように。

ハインズはイギリス人の元ボクサーで、四十一歳だった。ジャケットの下でヒップホルスターにFNセミオートマティック・ピストルを収めていて、使いかたも心得ていたが、これまで殺した七人は、すべて素手で始末していたし、戦いで銃を抜いたことは一度もない。銃が必要だと思ったことは一度もない。

アントニー・ケントは、西棟のエントランスに立ち、六人を手招きした。六人がそばに来ると、電話で話をした相手を見分けようときょろきょろしたが、どういう外見なのか、まったく知らなかった。

ケントは、スーツ姿の筋骨たくましい巨漢から、目が離せなかった。それよりも小柄な山羊鬚の男が、巨漢のすぐ前にいた。その男が手を差し出したので、ケントはようやく目を向けて手をのばした。「フォックスさんですか？」

フォックスは、笑みを浮かべずにケントの手を握り、イギリス英語でいった。「そうだ。いったいここはなんだ？」

「安全です」ケントはいった。「静かな場所がほしいときに、何年も前からちょくちょく使ってます」

フォックスが、ケントといっしょになかにはいった。配下の五人がそれを取り囲んだ。

「囚人は？」

ケントはいった。「奥にいます。われわれはなにも話してません」

「そいつはなにかしゃべったか？」

「いいえ。怯《おび》えてます」

「よし」フォックスがいい、自分よりも小柄なケントのそばを押し通った。配下五人がおなじように通った。ケントはあとからついていった。

「正直いって、ロシア野郎といっしょにやるのは不安だったんです。れっきとしたイギリス人が指揮してるんで、よかったと思いました。ロシア人のやつら、荒っぽいやりかたであっというまにロンドンを乗っ取りましたからね」

フォックスは答えなかった。

ケントは先に立って西棟の奥へ進み、舞台のある広い部屋に案内した。一行は、フードをかぶせられた囚人を見おろして立つ三人のほうへ近づいた。フォックスは三人には目もくれず、ディルク・ヴィッセルの頭からフードを引きはがした。

ヴィッセルが目をあげ、顔から汗がしたたり落ちた。

「こいつだ」フォックスがいった。「ケント、おまえの手下を廊下に出せ。わたしはこの新しい友人と差しで話がしたい」

ケントと手下三人が、その指示に従った。金を出しているのは、この男なのだ。

イギリス人四人がいなくなると、フォックスはヴィッセルを見おろした。「わたしはロンドンから来た。どうして来たのか、おまえにはまだわからないかもしれないから、いっておこう。わたしはさっさとことを進めるために来たんだ。CIAがルクセンブルクでおまえを拉致《らち》したのはわかっている。つまり、おまえが特定の口座と関係があるのを、やつらは知っている。そして、われわれはおまえの銀行に興味がある」

「ああ、そのとおりだ」ヴィッセルが、期待をみなぎらせていった。「イギリスかアメリカが、わたしの銀行にもぐらを潜り込ませていた。そうとしか考えられない。やつらはその口座を突き止めて、わたしがそれを管理し、ビットコインに換えてアメリカに送金していたことを知った」

「捕らえられていたあいだに、おまえはCIAになにをしゃべった？」

「なにもいっていない！　ひとこともしゃべっていない。これからもいわない。アメリカ人にもイギリス人にも。わたしは銀行家だ。なにも悪いことはやっていない」

ヴィッセルの顔と自分の顔の高さがおなじになるまで、フォックスはゆっくりとしゃがんだ。「さっさとことを進めるために来たと、おまえにいっただろうが。知っていることがいろいろあるぞ。おまえが管理している口座に最近送金したダミー会社の持ち主のことを、おまえは調べていた」

ヴィッセルが、小首をかしげ、ほんとうに驚いたような表情になった。「どういう意味だ？　わたしは送金者のことはなにも知らない。ダミー会社かどうかも知らない。どうやって運営されているかも知らない。仕組みだけは知っている。ふつう、ダミー会社の約款《やっかん》の署名人は、ほんとうの経営者ではない。エージェントや、弁護士の弁護士が指名される。ダミー会社は何重もの構造になっている。会社の情報を知ろうとしても、なにもわからないだろう」ヴィッセルは、薄笑いを浮かべた。「だからだれもが安全でいられる」

「ああ、だが、おまえはここにいる」フォックスはいった。「安全とはいえないだろう？」

「そうだが、わたしはだれにも――」

「これからある名前をいう」フォックスはさえぎった。「その名前をどこで聞いたか、答えろ」

椅子に座らされているヴィッセルが、曖昧《あいまい》にうなずいた。

「フョードル・ザハロフ」

ヴィッセルが、ゆっくりと首をふった。「知らない……聞いたこともない名前だ。知っているはずなのか？」

山羊鬚の男が身を起こして、そばに立っていた大男のほうを見た。ヴィッセルに向かって、さらにいった。「おとといの夜に、CIAがおまえを捕らえた。きのうの夜に、CIAがその男の十四年前のファイルを調べた。われわれの知っている男だ」

「その男が……わたしの管理している口座か、口座に送金している会社に、なんらかの関係があるのか？」

フォックスは、ハインズのほうを見あげた。「ジョン、質問をしにきたのはわたしだというのを、ヴィッセルが思い出すようにしてくれるか？」

ハインズが、即座にひらいた手を左右に鋭くふった。掌《てのひら》が顔を打つ音が、だだっぴろい食堂に響いた。

ヴィッセルが痛みと驚きのあまり、目に恐怖を浮かべて、前に立ちはだかる男たちを見た。

自分が危険な立場にあるのを、やっと悟ったようだった。

フォックスがいった。「おまえがザハロフのことをやつらにしゃべったんだ。どうして知った？　ほかのだれにしゃべった？」

「誓う。その名前はまったく知らない。あんたの組織にもぐらがいるんじゃないか。ひょっとして、連中はべつの手立てで知ったのかもしれない」

「ちがう。ヴィッセル。ほかはありえない。おまえがしゃべったんだ」

ハインズの手が、また笞《むち》のようにしなり、さらに強くヴィッセルを殴った。今度は、ヴィッセルが悲鳴をあげた。

12

ジェントリーは、広大な病院内を遠くから伝わってきた悲鳴を聞いた。看護師休憩室を通り、フラッシュライトを持って廊下をパトロールしていたひとりを用心深く迂回した。立ちどまり、つぎの悲鳴があがったとき、西のロビーのほうから聞こえてくるのだと突き止めることができた。ジェントリーは戸口へ行って、伏せ、パトロールしている見張りが近くの階段を昇っていく足音が聞こえるまで待ち、頭がロビーに出るところへ滑っていった。そこで、悲鳴が聞こえる方角に顔を向けた。

ロビーの三〇メートル先で、窓から射す太い光の幅《や》に照らされて、四人が固まって立っているのが見えた。四人の前の両開きのドアは、病院のメインエントランスとは反対側にある。ジェントリーが音声増幅イヤホンを軽く叩くと、長いがらんとした廊下のタイルや漆喰《しっくい》に反響するささやき声が、たちまち聞こえるようになった。最初のほうは聞きそこねたが、さきほど爆音を聞いたヘリコプターが着陸し、何人かがおりてきて、四人のうしろのドアの奥に四人とともにいるような感じだった。

四人のうしろの部屋からまた悲鳴が聞こえ、新手の連中は四人を本気で痛めつけているのだとわかった。

つまり、ＣＩＡが拘束していた男を単純に救い出すだけではすまないと、ジェントリーは気づいた。この連中は、ＣＩＡやＭＩ６とおなじように、囚人の銀行家から重要な情報を聞き出そうとしている。

なんてこった。

ジェントリーは会話に耳を澄まして、事情を知るために情報をもっと聞き取ろうとした。イギリス英語でひとりがいった。「なあ、ケント、あんたを信用しないわけじゃねえんだ。ただ、あんたのことはよく知らねえ。マーティンとマイキーがいねえからあんたが指揮するっていうのはわかってるが、おれたちはみんな、フォックスっていうやつのことは知らねえし、信用できねえんだ」

話しかけられた男がいった。「おれはおまえらとおなじで、ボスにいわれてこの仕事をやってる。こんなひでえことになって、ボスはすごく腹を立ててる。ちゃんと落とし前をつけねえと、おれは殺されてどっかのどぶにほうり込まれるだろうな。おれもフォックスのことは知らねえ。ヘリからおりてきたときにはじめて会った。おれは命令どおりにやる。指揮官と副指揮官が殺《や》られたら、おまえが指揮しろといわれてる。しゃれた服を着たやつらが、あのオランダ人のじじいを連れてったら、仕事は終わりだ。おまえらはサウサンプトンだろうとブリストルだろうとロンドンだろうと、自分のところに帰れる。もらった金を使って、こんなことは忘れちまえ」

ジェントリーは、携帯電話を持ちあげて、カメラ機能にし、男四人を中心にして最大にズームした。ドアの枠で腕を安定させ、光増幅モードで数秒間に二十四枚の写真を撮った。スーザンが顔認証分析であのうちのだれかを識別できればいいと思ったが、それよりも肝心なのは、囚人のそばへ行く方法を見つけることだった。

だめだ、とジェントリーは思った。敵についてもっと詳しいことがわからないと、銀行家を連れ出すのは無理だ。

スーザンの落ち度ではないとわかっていたが、声に出さずにスーザンをののしった。

ジョン・ハインズは、ディルク・ヴィッセルの顔に三度目の平手打ちを見舞った。ヴィッセルが床に倒れた。ハインズはヴィッセルの喉《のど》をつかんで、無言で音もたてずに椅子にどさりと座らせた。

ハインズはひとを殴るのが楽しかった。子供のころ、体の大きさも力もいちばんだったが、〝不格好なでくのぼう〟と高圧的な母親にののしられ、バレエを習わされた。最初のレッスンで五分耐えたが、じろじろ見られ、忍び笑いを浴びせられた——十二歳で身長が一八五センチあった。ハインズはそこを出て、隣のボクシングジムへ行った。

金を持っていなかったし、母親が迎えに来るまで一時間あった。だが、トレーナーたちが、図体の大きい子供を見て、顔を見合わせて笑い、リングにあげて無料レッスンしてくれた。アメリカのチャンピオン、マイク・タイソンみたいに動ければ、母親にいじめられることはないだろうと、ハインズは思った。それに、マイク・タイソンみたいに戦えれば、だれにもいじめられない。

初日からハインズはジムの人気者になり、母親も折れてレッスン料を出してくれた。ハインズはジムに通いつめ、トレーナーたちのお気に入りの訓練生になった。

十三歳からさらに体が大きくなり、ボクシングをずっとつづけていた。柔道と空手も習ったが、十八歳で陸軍にはいり、ロイヤル・アングリアン連隊で軽機関銃手をつとめた。

歩兵になってもむろんボクシングはやっていたが、戦いかたがつねに汚かった。三年後に、イギリスの活発なボクシング界でプロボクサーになるために除隊した。

ボクシングのルールを守ることができないせいで、ハインズはプロとして成功しなかった。この動きが速くて技倆《ぎりょう》の高い巨漢のボクサーと対決して、長く戦いつづけられるような猛者《もさ》はいなかった。だが、ラビットパンチ、ローブロー、相手の足を踏む、ゴングが鳴ったあとで殴るというような反則のために、ハインズはつねに減点された。試合に勝てるのは早いうちに相手をノックアウトしたときだけで、あとは減点か失格によって負けた。

やがて、顔を殴り合う能力で評価されるボクシングというスポーツの世界ですら、ハインズの抑えのきかない攻撃性は見過ごされないようになった。

ボクサーとして失敗したハインズは、ポーツマスでヤミ金融に手を染めた。借金の取り立てには、ローブローやラビットパンチについての規則はない。しかし、その仕事でもハインズはやりすぎた。うかつにもひとりの男を殴り殺し、逮捕されて有罪判決を受けた。

ハインズは、イギリスでもっとも厳しい矯正《きょうせい》施設のウェイクフィールド国立刑務所に送られた。そこに収容された有名な人間のクズには、怪物の館と呼ばれていた。ハインズは六年の実刑判決を受けていたが、あと五カ月で刑期が終わるというときに、ロシア人の若くたくましい受刑者ふたりと、テレビ室の特等席をめぐって喧嘩《けんか》になった。ヘビー級のボクシングの試合を見るために、身長二〇六センチのハインズが最前列に座ると、ロシア人兄弟が、画面が見えないと文句をいった。ハインズは二時間番組のあいだふたりには目もくれず、終わると静かに立ちあがって、バスルームにはいっていった。

兄弟があとを追い、もうひとりの若いロシア人がつづいてはいっていった。

刑務所ではだれもがアルチョーム・プリマコフのことを知っていた。プリマコフが義兄弟《ブラトヴァ》と呼ばれるロシアのマフィアの頭目《ヴォール》だというのを、知らないものはいない。プリマコフは偽造書類を所持していたために逮捕され、四年の刑を宣告されていた。出所後にはロシアに国外追放される予定だった。

危険人物のプリマコフを見て、ハインズはいった。「あんたはこれとは関係ない。あんたがだれかは知ってるが、そんなことは気にしちゃいない。あんたもおなじように叩きのめす」

プリマコフは、にやりと笑っただけで、若いゴロツキふたりに、ブロンドの大男のイギリス人に襲いかかるよう合図した。

そこでハインズは強面《こわもて》の若者ふたりの始末に取りかかった。汗ひとつかかないで、眼窩《がんか》骨、顎《あご》、肋骨《ろっこつ》を砕き、血まみれのふたりを床に倒した。

それから、プリマコフのほうを見た。指の付け根が赤く腫《は》れた拳《こぶし》を、固めたままだった。

プリマコフが、拍手しはじめた。「すばらしい。よくやった。だが、これからどうする、友よ。五カ月で刑期があけるというときに、この九十秒の行為で、また十年くらうことになったんだぞ」

ハインズが、拳を構えて詰め寄った。

「ただし」あとずさりながら、プリマコフがつづけた。「ただし、わたしがそうならないようにしてやる。わたしのべつの手下に、この責任をとらせる」

ハインズの動きが遅くなった。怒りと興奮にコントロールされていても、ロシア人ギャングのいったことは耳にはいった。

「あんたがそんなことをする理由がどこにある？」

「理由はふたつある。ひとつは見え見えだ。そうすれば、おまえはわたしの首の骨を折らない。ふたつ目は……おまえは攻撃されて、自衛しただけだが、看守はそうは思わないだろう。イギリスの司法制度はおまえを有罪にする。それは公平ではない。ちがうか？」

ハインズのような逸材を逃がしたくないというのが、プリマコフの本音だった。そこで、ロンドンで殺人を犯したために終身刑を宣告されていた手下のひとりに、ロシア人ふたりを殴り倒したと自白させた。

ジョン・ハインズは、五カ月後に出所した。

プリマコフはまだ刑務所にいたが、組織の仲間——ロシアの多国籍犯罪組織ソルンツェフスカヤ・ブラトヴァのロンドン旅団——に連絡をとった。巨漢の元ボクサーのハインズは、すぐさま組織幹部の警護要員として雇われた。

プリマコフはロシアに送還されたが、改良された新しい偽造書類で、イギリスにふたたび入国した。イギリス国籍のロジャー・フォックスだと自称していた。ロシア人移民を装っていた前回とはちがって、英語には非の打ちどころがなく、いろいろな文化が混じっているロンドンの庶民のなまりでも話すことができた。

そして、ジョン・ハインズがボディガードになり、片時も離れずに護衛していた。

ハインズのつぎの一打で、ヴィッセルの鼻が音をたててつぶれた。今回は拳を固めていて、さほど強烈なパンチではなかったが、狙いが完璧で、力の入れかたもきわめて効果的だった。ヴィッセルは首《こうべ》を垂れて、自分はなにもやっていないとつぶやきつづけていたが、フォックスは耳を貸さなかった。ハインズに向かっていった。「ヘリコプターに乗せろ。こいつをどうするかは、マーズが決めるだろう」

「わかりました」ハインズが答え、ヴィッセルを肩にかつぎあげて、小麦粉の袋のように運んでいった。

ジェントリーは、汚い床にずっと伏せていた。目だけドアの枠から出してロビーを覗《のぞ》き、話に耳を澄ましながら男たちを観察していた。三〇メートル離れた闇の小さな影でしかないので、見つからないという自信があった。

見ていると、ケントとその仲間三人のそばの両開きのドアから、数人が出てきた。一団のまんなかに巨大な人影があり――身長が二メートルはあるにちがいないと、ジェントリーは思った――死んでいるか意識を失っているらしい小柄な男を、肩にかついでいた。

ガルフストリームに乗っていた囚人にちがいない、とジェントリーは判断した。それから数時間、姿を見ていなかった。

ロビーの向こう側には、男が十数人と肩にかつがれた囚人がいた。その一団は、ドアから出てくるとすぐに、向かって右のほうへ歩きはじめ、建物の西側にあるエントランスの方角へ遠ざかっていった。

廊下に立っていた四人もついていった。

ヘリコプターのエンジンの回転があがり、イヤホンからすさまじい音が聞こえたので、ジェントリーは音声増幅機能を切らなければならなかった。

ヘリコプターの機体記号を見ようと思った。それには男たちを追うか、西棟の外がよく見えるような窓を南西側で探さなければならない。ロビーを横切る必要があるが、男たちが出ていってからでは間に合わない。いまヘリコプターを見ることができなかったら、べつの見通しがきく場所を探すのに手間取ってしまうだろう。

右に遠ざかる男たちの足音に耳を澄ましながら、ロビーの向こう側をちらりと見た。見張りの存在を示すフラッシュライトが光っていないかと、左を見たが、向かって左にある階段は暗く、奥が見えなかった。

いまいる場所と向こうの部屋のあいだの廊下には、ほとんど障害物がないようだったので、ジェントリーは音もなくゆっくりと進んでいった。

ロビーにはいって三歩目で、突然、左から物音が聞こえた。まちがいなく、階段の下でタイルを踏む足音だった。

足音につづいて、すぐに声が聞こえた。

「フラッシュライトが消えちまった。もう引き揚げるのか？」

ジェントリーがそちらを向くと、ライフルを両腕に抱えて薄暗がりを近づいてくる男のシルエットが見えた。

男がすぐさまライフルを構えようとしたので、ジェントリーはサプレッサー内蔵のルガーをさっとあげて二度撃った。ルガーの銃声は小さいが、プシュッ、プシュッという音ははっきりと聞こえた。排出された真鍮《しんちゅう》の薬莢《やっきょう》が床に当たって、ロビーに金属音が響き渡った。

見張りが仰向《あおむ》けに倒れ、階段の上でひとつの塊のようになった。

ジェントリーの三〇メートルうしろで、十一人の男が、物音のほうを向いた。ロビーの向こうの部屋にはいる前に、ジェントリーはフラッシュライトで照らされた。

ジェントリーが全力疾走して部屋に飛び込み、ひっくりかえっていたデスクにぶつかったとたんに、二発の銃弾が背後のよどんだ空気を打ち砕いた。

13

二発のうち一発を放ったのはケントだったが、自分もデイヴィーも、埃《ほこり》の舞う暗がりを動くターゲットを撃ち損じたとわかっていた。「やつを殺《や》れ！」

ケントの仲間がふたり、片手にフラッシュライトを持ち、反対の手に拳銃を持って、ロビーを駆け出した、フォックスは手下を反対の方角へ急がせながら、ケントにどなった。「おまえたちは全員、そいつを追え！　生かしてここから出すな！」

ケントは向きを変えて、ロビーを進む仲間についていったが、ずっとその群れの最後尾にいた。「南側、地下、連絡口から東棟に行け。相手はひとりだ。殺《や》れ。だが、同士討ちに気をつけろ！」

ケントは、敵に撃たれるよりも、味方に撃たれるほうを怖れていた。

侵入者を四方から攻めろとリーダーが手下にいったとたんに、ヘリについて情報を得ようというジェントリーの野心的な計画は煙と消えた。敵はこの広大な病院の東西南北から押し包もうとしている。そこで、ジェントリーは東棟の管理課オフィスと、壊れたファイルキャビネットがならぶ細長い部屋を通って、東へと突っ走った。

トンネルに戻るつもりだったが、入口が東棟のいちばん遠い側にあるので、かなりの距離を走り通さなければならない。

ジェントリーは、両腕で空気を押すようにして、全力で走った。SIGを右手に持ち、額のヘッドランプの赤い光で前方を見ていた。だが、闇のなかで敵にその光を見られるおそれもあった。

うしろでヘリコプターが空に向けて上昇する音が聞こえたが、連れ去られる銀行家のことは、もうどうにもできない。

だから、命からがら走りつづけた。

拳銃を構えて戸口へ向けて走っていたときに、向こう側から無線機の甲高《かんだか》い音が聞こえた。ヘッドランプをつけているうえに、足音高く必死で走っていたので、けたたましい音をたてる携帯無線機を持っているドアの向こうの男同様、隠密裏に行動しているとはいえない。それに、敵か味方かはまだ判断できないにせよ、足音を聞きつけたはずだ。

ジェントリーは、壁ぎわに行ってひざまずき、うしろから近づいてくる男たちのたてる物音を意識して、すばやく向きを変え、戸口に跳び込んだ。すぐそばに、太腿《ふともも》に血だらけの包帯を巻いた男が目にはいった。その男も同時にジェントリーを見た。

男がサブマシンガンの銃口をあげて、ジェントリーのほうに狙いをつけた。

ジェントリーは撃った。胸に二発が命中し、男は仰向《あおむ》けに倒れた。

立ちあがってまた走り出した。たいして進まないうちに、左のすぐ近くから銃声が聞こえた。弾丸がそばの壁に穴をあけはじめた。壁の向こう側から自動火器で撃っているのだ。ヘッドランプの赤い光のなかで、漆喰《しっくい》やペンキが飛び散った。

ジェントリーは走りながらかがまなければならなくなった。壁をでたらめに撃ったとき、強い力でひっぱられ、倒れそうになった。はじめは被弾したのかと思ったが、体ではなくバックパックが弾丸を受けとめたのだと、すぐにわかった。

東棟のロビーを横切るジェントリーを、ふたたび銃弾が追ってきた。しかも、地下に通じる階段に向かおうとしたとき、フラッシュライトと銃を持った男ふたりと、わずか四メートルの距離で向き合っていることに気づいた。

銃声が耳朶《じだ》を打った。ジェントリーは、廃病院の埃の積もる床に身を投げ、片方の腰で敵のほうへ滑っていった。ひとりにぶつかって、ボウリングのピンのように押し倒し、向きを変えて、伏せているジェントリーを撃とうとしたもうひとりに、三発撃ち込んだ。

ジェントリーとともに倒れた敵が銃を取り落とし、それが手の届かないところに遠ざかった。だが、その男は、刃が曲がっている固定式《フィックストブレード》ナイフをベルトの鞘《さや》から抜き、ジェントリーの銃がもうひとりの敵に向いていたときに、顔に突き刺そうとした。ジェントリーはその一撃を左手で受け流したが、銃を持った腕を敵に押しのけられた。敵がふたたび跳びかかって刺そうとした。

ジェントリーはうつぶせになった。ナイフが上の空気を切り裂き、刃がバックパックに勢いよく当たって、ペットボトルに突き刺さった。

ジェントリーは、バックパックが下になるようにすばやく転がった。仰向けになるときに弾みをつけて左腕を突き出し、上の男の顎《あご》を手の甲で殴った。骨が肉に当たる鈍い音がして、男の首が横に曲がり、口から歯と血がつづいて飛び出した。男は死んだ相棒の上に、横倒しに倒れた。

ジェントリーが立ちあがると、新手がうしろから近づいてきた。ジェントリーはうしろに向けて撃ち、敵とは反対側に駆け出して、地下に通じる階段にすばやく走りおりて、射線から逃れた。

霊安室に通じるトンネルにはいった直後に、背後で地下を走っている五、六人以上の足音と叫び声が聞こえた。身をかがめてトンネルを走った。ゴミだらけの水で足を滑らせたり、トンネルの天井を通っていて、ところどころ垂れさがっているパイプに頭をぶつけないために、どうしてもヘッドランプの赤い光が必要だった。

まもなく狭いトンネルを通って銃弾が襲ってくるだろうし、そうなったら袋のネズミだとわかっていた。そこで、バックパックをおろして、擲弾発射器《グレネード・ランチャー》を引き抜き、うしろを向いた。汚いヘドロに両膝をつき、最初のフラッシュライトに照らされた瞬間に、発射器を構えた。

サプレッサーで弱められていない鋭い銃声が響き、ジェントリーの頭から三〇センチしか離れていないパイプに、一発の銃弾がチンという音をたてて当たった。ジェントリーが引き金を引くと、四〇ミリ擲弾《てきだん》が狭いトンネルで放物線を描き、地下の入口に向けて飛んだ。擲弾が爆発して、耳を聾《ろう》する音とともに火の玉がひろがり、ジェントリーはまた向きを変えて駆け出しながら、単発の擲弾発射器の銃尾をあけて、薬室にこんどは催涙ガス弾を装塡《そうてん》した。トンネルの霊安室側まで行くと、ふたたび敵の射撃がはじまったので、くるぶしまである水のなかに伏せて、ふたたび擲弾発射器の引き金を引いた。

催涙ガス弾は、さっきの榴弾《りゅうだん》とはちがって轟音も閃光も発しないが、空気がほとんど循環しない狭いトンネルは、一時間くらい通れなくなるはずだった。催涙ガス弾がトンネルのなかごろで爆発したときには、ジェントリーは検死室への階段を駆けあがり、濡れたバックパックにM320擲弾発射器をほうり込みながら、建物内を抜けて、ウェストバンドの拳銃を抜いていた。

霊安室の窓から出て、ターゲットを探しながら拳銃を左右に動かして、森を目指した。地上に敵がいないとはかぎらない。

一分後、小さなピットバイクのところに戻り、猛スピードで森を走り抜けた。背後の敵には、あっというまにジェントリーに追いつける車が二台ある。このおもちゃのような二輪車で国道に出るのだけは避けたかった。

車が必要だ。どこで手にはいるかはわかっていた。

ジェントリーはさきほど、一時間近くこの上空をモーターグライダーで飛び、駐車場が隣接しているゴルフ場があるのを見つけていた。ゴルフ場は森の東側にあるので、森がとぎれるところまでバイクで行き、そこからは走った。

フェンスを乗り越え、駐車場に跳びおりて、車の列のあいだで身をかがめ、クラブハウスの入口近くにひとりで立っている駐車係を観察した。ゴルフバッグを肩にかけた年配の男が、駐車係に近づいて、チケットを渡した。駐車係がそばのキーボックスからキーを取って、駐車場を走っていった。

ジェントリーはこれまでの仕事で、駐車係をのべ数十時間、監察してきた。たいがいの駐車係とおなじように、この若い駐車係もキーボックスに鍵をかけなかった。

拳銃をジャケットの下にしまってから、ジェントリーは身を起こし、服に汚れがつき、バックパックがずぶ濡れで、顔も汚れているにもかかわらず、駐車係の詰所に堂々と近づいていった。そこに立っていたくだんの年配の男に、丁重に会釈した。ひとこともいわずにキーボックスに手をのばした。速度が出て、このあたりで目立たないことを願い、アウディのキーを取った。

駐車場を歩きながらキーのボタンを押すと、ブザー音が右のほうから聞こえ、二〇〇五年型のアウディS4のセダンだとわかった。それほど速い車ではなく、廃病院で見た二台にはとてもかなわないが、十五年前の型の4ドア・セダンなら、国道の往来にまぎれ込みやすいはずだった。

一分後、ジェントリーはA17国道に乗って、西に向かっていた。運転しながらバックパックをあけ、装備を点検した。

ナイフで攻撃されたときにバックパックに大きな穴があき、拳銃の予備弾倉二本がどこかで落ちたとわかった。おそらくトンネルを通ったときだろう。SIGの弾倉を調べると、九ミリ弾は六発しか残っていないとわかった。あとは薬室の一発だけだ。二二口径のルガーはバックパックにはいっていたが、残弾は五発で、やはり予備弾倉はない。

「くそ!」がらんとした車内で叫び、まうしろをたしかめるために、ルームミラーを見あげた。

「くそ!」もう一度叫んだのは、廃病院で見たグレイのダッジ・チャージャーが、ルームミラーのまんなかに映っていて、見る見る大きくなっていたからだった。膝《ひざ》の上の装備と前方の道路に注意を集中していたせいで、敵の車が易々《やすやす》と距離を詰めているのに気づかなかった。ダッジのうしろを、メルセデスが走っていた。二台ともかなりの速度が出ていることからして、やはりV8搭載型にちがいない。

ジェントリーがアクセルペダルを踏み込んだとき、銃を持った男たちがチャージャーのリアシートから身を乗り出して、アウディに狙いをつけようとしているのが見えた。

14

ジェントリーは身をすくめて、前を見た。前方の道路は空いていたが、二車線とも車が走っているので、うしろから接近する二台だけに注意を向けていることはできなかった。

鋭い銃声が聞こえたので、ジェントリーはさらに首を引っ込めた。

ジェントリーのアウディは、V6三・一リットルエンジンを搭載している。当時としては最高のエンジンで、二五五馬力を発揮する。十五年前の豪華セダンとしては悪くないが、うしろのメルセデスとダッジには太刀打ちできない。いずれも四〇〇馬力を超えているはずだ。

ジェントリーは、アウディを時速一六〇キロメートルまで加速したが、運転席側のサイドウィンドウのそばをまた銃弾がうなりをあげて飛んだ。うしろの男たちが遠ざかっていないのは明らかだった。

もっと速度を出せと古いアウディを励ましながら、ジェントリーはジグザグに走らせた。追いつかれるのは時間の問題だとわかっていた。

リアウィンドウが割れ、拳銃の弾丸が一発、飛び込んできて、ジェントリーの左のラジオの上で、ダッシュボードに突き刺さった。

逃げ切れない。戦わなければならない。しかし、うしろ向きでは拳銃で効果的に射撃することができない。

ジェントリーはSIGを抜いて、グリップが革張りのシートのすこし上に出るようにして、シートと右ドアのあいだに強く差し込んだ。サプレッサー内蔵で銃身が長いルガーをつかみ、太腿《ふともも》とシートのあいだに挟んだ。

またリアウィンドウに銃弾が当たり、三発目がガラスを完全に撃ち砕いて車内を抜け、フロントウィンドウにクモの巣状のひびがひろがった。ジェントリーは、前方の民間のトラックとの距離を計算し、対向車が右を通過するのを待って、ハンドルの十二時の位置に右手を置き、左右のシートのあいだにあるハンドブレーキを左手で握った。

時速一二〇キロでアクセルから足を離し、ブレーキを踏みそうになるのを避けるために、シートの高さまで足を引きあげて、ハンドブレーキをめいっぱい引きあげて、後輪をロックさせた。

アウディが高速スキッドに陥るとすぐに、手が二時から四時の位置になるように、ハンドルをすこし右にまわした。タイヤが悲鳴をあげ、煙を出して、右への急スピンがはじまった。スピンターンによる一八〇度方向転換の半分までまわったところで、ジェントリーは右太腿でハンドルを固定し、右手をハンドルから離した。シートとドアのあいだに手をのばして、SIGザウアーを抜いた。目の前を農地が右から左へぼやけて流れ、やがてそれまでは後方にあった道路が見えた。

ブレーキをロックしてから二秒半後に、ジェントリーは艶《つや》消しグレイのダッジ・チャージャーと正対していた。ダッジも接近速度を落とそうとして、ブレーキから煙を吐いていた。

ジェントリーは、SIGの銃口をフロントウィンドウに押しつけ、近づいてくるダッジとの距離が七・五メートル以下になると、相手の運転席側のフロントウィンドウにつぎつぎと銃弾を撃ち込んだ。そうしながら左手でハンドブレーキを下げ、セレクターレバーをバックに入れた。

残りすくない九ミリ弾を発射しつづけながら、ジェントリーはアクセルを踏んだ。ジェントリーが盗んだアウディがガクンと揺れてバックで走り出し、タイヤが悲鳴をあげ、白い煙が噴き出すとともに、速度を増した。

SIGの弾薬が尽きると、それを助手席側の床にほうり投げ、ルガーを抜いて、アクセルを踏みつけたまま、バックする方角を調整するときだけバックミラーを見て、なおもダッジのフロントウィンドウを撃ちつづけた。弾薬を撃ち尽くすと、二二口径のルガーを九ミリ口径のSIGの横にほうり投げた。

グレイのダッジ・チャージャー4ドアが、尻をふって大きく揺れ、道路のまんなかでとまった。運転手が死に、エンストしていた。うしろのメルセデスは、急ブレーキをかけてから、チャージャーと対向車のあいだを通り抜けなければならなかった。

ジェントリーは、アウディを時速八〇キロメートルでバックさせ、右手をハンドルの上にかけて、左側を握ってから、フロントウィンドウごしに見た。メルセデスがまた追いつきはじめていたので、アクセルから足を離し、ハンドルをできるだけ急に右に切ってから放し、バックで一八〇度方向転換をはじめた。タイヤが抗議の悲鳴をあげた。アウディが左にスピンし、前方の景色が流れたが、グリルがふたたび国道上で正面を向くと、ジェントリーはセレクトレバーをドライブに入れて、ハンドルをつかみ、スピンをとめて、アクセルをめいっぱい踏んだ。数秒後にまた時速一六〇キロメートルで、両方向の車の流れを縫《ぬ》い、西に向かっていた。

だが、まだ終わっていなかった。背後のメルセデスはアウディより一五〇馬力以上強力なエンジンを積んでいるから、阻止する方法を見つけないと、すぐに追いつかれてしまうはずだった。

ジェントリーは、助手席のバックパックに目を向けた。残りの擲弾《てきだん》が見えていたので、すぐに計画が頭に浮かんだ。

擲弾発射器《グレネード・ランチャー》も拳銃とおなじで、前を向いたままでうしろを走っている車に狙いをつけることはできない。しかし、正面を向いていれば、脅威を阻止できるかもしれない。

追ってくるメルセデスに乗っているやつらは、ジェントリーがアウディをジグザグに走らせて急ブレーキを踏んだときに追い抜くほど間抜けではないだろうし、またスピンターンをやっても防御する用意があるはずだ。しかし、ジェントリーの頭には、べつの案があった。

ジェントリーはハンドルを放して、四輪の整列《アラインメント》に狂いがないことを確認した。アウディは左や右にぶれずに、車線を直進していた。

クルーズコントロールを時速一四五キロメートルにセットすると、アウディがかすかに減速した。ジェントリーはバックパックを取って、膝《ひざ》に置いた。M320を出して、片手で榴《りゅう》弾《だん》を装塡《そうてん》し、弾帯に残った擲弾《てきだん》ともう一発の催涙ガス弾は、バックパックに入れたままにした。片方のショルダーストラップをはずしたとき、うしろでまた一連の銃撃が沸き起こって、助手席が引き裂かれた。

高速で走っているので、メルセデスの男たちは狙いを安定させることができないようだったが、いまではどんどん接近しているので、まもなくタイヤかジェントリーの頭が撃ち抜かれるおそれがあった。

ジェントリーは、ハンドルにストラップをかけてから、バックパックにつなぎ直した。バックパックを膝のあいだに入れると、ハンドルからぶらさがり、その重みでハンドルが安定した。

ジェントリーはハンドルから手を放し、速度の遅いトヨタを追い抜いたあとで、アウディが車線中央に戻るようにバックパックの位置を調節した。

銃撃が左を通過してアスファルトを引き裂いたとき、対向車が右側を一瞬のうちに通過した。ジェントリーはシートベルトをはずし、背もたれを倒して、猛スピードで走るアウディのハンドルを引き受けているバックパックが動かないように用心しながら、うしろに体をずらした。

また銃弾が襲いかかり、アウディの後部に当たった。かなり近づいたので、タイヤを撃とうとしているにちがいないと、ジェントリーは判断した。そうなったらアウディは道路から飛び出してしまうだろう。

ジェントリーは、助手席に手をのばして、M320を引き寄せ、さっと体をまわして、追ってくる車のほうを向いた。

シルバーの古いメルセデスが、真正面に見えた。四〇メートルたらずしか離れていない。男がふたり、サブマシンガンを片手に持ち、反対の手でドアフレームにつかまって、上半身を出していた。廃病院のロビーにいたケントという男が、助手席から身を乗り出しているのが見えた。

サブマシンガン二挺が閃光を発し、アウディが被弾して、ジェントリーはフロアに伏せなければならなかった。だが、ふたりが撃つのを中断したとたんに、ジェントリーは身を起こして、リアシートの背もたれでM320を安定させ、メルセデスのまんなかに筒口《つつぐち》を向けた。弾道が高くなるのを計算して、二、三センチ低めに調整してから、ためらうことなく引き金を引いた。

両手に持った発射器が跳ねた。

M320を離れた榴弾は、ガラスのなくなったリアウィンドウを通り抜けて、国道の上を四〇メートルほど飛び、追ってくるメルセデスのフロントウィンドウを突き破った。榴弾が起爆し、サイドウィンドウから身を乗り出していた男ふたりは、それぞれ右と左に吹っ飛ばされた。

シルバーのメルセデスのガソリンタンクが爆発した。そのまま五〇メートルほど走ってから、右に激しく横滑りし、道路から飛び出して、横転しながら休耕地を二〇メートルほど突き進んだ。

ジェントリーはすこぶるうれしかったが、拍手している場合ではなかった。車の往来がある道路を運転手なしで時速一四五キロメートルで走っている車のリアシートに乗っているのだ。しかも、フロントシートに戻ろうとしたとき、タイヤがパンクする音が下から聞こえた。ジェントリーはシートのあいだに跳び込んで、クルーズコントロールを解除し、対向車線から出るようにハンドルを切った。

運転席に戻り、Uターンして、タイヤがぺしゃんこになったアウディを、道路に倒れているケントのところまで疾走させた。

ケントの動かない体のそばで急ブレーキをかけてとめ、車からおりて駆け寄った。ケントの右脚が、太腿《ふともも》のところでほとんどちぎれているのが見えた。ズタズタになったズボンの裾《すそ》から、血が流れ出していた。

ジェントリーはひざまずいて、ケントの服を探った。

「がんばれ。死ぬんじゃない！　死んだら困るんだ」

目当てのものを見つけた。ケントの携帯電話を、ズボンの前ポケットから出して調べた。ｉＰｈｏｎｅ８だったので、ケントの顔を見た。紙のように白く、目がゆっくりと裏返りかけていた。

「まずい！」ジェントリーは叫び、iPhoneを路面に置いて、心臓マッサージをはじめた。「息を吹き返せ、ケント！　がんばれ！」

最初に通りかかった夫婦が、すこし西に車をとめて、駆け寄ってきた。ふたりとも六十代で、ジェントリーのそばに現われた。夫のほうが、小さな車のトランクから出した簡単な救急用品を持っていた。

妻のほうがいった。「救急車を呼んだわ！　あとのひとたちは、みんな死んでる。なにか手伝うことは？」

ジェントリーは答えなかった。ケントの目を見ながら、力いっぱい胸を押しつづけた。

夫がいった。「脚から出血してる。止血帯が必要だ！」自分のズボンのベルトを抜いた。

ジェントリーは、ケントのちぎれかけた脚には目もくれず、心臓マッサージをつづけた。ようやくケントがまばたきするのがわかった。焦点が合っていないが、生きていることはまちがいない。

夫がいった。「そっちへ行くから、これを巻いて――」

ジェントリーは、胸骨を圧迫するのをやめた。

「つづけるんだ。そうしないと助からない――」

ジェントリーは、iPhoneを拾いあげて、ケントのぐったりした右手を持ちあげ、親指をホームボタンにくっつけた。

「なにをやってるんだ？」夫がきいた。

たちまち、iPhoneのロックが解除された。

ジェントリーは、ふたたびケントの親指を使って、指紋認証を使えない場合のためのパスコードを設定した。〝1〟を六度押し、もう一度入力して確認すると、起きあがって、ひどい重傷を負った男の上に立ちはだかった。夫はまだしゃがんで、ジェントリーの右で間に合わせの止血体を巻いていた。妻のほうはその左で、救急用品を出そうとしていた。

ジェントリーは、道路に横たわるケントを見おろした。「もう死んでもいいぞ、くそ野郎。おまえはもういらなくなった」

イギリス人夫婦が、ショックを受けた顔で見あげたが、ジェントリーは気づかなかった。すでに向きを変えて、アウディのほうへひきかえしていた。

iPhoneのタッチIDセンサーは、持ち主の指の電荷の変化を読み取ってロックを解除する仕組みになっている。生きている体が発する電気パルスだけだ。ケントが死んだら、その指が使えなくなるので、そのiPhoneに侵入するのに苦労するとわかっていた。それに、この数時間、銀行家の救出はなんら進展していない。だから、危険を冒して重傷の殺し屋のそばに戻り、携帯電話を手に入れなければならないと判断したのだ。

サイレンの音が、どこからともなく聞こえ、四方から近づいてくるようだった。

アウディは、フロントウィンドウもリアウィンドウもガラスが割れ、道路に散乱する破片で右うしろのタイヤがずたずたにちぎれて、ほとんど走れなくなっていたので、そのままにした。ジェントリーは、西に向けて全力で走りつづけながら、ポケットからCIAの携帯電話とケーブルを出した。

背後では、A1国道沿いの畑でメルセデスから煙と炎が噴きあがっていた。そのうしろでは、死者と負傷者が何人も乗っているダッジ・チャージャーが、道路のまんなかで動けなくなっているはずだった。四〇〇メートル前方にガソリンスタンドが見えたので、精いっぱいの速さでそこを目指した。アドレナリンの効果が弱まって、疲労に襲われるのがわかったが、イギリスのこの地域で起きた最大の暴力犯罪とおぼしい事件の現場に、イーストミッドランズの警官がひとり残らず駆けつける前に、遠ざからなければならない。

ジェントリーは、いま起きたことに満足していなかったし、車に乗った敵を何人も殺したことによろこんではいなかった。殺し屋たちのことが気の毒だったわけではないが、銃撃戦で運に頼りすぎたし、生き延びたのは過分なツキに恵まれたからとわかっていた。

こんなふうに銃撃戦やカーチェイスを何度もやって、何度もきわどい目に遭うようなことは、とうていつづけられない。そう肝に銘じた。

ジェントリーは優秀だし、最高だというものもいるが、技倆《ぎりよう》をおおげさに誉《ほ》めそやされても、鵜呑《うの》みにしてはいけないとわかっていた。いまは死なずにすんでいるかもしれないが、遭遇する悪党どもとそのたびに撃ち合っていたら、遅かれ早かれ、借りていた命を返上しなければならなくなるだろう。

ガソリンスタンドの近くのゴミが散らばる畑を走り抜けながら、速度を落とし、足をとめ、やがて膝《ひざ》をついた。

胃の中身を泥の地面に吐き、なにも出なくなるまで吐いて、重い体を起こした。体力が尽き、気分が悪く、疲れ果てて、打ちひしがれていた。

けさはケントのｉＰｈｏｎｅ以外には、なにも得られなかった。それから即動必須情《アクショナブル・インテリジェ》報《ンス》を手に入れなければならない。それには、作業を急ぐ必要がある。

ジェントリーは、迷いをふり捨て、つぎの行動が自分の最期になるかもしれないという思いを打ち消して、ガソリンスタンドに向けて歩きはじめた。

時計を見た。まだ朝のうちだというのに、四台目の乗り物を盗まなければならない。

15

スーザン・ブルーアはオフィスで、いつもの朝にも増して怒りをくすぶらせていた。

午前七時の会議の準備をするために、スーザンは早朝に出勤した。ＣＩＡの隠れ家が攻撃された際に、保護していた暗号化資産《コードワード・アセット》が姿を消したことについての会議は、スーザンの予想どおりの方向に進んだ。出席者はだれもアンセムのことを知らされていなかったし、ハンリーは出席しなかった。そのため、スーザンは支援本部と人事部の幹部十人の非難を一身に浴びた。もちろん、グレートフォールズで昨夜、殺された局員を、幹部がじかに知っているわけではなかったが、彼らが事件後の事情聴取を受け、後始末をやるはめになるのは明らかだった。

それでなくても、幹部たちは、イギリスでまもなくひらかれるファイヴ・アイズに向けて猛烈に働いているし、ほとんどが二日以内に出発する予定だった。たとえ海外出張がなくても、グレートフォールズは大惨事だが、幹部は男も女もスケジュールがすでに詰まっているので、ストレスを増やした責任をスーザンに負わせようとした。

スーザンは、これまでずっと、ＣＩＡ《エージェンシー》への脅威に対処する仕事に専念してきた。テロとの世界戦争では中東に勤務し、アジアのいたるところへ行き、アメリカ本土に戻ってからは、ヴァージニア州マクリーンにある広大なCIA本部で、施設の秘密漏洩調査を行なっていた。だから、こういう事件はなにも目新しいものではなかった。そうはいっても、アメリカ国内でこんな大がかりな事件が起きるのは、ほかに類を見ない。

事件についてこれから厳しい吟味を受けることはたしかだったが、資産《アセット》に対する脅威を正しく評価していたといえるのか？ じゅうぶんな警備を手配していたといえるのか？

この大失態が自分にどう跳ね返ってくるかと思うと、胃が痛くなった。

秘話携帯電話が鳴り、スーザンは見もしないで取った。ヴァージニア州北部とワシントンDCでアンセムを探しているチームのだれかだろうと思ったが、聞こえたのはヴァイオレイターの声だった。

「囚人はヘリコプターで離脱させられた」

くそ。もうひとつの問題までもが、よけい難しくなっている。スーザンは、ヴァイオレイターの緊急事態をあとまわしにしていた。未知の敵に連れ去られた囚人のことすら知らなかったのだから、だれにも非難されるおそれはない。しかし、ヴァイオレイターのハンドラーでもあるので、彼が抱えている問題を切り捨てることはできない。

「ヘリの機体記号ぐらいはいえるんでしょうね」

間があった。「たしかめられなかった。襲撃チームのリーダーの電話がある。いま自分の電話にデータをすべてダウンロードしている。大至急送る」

「ほかに情報は」

「あまりない。襲撃チームは、イギリスのあちこちのギャングの寄せ集めだったようだ。フォックスという男に、今回の襲撃を指示されていた」

「たぶん偽名でしょう。なんの役にも立たない」

ジェントリーは、溜息をついた。「襲撃チームのリーダーは、アントニー・ケント。リーダーになれたのは、指揮官と副指揮官が空港で死んだからだ。この連中は、これまで一度もいっしょに仕事をしたことがなかったようだ」

「情報機関のプロフェッショナルをおおぜい殺したんだから、腕の立つ連中にちがいない」

スーザンはいった。

「たしかに、被害は大きかったが、練度の高い集団の鮮やかな襲撃ではなかった。ターンヒルの事件は待ち伏せ攻撃だったから、やつらのほうが有利だったのに、六人が死んだ。ここ、イーストミッドランズで、おれがもっとおおぜい片づけた」

「独りで交戦したということ？　賢いといえる？」

「おれがもっと賢かったら、チューリヒにいて、あんたの用意した飛行機には乗らなかっただろうよ！」

スーザンは、デスクを指で叩いた。「ヘリの機体記号がわかったほうが、役に立ったのに」

数秒のあいだ、なにも聞こえなかった。やがてヴァイオレイターが答えた。「こうしたらどうかな？　あんたがこっちに来て、どうやるか手本を見せる。つぎはあんたがくそ野郎どもがおおぜいいる建物を攻撃し、おれはデスクに向かっていて、あんたの仕事ぶりに文句をつける」

スーザンは、それには答えなかった。「それだけ？」

ジェントリーは、携帯電話に向かって溜息をついた。「囚人が訊問されたのは、廃病院で、おれはそこから遠ざかっている。そこを調べて、やつらとつながりがあるかどうかをたしかめてくれ。たまたまそこへ行ったとは思えない。やつらはまっすぐそこへ向かっていた」

「わかった。これからどうするの？」

「買い物に行く」電話が切れた。

ゾーヤ・ザハロワは、ワシントンDC一二番ストリートにある〈ノードストロームラック〉の正面ドアが午前九時にあくまで、その前で十五分待った。ジーンズ、Tシャツ、ジッパー付きジャケット、カジュアルなトップ二着、ソールの平らなスリッポンの靴、ランニングシューズを買った。通りの向かいの〈スターバックス〉の化粧室に行って着替え、それまで着ていた服、靴、ショッピングバッグを、すべてゴミ箱に突っ込んだ。

午前九時四十五分には、ノースウェスト・ワン・ネイバーフッド図書館でコンピューターの端末に向かい、インターネットで検索していた。高校生から借りたボールペンと紙で、情報を書き留めた。そのあいだずっと、数秒ごとに目をあげたり周囲に向けたりしていた。C

IAに精度の高い顔認識テクノロジーがあるのはわかっていたし、道路やその図書館の防犯カメラすべてを避けることはできなかった。ただ、CIAがその技術をアメリカ国内で使うのを禁じられていることも知っていた。

とはいえ、ゾーヤは、ロシア政府の職員だったロシア人なので、政府の情報機関が自国民をあっさり裏切ることがあるのを知っていた。アメリカでもおなじことがないとはいい切れないので、警戒を怠《おこた》らなかった。

追っ手に包囲された場合に図書館から脱け出すルートを、ゾーヤは四種類考えてあった。

それに、昨夜、隠れ家を襲撃した男たちがふたたび現われたら、戦う覚悟だった。

だが、連れ去ろうとする人間は来なかったので、ゾーヤは検索をつづけた。

そして、午前十時三十分に、どこへ行ってなにをやらなければならないかを知った。

ゾーヤは任務中の態勢になった。ゾーヤは高度な訓練を受けた資産《アセット》で、計画がある。

だが、その前にやるべきことがあった。作戦を遂行するには、アメリカを脱出し、ヨーロッパへ行かなければならない。パスポートも身分証明書もないので、容易ではないが、ひとつ方法があるのを知っていた。

それを成功させるには、操作と欺騙《ぎへん》の能力をありったけ駆使しなければならないが、ゾーヤは子供のころから高度なソーシャル・エンジニアリング（人間のちょっとした隙や犯したミスに乗じて内密の情報を入手する方法）の実践者だったので、やれる自信があった。

16

四カ月前

北朝鮮の細菌・ウイルス学者、元薔美《ウォン・ジャンミ》博士は、ランチのはいったポリ袋をぶらさげて、欧州疾病予防管理センターのオフィスを出た。ストックホルムは真冬で、気温は氷点下だったが、厚いダウンのコートを着て、ニットキャップをかぶっていたので、耐えられないほどではなかった。こういう晴れた日には、元は外に出て、センターの裏にある木のベンチでランチを食べるのが好きだった。

元がストックホルムに着いたときに、警護官ふたりは北朝鮮に帰国した。男ふたりがつねに付き添っていることに、筋道の通った理由をこじつけるのは難しいし、ふたりが護衛だというのがばれてはまずい。それから二年近く、元は勤務がある平日にセンターにいるときを除けば、ひとりきりだった。自分を隔離された状態に置くのには、三つの理由があった。ひとつは北朝鮮の情報機関によって植えつけられた諜報技術《トレードクラフト》のせいだった。ふたつ目は、欧米を心の底から憎悪しているからだった。三つ目はひどい社会不安障害のせいで、ここでも他の土地とおなじように、だれかと人間関係を結ぶのは不可能に近かった。

ロシアの情報機関の支援を受け、北朝鮮の情報機関の命令で、二十カ月前にロシアのシハヌイからストックホルムに来たときに、もうひとつの変化があった。元は朝鮮人名の薔美《ジャンミ》を、欧米風の〝ジャニス〟という名前に変え、いまではジャニス・ウォンと名乗っている。

そしていま、ジャニス・ウォンは、バッグに入れて用意してあったハンドタオルでベンチを拭いてから、腰をおろした。

コートの襟《えり》をかき合わせ、汚れたピクニックテーブルを見た。

ウォンはこれまでずっと、強迫性障害に悩まされてきた。毎晩、すべての服、靴、アクセサリーを、翌朝に身につける順番どおりにならべて、テーブル、ソファ、椅子に置かなければ、気がすまなかった。手をがむしゃらに洗い、食器類はすべて、食べる前に二度、食べてから三度洗った。

そういう強迫性障害があっても、カフェテリアで欧米人といっしょに食事をするよりはましなので、ウォンはこのベンチに座る。

ウォンが生まれ育った北朝鮮の冬は厳しく、家の小さなストーブ用の石炭すらないことも多かった。スウェーデンの身を切るような寒さはそういう過去を思い出させたが、二カ国にはまったく共通点がない。スウェーデンは物が豊富だし、落ち着きのあるほがらかな国民は多様な民族から成っている。

そう、冬が厳しいということを除けば、平壌《ピョンヤン》とストックホルムは、正反対の世界だった。

サンドイッチをかじりながら、ウォンはここでの生活のことを考えた。ウォンは秀でた仕事をしていた。自分に実行できる大規模な生物兵器による感染症の集団発生《アウトブレイク》に対する欧米の備えを研究した。ロシアと北朝鮮が、その情報をほしがっている。ウォンはそれについて完璧な訓練を受けているし、情報を提供できる最適の場所にいる。

ウォンは定期報告を送り、仕事をつづけ、二カ国の役に立っていた。

だが、ウォンにはべつの目標があった。ロシアや北朝鮮の命令によるものではなく、みずからに課した探求目的だった。データを集めてロシアや北朝鮮にあたえるために、ここにいるのではない。

そうではなく、ウォンは行動したいと考えていた。

祖国に対して欧米が犯した罪を罰するために、欧米で細菌を解き放ちたい――解き放たなければならない

きょうとくに頭が混乱しているのは、そのためだった。一週間前に、上層部から帰国命令が届いた。欧米にいられるのは、あと三週間だけで、平壌に戻らなければならない。そこの研究所で、ぜったいに実施されない理論的な策謀の研究を、一生つづけるはめになるのは明白だった。

ウォンはたいがいそのピクニックテーブルをひとりで使うので、男が隣に座り、通りのほうを眺めながら脚を組んだときには、かなり驚いた。ちらりと横目で見ると、美男でかなり身なりがよかったが、どこか酷薄な感じだった。毛皮のコートの下に欧米の服を着ていたが、

スラヴ系にちがいないと、ウォンは推測した。ロシアに二年いたので、スラヴ系の特徴はよくわかっていた。

ウォンがサンドイッチを食べていると、男が向きを変えて、目を向けた。

「こんにちは」

英語だった。イギリス英語のようだし、くつろいだようすだった。

だが、ウォンは見知らぬ男とおしゃべりをするのは嫌いだった。「こんにちは」といって、またサンドイッチをかじった。

「ウォン博士ですね？」

ウォンの動悸《どうき》が速くなった。見知らぬ男は接触を開始した。そういうときは管理官にただちに報告するよう訓練されている。すぐさま警戒態勢になり、男の言葉と外見をすべて記憶するよう自分にいい聞かせた。欧米にいるあいだに、疑わしい未知の欧米人に話しかけられたのは、これがはじめてだった。

ウォンはサンドイッチを置き、男に顔を向けた。「なんの用ですか？」

男が手を差し出した。「わたしはロジャー・フォックス。エンジニアで、すぐ近くの航空宇宙センターに勤めています」

ウォンは、その言葉を一秒たりとも信じなかった。目の前に差し出されたままの手を、ひとと触れ合うのが嫌いなウォンは、すこし顔をしかめて握った。

「どうしてわたしの名前を知っているの？」

「おたがいに共通の友人がいるようです」

「そうなの？」

「アレクセイ・フィロトフ」

ウォンは警戒をゆるめなかったが、どういうことなのか、わかったように思った。フィロトフはロシア軍の情報機関GRUの将校だ。北朝鮮の刑務所で行なわれた肺ペスト菌株実験の動画を見せたあとで、ウォンはそう断定した。

常識を働かせるだけで、この男がなんらかの形でロシアの情報機関と協力していることはまちがいないとわかる。

ウォンは用心深くいった。「フィロトフとは、しばらく会っていません」

「よろしくといっていましたよ」

「フォックスは」ウォンはいった。「ロシア人の名前ではないですね」

山羊《やぎ》鬚《ひげ》を生やした男が、にっこり笑った。「ジャニスも朝鮮の名前ではないですね。でも、溶け込むのには役立つ」

「どうしてあなたは偽名が必要なの？」

男の笑みがひろがった。「いくつかの目的に必要なんですよ、ジャニス」

「目的とはなに？　航空宇宙センターとは関係なさそうね」

「察しがいいですね。じつは、あなたに短い旅の招待状を届けるために来たんです」

ウォンは、サンドイッチをまた食べはじめた。「ロシアはもうさんざん見たわ。ご好意、ありがとう」

「ロシアではなく、ロンドンです。行ったことは？」

ウォンはサンドイッチを口から数センチ放し、フォックスと名乗った男を数秒のあいだ見つめた。「フィロトフと知り合いなら、わたしが行った場所も行っていない場所も、すぐにわかるんじゃないの」

フォックスが詫《わ》びるように頭を下げた。「ええ、GRUにあるあなたのファイルは見ましたよ。訪れた欧米の国は、このスウェーデンだけでしたね」

「話がさっぱりわからない。フィロトフとまず話をしてから――」

フォックスがいった。「どうぞ話をしてください。でも、その前に、わたしの提案を聞いてください」

ウォンはじっさいに、ロシアにいるフィロトフに暗号化メッセージで問い合わせた。ロジャー・フォックスという人物のことはまったく知らないが、上層部に問い合わせるという返事があった。そのあとで、フォックスはたしかにロシアの情報機関に知られている、と報告された。フォックスはロンドンに住んでいる。話を最後まで聞いたほうがいい、とフィロトフが勧めた。

本来なら、本国の許可を得ずにやってはいけないことだった。それどころか、たとえロシアとの統合任務中であっても、ロシアの諜報員が接触してきたことを報告する義務がある。

だが、どのみち平壌から帰国命令を受けているし、ロシア人はロンドンで話をしたいといっているだけだ。なにか知恵を借りたいことがあるのだろう。

平壌のハンドラーの許可は求めないことにしようと、ウォンはその場で決断した。ロンドンへ行って、わかったことをあとで報告すればいい。

翌朝、フォックスのメルセデスが迎えに来た。巨漢ひとりがいっしょにいて、フォックスの専属警護官だろうと、ウォンは思った。そのあとで三人は自家用ジェット機に乗り、ロンドンの五五キロメートル南西のファーンボロ空港へ行った。そこで運転手付きの黒いメルセデスのSUVに出迎えられ、空港の敷地を出た。

国道に乗るとすぐに、助手席に乗っていたブロンドの巨漢がふりむき、なにかをフォックスに渡した。フォックスが、ウォンのほうを向いた。

「ウォン博士、移動するあいだ、この目隠しをしていただきたい。秘密保全のためです。おわかりいただけると思うが」

ウォンはいわれたとおりにして、スリープマスクを受け取り、目の上にかけた。

一時間後にSUVがとまり、ウォンは砂利の私設車道《ドライブウェイ》を注意深く歩かされ、建物にはいった。なかは廊下と階段が迷路のように入り組んでいて、フォックスが手を貸して椅子に座らされたときには、ウォンは方向感覚を完全に失っていた。

ようやく目隠しがはずされると、豪華なダイニングルームのテーブルに向かっているとわかった。窓の外にかなり広大な美しい芝生がひろがり、よく手入れがなされている贅沢《ぜいたく》な感じの庭園に囲まれているのが見えた。

フォックスは隣に座っていた。テーブルの向かいには、顎鬚《あごひげ》の六十代の男がいて、ウォンが目を向けるとすぐに立ちあがり、お辞儀《じぎ》をした。

フォックスが紹介した。「ウォン博士、こちらはわたしの雇い主のデイヴィッド・マーズです」

マーズが手を差し出した。「お会いできてうれしいですよ、博士。旅は快適で順調だったでしょうね」茶器一式で三人分のお茶を注いでから、腰をおろした。「朝鮮の緑茶です。きょうの博士の来駕《らいが》を称《たた》えて」

マーズが身を乗り出して、ウォンに顔を近づけた。パーソナルスペースを侵されるのが嫌いなウォンは、その侵害に動揺したが、マーズは笑みを浮かべたまま、消息不明だった友人でも見るような目を向けた。

マーズがいった。「博士の国は、博士を欧米に移す作戦でおおいに役立ってくれました。博士もそれに応えてこの三年半、感嘆すべき仕事ぶりでした」

「あなたはどういうかたなのですか？　ロシア人ではありませんね」

「フォックスがロシアの情報機関の許可を得ているのですから、安心してもらえると思いますが、わたしのことをすこしお話ししましょう。わたしはこのイギリスの利益集団を代表しています。あなたの関心事とも一致すると確信しています」

「わたしの関心事がどうしてわかるんですか？」

ウォンがフォックスのほうを盗み見ると、マーズがいった。「GRUのファイルがあります。すべてそこに書いてある」

ウォンは、のろのろとうなずいた。

「平壌に帰るよう命じられたことも知っています」

ウォンの目が鋭くなった。「ファイルにそれは書いてない。ロシアは平壌からの直接命令には関与していませんよ」

マーズが、お茶をひと口飲んだ。「博士は住んでいるフラットを売りに出した。つぎに住むところを買おうとはしていない。疾病予防管理センターでのつぎの仕事を受けていない。もうスウェーデンでの仕事をたたむように見えますね。欧米でちがう仕事につくような気配もない。ロシアも博士を呼び戻してはいない。つまり、博士が祖国に戻るよう命じられたと推定せざるをえないわけです」

「あなたたちは、わたしをスパイしているのね。わたしの祖国は、それを知ったら不快に思うでしょうね」

マーズが、今度は肩をすくめた。「博士がここにいるのを、彼らは知らない。わたしが話したことを、博士が彼らにいうとは思えない」

ウォンははたと気づいた。自分のことは詳しく知られているのに、自分は相手のことをなにも知らない。どうして関心を持たれたのかもわからない。「わたしがここにいる理由と、わたしのことをそこまで知っている理由を、話してもらうべきでしょうね、マーズさん」

「あなたの才能を利用したい」

「どんなふうに？」

「このイギリスに研究所を設立し、肺ペストを兵器化したものを創ってもらいたい」

ウォンは、首をかしげた。「なんのために？」

マーズが笑みを浮かべ、椅子を近づけた。「わかっているんだ、ジャニス。あなたとわたしは似ている」

ウォンは思わずにはいられなかった。欧米人にしては温かくて愛想のいい笑みだと、
ている。あなたは重要な役割を果たしたい。生涯の仕事を活用したい。ある大義を重要な物事にするために、あなたは長年、苦労してきた。理論的なものではなく、明確な形をなすものにするために。現実にするために」マーズは言葉を切った。見るからに情熱をこめて、自分の顔の前で拳《こぶし》を固めた。「わたしもそうだ」

ウォンは、つぎの言葉を声明として口にした。「生物兵器攻撃を予定しているのね」

「そうだ。現実の世界、欧米に対して。エアゾールによる目標到達《デリヴァリー》がもっとも効果的だと思っているが、それは博士の専門技術にお任せしよう」

ウォンは、ひどく混乱していた。「でも……どうして、欧米を攻撃するの？」

マーズが笑みを浮かべた。「理由はいくつもある。わたしといっしょにやってくれれば、そのうちにわかってもらえるはずだ。しかし、フォックスがわたしのロシアとの連絡担当であり、保険でもあるので、この作戦はあなたが仕えている二カ国のうちの一カ国に容認される」

ウォンは、まだまごついていた。「でも、もう一カ国は容認しない。平壌《ピョンヤン》は指示を――」

「指示は出していないし、これからも出さないだろう。それが、あなたにとっても彼らにとっても、最高の妙味なんだよ。これから起きることに、あなたの国が巻き込まれないですむかもしれない。あなたは行動し、長いあいだ切望していた変化をもたらす。あなたの国は安全で、危害をくわえられるおそれはない。あなたが関係していることを秘密にするために、わたしたちは想像を絶する手間をかけるつもりだ」

ジャニス・ウォンにとっては、ほんとうとは思えないくらいうれしい話だった。反論や疑念の余地を残そうとしたが、結局、そうはならなかった。しばし考えてから、ウォンはいった。「肺ペストを起こす細菌、エルシニア・ペスティスのサンプルが必要ですよ」

マーズが、宙で手をふった。「ストックホルムにある。テストと研究用に」

「それを持って研究室を出られるとでも思っているんですか?」

「ああ、そう思っている。安全に秘密裏に取り出して運ぶ装備を、あなたのために用意する。あなたが持ち出すのを手伝う。手にはいったら、こっちへ来てくれ。準備は整えるから」

「ターゲットは、具体的にいうとなんですか?」ウォンはきいたが、マーズが即座に首をふり、自分とフォックスのお茶を注いだ。ウォンは口をつけていなかった。

「適切なときにその情報は教える。それまではいえない」

ウォンは、その場では決断しなかった。広い屋敷でひと晩過ごし、翌朝、目隠しをされてバンに乗り、空港へ行った。フォックスとそのボディガードが、いっしょにストックホルムに戻って、電話番号を教え、決断したら連絡するようにといった。

だが、ウォンはすでに決めていた。ロシアの情報機関が、欧米を攻撃するのに自分の技倆《ぎりょう》を使いたいと考えている。しかも、この行動の首謀者だと見なされるおそれがあるのは、ロシアだけだ。祖国への報復を心配せずに、祖国に役立つ攻撃を行なう、完璧なチャンスだと、ウォンは判断した。

マーズのことやロンドンへ行ったことを、朝鮮民主主義人民共和国のハンドラーに話すわけにはいかない。あらたな研究所を設けることや、ストックホルムの研究室から細菌を盗むこともいえない。

それはできない。自分がこれからやることについて、祖国が報復の核攻撃で灰燼《かいじん》に帰すのを防ぐには、離叛《りはん》した工作員になる必要がある、とウォンは悟った。

17

現在

イギリスの国道での移動銃撃戦が終わってから二時間半後、ジェントリーは現場から遠ざかるために、盗んだステーションワゴンでA15国道を北に向かっていた。ガソリンスタンドの駐車場にとまっていたルノーのナンバープレートをはずし、近くにあったボルボに取り付けた。点火装置をショートさせてボルボのエンジンをかけ、いまはリンカーンの町を抜けながら、スーザンが電話をかけてきて答を教えるのを待っていた。

鉄道駅から一ブロック離れた通りにボルボをとめ、だれかが尾行していた場合に撒《ま》くために、簡単な監視探知手順《SDR》を数分間行なった。欺瞞《ぎまん》のためにカフェに寄り、つづいて書店にはいったが、尾行の気配はなかった。それが済むと、ショッピングモールにぶらぶらとはいっていって、ATMでポンドを引き出して、紳士洋品店にはいった。SDRの最中にジャケットはゴミ容器に捨てていたし、Tシャツはそんなに汚れていなかったが、ブラックジーンズには汚れが染みついていた。それでも、周囲の買い物客にはまったく気づかれなかった。

　グレイマンは、世界のどの国でも目立たないように行動することに秀でている。

　ジェントリーは、ふた揃いの服、新しいハイキングブーツ、サングラスなどの小物を買った。モールのフードコートの洗面所で着替え、午後一時には表に出て、通りを歩いていた。

　電話が鳴ったとき、ジェントリーはウィザム川に沿って歩きながら、通りの屋台で買ったトルコ風の巻きピザをほとんど食べ終えていた。残りを急いで飲み込み、川面《かわも》まで下っている階段に腰かけながら、電話に出た。遊歩道からはだいぶ離れていて、話を聞かれるおそれはない。

「なにかわかったか？」ジェントリーはきいた。この番号を知っているのは、スーザン・ブルーアだけだ。

「すこしは。でも、ヘリの機体記号がわかれば、もっといっぱい答が出せたのよ」

「ヘリコプターのことで愚痴《ぐち》をいうのは、やめてくれないか」

　スーザンが、不服そうに息を吐いてからいった。「あなたが写真に撮った四人のうち三人の身許がわかった。三人ともイギリスの犯罪データベースに載っていた。サウサンプトンのナイジェル・ホールトン、ブリストルのケヴィン・ボール、ノッティンガムのアントニー・ケント。三人とも受刑したことがあり、イギリスのそれぞれ異なる犯罪組織に属していたようね。でも、そのほかには、三人をつなぎ合わせるものはなにもない」

　ジェントリーはいった。「ケントのことを教えてくれ」

「ええと、トラック運転手として雇われ、窃盗で四回有罪になっている。ほかに容疑が二件あったけれど、不起訴になっている。ノッティンガムの犯罪組織の構成員だった。ノッティンガムは、廃病院の六五キロメートルくらい西にあって、その組織はノッティンガム・シンジケートと呼ばれている」

「聞いたことがないな」

「窃盗と恐喝が主で、殺したのはライバルのギャングか警察の情報提供者だけよ。ごく小規模で、情報機関員十数人を制圧できるような組織ではないわ」

「おれが聞いたところでは、ケントはこのチームに参加してこの仕事をやれといわれたそうだ。やつの組織がこのショーを仕切っていたのではなかった」

「それなら、ノッティンガム・シンジケートを牛耳《ぎゅうじ》っている人間は、殺し屋たちを雇った人間を知っている可能性が高い」

ジェントリーはうなずいた。「その親分の名前は？」

「チャーリー・ジョーンズ。ノッティンガムの暗黒街のトップらしい」

「ぜんぶイギリスからもらった情報だな？」

「そうよ。ファイヴ・アイズのおかげで。あなたがドイツやフランスにいたら、正式な要求なしでは、自分たちの情報源しか使えない。それではほとんどなにもわからない」

「チャーリー・ジョーンズは、どこへ行けば見つけられる？」

「確実ではないけれど、興味深いことが発見できた。ケントの携帯電話はプリペイド式だったし、位置情報はオフになっていた。でも、二度、電話をかけていた。二度ともおなじ番号で、待ち伏せ攻撃後にかけていた」

「それで住所がわかったんだな？」

「それもファイヴ・アイズ経由のデータベースでね。ノッティンガムのパブよ」

「ケントはノッティンガムに住んでいて。イギリス人だ。パブに電話したからといって、びっくりすることはない」

「でも、これは街角のパブではないのよ。ケントのフラットから車で二十五分かかる。そこを調べたら、ノッティンガム・シンジケートとつながりがあると、地元警察が見ていることがわかった」

「住所は？」

「エンジェルズ・ロー四三番。その付近の防犯カメラ画像の記録を調べたら、ほとんど毎晩、ジョーンズが六時ごろに行き、八時か九時までいて、どこかに食事に行くことがわかった」

「調べてみる」

「そうして」スーザンはいった。「いいこと、あなたはイギリスの廃病院と辺鄙《へんぴ》な国道での殺人で捕まるのはまぬがれたようだけれど、都市のパブで撃ち合いをやったら、防犯カメラに映って捕まるわよ」

「どうして心配してくれるんだ？　おれのことなど知らないと白《しら》を切ればいい」

「ええ、そうするわ」スーザンはいった。「だから、暴れないようにしたほうがいい」

「そうだな」

「さて、ほかになにもないようなら、仕事に戻るわ」

「仕事に戻る？　これも仕事だぞ、ブルーア」

「これから本部外で会合があるのよ。出かけないといけない」

スーザンは、電話を切った。

ロマンティックという暗号名のＣＩＡ契約工作員が、ピックアップ・トラックをおりて、屋内駐車場の暗い隅にとまっているシャンパン色のインフィニティのセダンのほうへ、まっすぐ歩いていった。運転席側に近づくと、ロックが解除される音が聞こえた。

ロマンティックは、身長一八八センチ、頑健な体格で、整髪料でてかてかに光っているオールバックのブロンドの髪に、灰色のものがかなり混じっていた。顎《あご》の下で尖《とが》った形になるように、茶色がかったブロンドの顎鬚《あごひげ》を刈りそろえている。もみあげも派手な形だ。そういう顔の毛がない部分の肌はくすんで、半世紀にわたって日光を浴び、人並み以上のストレスにさらされてきた影響が表われている。デニムのシャツ、厚手のカンバスの作業ズボン、はき古したローパーブーツ（ウェスタンブーツとおなじ形だが、ヒールが低いもの）という格好だった。ワシントンＤＣよりもテキサスにいるほうが、似合いそうだ。それもそのはずで、生まれ育った場所はダラスの近くだった。

その男、ザック・ハイタワーは、まず海軍の特殊部隊ＳＥＡＬの隊員としてアメリカ政府での仕事人生をはじめ、その後、ＣＩＡの特殊活動部《ＳＡＤ》に勧誘された。そこで、四人引き渡し、殺し、非合法作戦その他、アメリカの権益を促進するために世界中で任務を遂行する、軍補助工作員チームの指揮官を何年もつとめた。

ザックは当時、SAD地上班タスク・フォースGS《ゴルフ・シエラ》のチーム指揮官だった。CIA本部《ラングレー》のうしろ暗い闇の部分では、特務愚連隊《グーン・スクワッド》という悪名で呼ばれていた。部下のひとりが若いころのコート・ジェントリーで、それが原因で、数年前にザックは落ち目になった。

ザックは国家秘密本部上層部の勘気《かんき》をこうむり、二年のあいだヴァージニア州とウェストヴァージニア州でハンティングガイドをやって暮らしていたが、拾いあげられて、再訓練され、CIAの仕事をやる契約工作員として現役復帰した。

いや、正確にいうと、CIAの仕事ではなく、マシュー・ハンリーの仕事だけをやっている。ポイズン・アップルの一環として、ハンリーがスーザン・ブルーアを通して、ザックに指示を出している。その点ではジェントリーもおなじだが、ヴァイオレイターという暗号名のジェントリーも、ロマンティックという暗号名のザックも、自分たちが参加している暗号化プログラムの名称は、まったく知らない。

ジェントリーとザックは、CIAが関与を察知される危険を冒すことができない特殊な問題に対処する掃除人として使われている。ゾーヤ・ザハロワもおなじプログラムの一員として養成されていたのだが、現在は資産《アセット》としての資格に重大な疑惑が生じている。

ザックは、インフィニティの助手席に座った。「ごきげんよう、スーザン。きょうはいちだんときれいだね」

スーザンはそれに対して、「遅刻よ」と答えた。

「それに、いつもどおりご機嫌だな」ザックは、〈ルミノックス〉の時計を見た。「訓練中なんだ。九十分前に、シャンティリーで十二階建てのビルから懸垂下降してるときに、電話が鳴った。道具を置いて急いで来たんだ。ほんものの仕事を頼まれると期待して」にやりと笑った。「勘弁《かんべん》してくれよ。まだ九時過ぎだぜ」

「それじゃ、仕事に取りかかれるのね、ロマンティック」

ザックは顔をしかめた。「その暗号名をおれが嫌がってるのは、知ってるはずだろう?」

「前にも聞いた。それが割り当てられているから、そう呼ぶのよ」

「コートはヴァイオレイターをもらった。おれは……くそ……ちゃんと発音できない」

「くじ運が悪かったのね。駄々《だだ》をこねないで」

「〝ナイト・トレイン〟はどうだ? いかにも恐ろしげな暗号名だ。奮い立つようなことがないと、こんな仕事はできないぜ」

スーザンが、聞こえたふうもなくくりかえした。「仕事に取りかかれるわね、ロマンティック?」

ザックは、溜息をついた。「ああ。いつでも。今回は、どこへ行くんだ?」

「タイソンズコーナー」

ザックは首をかしげた。「えー…… いまおれたちは、タイソンズコーナーにいるんだぜ、スーザン」

スーザンが白々《しらじら》しくいった。「あら、気づいたのね。いい働きぶりだわ」

ザックは、にやりと笑った。スーザンがユーモアのセンスを見せるのは、侮辱するときだけだ。機嫌が悪いのだとわかった。ほかのだれかに腹を立てているのだろう。まだなにもやっていないのに、だいぶ機嫌をそこねている。

スーザンがいった。「ＣＩＡ《エージェンシー》で秘密漏洩があった。本部《ラングレー》のだれかから漏れているのは明らかなのよ。秘密が暴かれた作戦すべてについて知識があった人間を、四人まで絞った。四人だけよ。刺激して反応させるために、あなたから圧力をかけてほしいと、マットがいっているの」肩をすくめた。「反応するか、逃げれば、それが犯人よ」

マットは、片方の眉をあげた。「どういうたぐいの圧力かな？」

「心理的」スーザンが向きを変え、一本指をザックに向けた。「心理的のみ。疑われていることを知らせる。あなたの行動によって、司法制度やＣＩＡの防諜手続きには制約されていないことを、それとなく伝える。でも、身体に危害はくわえないこと」

「要するに、そいつらがふるえあがるようにすればいいんだな？」

スーザンはうなずいた。「まさにそのとおり」

「お安いご用だ」

スーザンが、書類のはいった封筒を渡した。ザックはなかを覗《のぞ》いたが、取り出さなかった。

「だれからはじめる？」

スーザンはためらわずにいった。「ハンリーは、レンフロが怪しいと思っているけれど、四人ともおなじようにやって。だれからはじめてもかまわないわ」

ザックがすぐさまうなずいた。「レンフロだ。あのちんぽこ野郎は、前から嫌いだった」

「ルーカス・レンフロの仕事をやったことがあったの？」

ザックは肩をすくめた。「付き合いはないね。役になりきろうとしてるだけだ」にやりと笑った。「あいつが売国奴なら、卵みたいに割ってやる」

「それは信じているわ、ロマンティック」

「ザックって呼んでくれる見込みは？」

「ないわ」スーザンはそういってエンジンをかけ、隠密の会合が終わったことを、無遠慮に伝えた。

18

ワシントン・ダレス国際空港は、ワシントンDCのすぐ西にあり、世界のあらゆるところとの便が発着している。空港の敷地の北側には、エアポート・ドライブ沿いに格納庫やオフィスビルがならんでいた。その先で飛行機がつぎつぎと離陸しているのを除けば、午後三時過ぎのいまは静かだった。ゾーヤ・ザハロワは、近くの駐車場の緑地で木にもたれ、ターゲットの向こう側で747が離陸するのを見ていた。そこはいちばん端のビルで、小規模な民間航空の運航部がある。

ルフトハンザ航空の747が北東で機体を傾けると、ゾーヤはその運航部のドアに視線を戻した。閉まっているようだったが、経営者はひとりで運営しているし、ランチタイムだったので、予想していたことだった。辛抱強く待とうとゾーヤは覚悟を決めた。

意外にも、十分とたたないうちに、トヨタ・カムリが駐車場にはいってきて、格納庫の扉の横にある金属製のドアの横にとまった。ゾーヤは、三十分前に買った安物の双眼鏡を持ちあげて、カムリからおりてきた男に向けた。

男がドアのところへ行って、鍵をあけ、なかにはいってから閉めた。付近のようすを知るために数分待とうかと、ゾーヤは思ったが、だれにも姿を見られていないいまのほうが、成功の見込みが高いというのはわかっていた。あたりにはだれもいない。せっかくの好機を利用しなければならない。

ゾーヤは駐車場を横切って、ドアをあけようとしたが、ロックされていた。

ドアをノックしたとたんに、カムリからおりた男が出てきて、男好きのする美女が目の前にいたので、びっくりした顔になった。スラヴなまりがほとんど感じられない英語で、男がいった。「やあ、こんにちは。どんなご用かな？」

「チャーターのことでお話がしたいんですが」

男が笑みを浮かべてうなずいた。「それじゃ、なかにどうぞ」

ゾーヤは、男のあとからなかにはいり、格納庫のフロアを見おろす階段を昇った。格納庫のまんなかに、中距離双発ジェット機のセスナ・サイテーション・ソヴリンがとまっていた。その横には、旧式の素朴なセスナ152練習機があった。

ふたりは運航部へ昇っていった。

そこは狭苦しく、書籍、書類、小さな航空機部品その他のこまごましたものが、ぎっしり置いてあった。いっぽうの壁には写真が何十枚も貼ってあった。それぞれ異なる男か女が、152の前に立っている。男がプラスティック椅子から書類をどかして、ゾーヤが座るところをこしらえた。ゾーヤが写真を見ているのに気づいた男がいった。「チャーター機を飛ばしてないときには、飛行教官をやってる。生徒が最初の単独飛行を終えたときに、写真を撮る」

「なるほどね」ゾーヤはいった。

「でも、習いにきたのではないようだね。ソヴリンをチャーターしたいんだろう？」

「ええ」

「おっと失礼、おれはアーサー・クラウチェクだ」男が手を差し出し、ゾーヤは握手した。

「クラウチェク？　ポーランド人なのね？」

「ああ、そうだよ」

ゾーヤは、首をふった。「わたしはイリーナ」

クラウチェクと名乗った男が、とまどったような顔になったが、ふたりとも座ると、すぐにその表情は消えた。

「あなたはどこの出身かな、イリーナ？」

「ロシア連邦よ」

男の目になにかがひらめくのを、ゾーヤははっきりと見てとった。恐怖ではなく、うろたえているような感じだった。

「この会社のことを、どこできいたか、教えてもらえるかな？」

ゾーヤは、座ったままですこし居ずまいを正した。「用件をいうわ。わたしをよこしたのはヤセネヴォよ」

クラウチェクが、目を丸くしてゾーヤを見つめた。

ヤセネヴォは、モスクワ南西部で、ロシアの対外情報機関、対外情報庁《SVR》の本部がある。

クラウチェクがそれを知っていることは明らかで、顔がすこし蒼《あお》ざめた。

ゾーヤが予想していたとおりの返事があった。「なんのことか、まったくわからない」

「コーリャ・アスラーノフの指示で来たのよ。異例だというのはわかっているけど、わたしたちはあなたの……サービスを緊急に必要としているの」

クラウチェクの目が細くなった。「コーリャ？ ＳＶＲ作戦本部副本部長のニコライ・アスラーノフを愛称で呼ぶくらい親しいのか？」ゾーヤをじろじろと見た。「アスラーノフの名前はアメリカ人にも知られてる。あんたがＦＢＩの人間じゃないと、どうしてわかる？ これはなにかの罠かもしれない」

ゾーヤは、冷ややかな笑みを浮かべた。「あなたはいま、ロシアの情報機関の手先だというのを認めたのよ、アルカージー。これが罠なら、わたしのチームがとっくにあなたをカーペットにうつぶせにして、背中を膝《ひざ》で押さえているでしょうね。でも、まわりを見て。ここには、わたしとあなたしかいない」

ゾーヤの落ち着きと自信は、見せかけだった。いまは独りぼっちだが、ＳＶＲの仕事をしていると思わせる必要がある。

相手が口ごもった。「そんなことでは騙《だま》されないね」

ゾーヤは、なんなくロシア語に切り替えた。

「わかった。まず、あなたの名前はアーサー・クラウチェクではなく、アルカージー・クラーフチェンコ。ポーランド人ではなくウクライナ人。ソ連空軍でMiG－29を飛ばしていたが、九〇年代に海外契約工作員としてSVRに雇われ、二十年前にアメリカに移住した。ロシアの情報機関のために物資や人員をひそかに運ぶという明確な目的がある。あなたのチャーター会社を設立したのはわたしたちで、アメリカでの公《おおやけ》の事業はまあまあ成功していた。五年前に、ニューメキシコからシカゴまでヘロインを運んだときに逮捕されたが、弁護士が無罪を勝ち取ってくれた。SVRは秘密漏洩をおそれてあなたを使うのをやめた。でも」――ゾーヤは身を乗り出した――「わたしたちは、まだあなたを手放していないのよ、アルカージー」

クラフチェンコが、警戒する表情になった。「いってみろ……ヤセネヴォのおれのハンドラーはだれだ？」

「アスラーノフ本人。昔はね。でもアスラーノフが昇進してからは、ユーリ・ポポフが交替した」

六十代のウクライナ人が、ゆっくりとうなずいた。「わかった。あんたはSVR、アスラーノフがよこした」

ゾーヤは、ほっとして溜息をつきそうになるのを我慢した。クラフチェンコのことは、工作員になったばかりの作戦で記憶にあったし、アスラーノフが彼も含めてアメリカ、ヨーロッパ、アジアのパイロットを担当し、ポポフがその後任になったことを知っていた。クラフチェンコの麻薬輸送容疑についても聞いていた。SVRがクラフチェンコをクビにしたというのは、当て推量だったが、知識と経験の裏打ちがある。SVRが、麻薬の運び屋《ミュール》を副業にしていた工作員を使って、秘密が漏洩する危険を冒すはずがない。

ゾーヤがここに来たのは、アメリカから脱出しなければならないからだった。金も書類もなく、ロシア側の支援を受けていないとわかったら、クラフチェンコであろうが、だれであろうが、飛行機で運ぶのに同意しないだろう。まして、いまのゾーヤは、アメリカ人にも追われている逃亡者なのだ。

「それで」クラフチェンコがきいた。「なにが望みだ？」

「あなたの飛行機に乗せてもらいたい。ロンドンまで運んでもらいたい」

クラフチェンコが、渋い顔をした。「そんなことをやるわけがないだろう。おれのソヴリンはエンジンが旧型だし、航続距離がない。五〇〇〇キロ飛んだらタンクが空《から》になる。ロンドンまでは六〇〇〇キロを超えるし、おれが許せるような天候とルートでは七〇〇〇キロになる」

ゾーヤは、相手に対する失望を、ちらりと顔に浮かべた。「わたしを馬鹿だと思うの。荷物も乗客も乗せない空輪飛行《フェリー・フライト》をやるのよ。短いフライトを何度もやればいい。ニューファンドランド、グリーンランド、アイスランド、スコットランドに寄って。前に調べたときには、飛行場がいくらでもあったけど」

クラフチェンコが、首をまわして、肩ごしに地図を見たが、よく眺めはしなかった。ふりむいて首をふった。「いや、おれは齢《とし》だ。もうそんなことはできない」

「SVR《ヤセネヴォ》が、あなたをあてにしているのよ。あなたも彼らを失望させたくはないでしょう」

「脅すのか？」

ゾーヤは愛想のいい笑みを浮かべたが、口から出た言葉は、それとはまったく逆だった。

「こんなのは脅しとはいえない」

クラフチェンコは、表情も態度も口調も反抗的だったが、それに答えた。「いつ発《た》つ？」

「きょうの夕方」

クラフチェンコが、腹立たしげに笑い声をあげた。「いいかげんにしろ、あんた。明日の朝、サンディエゴ行きのチャーターを引き受けてるんだ」

「キャンセルして」

ゾーヤが期待したとおり、クラフチェンコの反抗がしぼんだようだった。大きなうめき声を発したあとで、クラフチェンコがつぶやいた。「あんたたちの仕事をやったのを後悔してるよ」

「たいがいのひとがそういうのよ。SVRのお金、仲介、人脈で民間人として暮らせるようになったあとでね」

クラフチェンコがふと思いついたらしく、一本指を立てた。「あちこちに寄るから、最低でも十六時間か十八時間くらいのフライトになる。副操縦士がいない」

「ソヴリンの大きさでは、副操縦士が乗ることは要求されていない」

「しかし……ずっと休憩せずに飛べというのか。もっと航続距離が長い飛行機を持ってるやつを探せ」

ゾーヤは反論した。「休憩せずに操縦する必要はないわ。あなたが休むときには、わたしが交替する」

クラフチェンコが、片方の眉をあげた。「あんた、パイロットか？」

「ええ」

「双発機《ツイン》以上の資格は？」

「ない」ゾーヤはほほえんだ。「でも、呑みこみが早いのよ」

「飛行時間は？」

「百時間くらい」

クラフチェンコが、馬鹿にするように笑った。「単発機で。それじゃ、ぜんぜん資格が――」

ゾーヤはいった。「あなたが休んでいるあいだ、オートパイロットを監視する」

クラフチェンコは、一分近くなにもいわなかった。やがて口をひらいた。「七万五千ドル。半分前金」

「四万ドル。前金なし」

「あんた、ひでえ女だな」

「クレムリンの影響力を使える人間がついているだけ。だから条件を決められるのよ。往復飛行のコストは一万ドル以下。一日飛んだだけで三万ドル儲《もう》かるんだから、いい話じゃないの。それに、ヤセネヴォに恩を着せられる。あなたがお金の問題で困っているのを、わたしたちは知っているのよ」

ゾーヤは、具体的なことを知っているわけではなかったが、散らかっている運航部と即金で買えるわけがない高価な双発機を見て、勘でそういった。

クラフチェンコが、ゆっくりとうなずいた。「あんたは税関や出国審査とは接触したくないんだろうな」

「頭がいいわね、アルカージー」

「そんなことが――」

「あなたがこの空港の出国審査を終えてから乗る。イギリスには夜に着陸し、誘導路でわたしはおりる、あなたはひとりでそのままターミナルへ行く」

クラフチェンコがまたうめいて、顔をこすり、ようやくいった。「午後四時に来てくれ」

ゾーヤは首をふった。「ずっとここにいる。ロンドンへ行くまでは、どこへも行かない。いいわね」

19

午後七時、コート・ジェントリーは、エンジェルズ・ローのパブの正面出入口に向けて歩いていった。計画はあったが、説得力が弱いので、当意即妙の工夫でなんとかやりぬくことに賭けていた。銃や擲弾発射器《グレネード・ランチャー》は六五キロメートル東で動かなくなったアウディに残してきたので、武器は持っていない。偽造パスポートと財布は、鉄道駅のロッカーに押し込んだ新しいバックパックに入れてある。

それまでの一時間、ジェントリーはなまりを練習した。イギリス人の一団にイギリス人だと思われることが、戦略の一部だからだ。もっと細かくいうと、特定の地域の住人に見せかけなければならない。ジェントリーは運河沿いに座り、携帯電話でＹｏｕＴｕｂｅにアクセスし、なまりや方言の例を眺めて、準備はできたと思ったが、まわりの人間の反応を見るまでは、それが通用するかどうかはわからない。

ここでは銃撃戦にならないようにして、凄腕の格闘技ではなくソーシャル・エンジニアリングを駆使して目的を果たそうと、決意していた。やり抜くのはかなり難しいだろうが、アメリカ英語がばれたら、はなから不可能になる。

偽りの自信をみなぎらせてジェントリーがドアをあけると、客はまばらだった。平日の夜なのだから、ふつうではない。イギリス人の多くは、家に帰る途中でビールをパイントグラスで一杯飲む。ジェントリーは、バーカウンターのなかごろのスツールに座り、バーテンが来るのを待つあいだ、壁の鏡で店内のようすをうかがった。

店内には十数人しかいなかった。すべて男で、年齢は二十代から五十代だった。ブルーカラーの客ばかりで、ことに敵意に満ちたまなざしは見られなかったが、ジェントリーはバーの喧嘩《けんか》には何度も巻き込まれているので、ちょっとした挑発で喧嘩が起きるたぐいの店だとわかった。

ジェントリーがラガービールの〈カーリング〉を注文し、パイントグラスに口をつけるとすぐに、バーテンが顔を近づけた。

「このあたりの人間じゃねえな」質問ではなく、そういい切っていた。

「ああ」ジェントリーはいった。自分ではイギリス英語のつもりだったが、通用するかどうかはまだわからない。

バーテンが首をかしげた。くそ。ジェントリーはビールをバーテンの顔にかけて、逃げ出そうかと思いかけたが。じっとしていた。

「ここに用事があるんだな？」

「ああ、そんなところだ」

「どんな用事だ？」

ジェントリーは、両肘をカウンターから離して、上半身を起こした。まわりの客に聞こえるような大きい声でいった。「チャーリー・ジョーンズにしかいえねえような用事だよ」

まわりの小声の会話が、ぴたりとやんだ。

バーテンが顔をしかめて、馬鹿にするように笑った。「そんなわけにはいかねえんだ」

「あんたはそうかもしれねえが、ジョーンズはおれの話を聞きてえはずだ」

カウンターの端から声がかかった。「ハンプシャーなまりのやつが、どうしてチャーリーのことを知ってるんだ?」

餌に食いついた、とジェントリーは心のなかでつぶやいた。以前、CIAの仕事で、サウサンプトンの港に係留されている船を二週間見張り、出入りする人間の写真を撮ったことがあった。その船がアルカイダの資金源とつながりがあると疑われていたからだ。ジェントリーの知るかぎりでは、その作戦にはなんの成果もなかったが、偽装しているあいだ、地元の方言を聞いてまねしようとした。憶えていることよりも、忘れたことのほうが多かったが、YouTubeを使って記憶を呼び起こしたおかげで、三〇〇キロメートル以上離れたパブにいる男ふたりを騙《だま》すぐらいには役立ったようだ。

ジェントリーはいった。「チャーリー・ジョーンズのことはなにも知らねえ。どうでもいい。ケントに頼まれてきただけだ」

バーテンの顔に驚きがひらめいた。だが、バーテンが口をひらく前に、ジェントリーは左耳のうしろの声を聞いた。

「ケントっていったのか？」

ジェントリーがふりかえると、歯ならびの悪い五十代のがっしりした男が、目の前にいた。

男がいった。「ケントは姿を現わさねえ。おまえ、なにか知ってるのか？」

ジェントリーは答えた。「ジョーンズのところへ連れてってくれたら話す」

そのとき、ツイードのジャケットを着て、黒いドライビングキャップをかぶった、五十がらみの小柄な男が、図体の大きいゴロツキふたりに挟まれて、パブにはいってきた。その男が帽子を脱ぎ、出入口近くに座っていた男ふたりに重々しくうなずくと、大股でバーカウンターに近づいた。

男は数歩進んだところで、ジェントリーの視線を捉えた。足をゆるめて、まわりをちらりと見てから、進みつづけた。

ジェントリーのうしろの男がいった。「チャーリー、こいつ、ケントに頼まれてあんたと話をしにきたといってる」

男が、片方の眉をあげた。「ほう、そうか？」

ジェントリーは、スツールから立ちあがって、握手しようとしたが、力強い腕に肩を押さえられて、座らされた。

ジェントリーはいった。「そうだよ」

「いつの話だ？」

「けさ」ジェントリーは間を置いた。「あいつが殺される前」

ケントが死んだのをジョーンズが知っていることは明らかだったが、店内の男数人が、驚いてジェントリーのほうを見た。

ジョーンズが、カウンターのバーテンの正面で席についた。カクテルらしきものがはいった金属製のマグが置かれ、ツイードのジャケットを着たジョーンズが、ゆっくりと飲んだ。目を向けずにいった。「おまえはどこの出身だ、友よ？」

「サウサンプトン」ジェントリーは答えてから、息を呑んだ。チームのひとりがそこから来たと、ケントがいうのを聞いている。チームの面々がほんとうに初対面だったとすると、そのボスもまた、チームにくわえられた人間ひとりひとりを知っているわけではないだろう。

チャーリー・ジョーンズが、考え込むようにカクテルをすこしずつ飲んだ。ようやく質問した。「けさ、おまえはそこにいたんだな？」

「いたよ。ターンヒルに。マイキーとマーティンが殺《や》られて、ケントが指揮をとり、おれたちみんなを廃病院に案内したんだ」

「マイキーも、マーティンも知らねえ。ケントは知ってる」ジョーンズがいった。「それで？」

「囚人をロシア人に渡し、ロシア人がヘリで連れてった。だが、おれたちを見張ってたやつがいた。国道まで追いかけたんだが、そいつがおれたちの車を撃ち、もう一台を吹っ飛ばした。ケントはそっちに乗ってた。助からなかった」

二台とも生き残った人間はいないはずだが、ジョーンズがそれを確実に知るすべはない。

「どうしてケントはおまえをよこしたんだ？」

「怒り狂ってたんですよ。おれとおなじで。だれかのせいで何人も空港で殺された。ひでえ情報でおれたちを送り込んだからだ。敵の人数が多くて、武器もそろってた。どういうふうにやらなきゃならねえのか、おれたちにはなんの準備もなかった。この襲撃を仕組んだやつを見つけて焼き殺してやるって、ケントはいってた。ケントが死んでおれが助かったら、あんたに会って、この仕事の雇い主を教えてもらえっていわれたんですよ」

「サウサンプトンといったな？　トニー・パレスのところで働いてるんだな？」

ジェントリーはすかさず答えた。「息子のレジーのほうです」自分が働いている組織のボスについて質問されるのを予期し、パブに来る前にサウサンプトンの暗黒街のことを下調べしておいた。そこで最大の犯罪組織は、表向きでは、八十歳のトニー・パレスというギャングが仕切っていることになっているが、じっさいは四十五歳の息子レジーに乗っ取られているとわかった。

うまく丸め込んだと思ったが、頭脳を鋭敏にして、片時《かたとき》も油断してはならないとわかっていた。

「レジーはおやじとは比べものにならないんだろう？」

「そうなんですよ。どうしようもねえやつだ。コカインをやってるんで、たいがい使いものにならねえ。自分の手下を危険な目に遭わせるときだって、大きな問題はほうりっぱなしだ」

レジー・パレスがコカイン所持で何度も逮捕されていることを、ジェントリーは調べあげていた。それに即興で尾《お》鰭《ひれ》をつけたのだ。履歴を自由にでっちあげることを数十年やってきたし、それがすこぶる得意だった。

ジョーンズがいった。「レジー・パレスは知ってる。いま電話して、おまえがいうとおりの人間なのか、たしかめてみようか？」

ジェントリーは、肩をすくめた。「サウサンプトンに早く帰せっていわれるさ。あんたもそんなことは望んでねえ」

「そうかね？　おまえとケントはなにを企んでたんだ？　おれにどうしてほしいんだ？」

「この一件で、最初にあんたに連絡してきたやつの名前が知りてえ」

「知ってどうする？」

「話をつける」

ジョーンズは迷っているようだったが、立ちあがり、ひとりで店内を横切って、奥の壁ぎわのボックス席に座った。

ジェントリーはとまどったが、ジョーンズがそこから手招きしたので、パイントグラスを手にそれに応じた。半分まで行ったところで、用心棒ふたりに体をつかまれ、荒っぽくボディチェックされて、ビールがだいぶこぼれた。武器もマイクも持っていないとわかると、解放されたので、歩きつづけてジョーンズの向かいに腰をおろした。

ジョーンズが身を乗り出し、低い声でいった。「知らないやつに重要な情報を教える理由がどこにあるって、おれは自分に問いかけてるんだ。聞いたこともないやつで、しかもそいつは、おれが快く思ってないやつの手下だ」

ジェントリーはいった。「きょうのことはすべて、あんたの縄張りで起きたからだ。あんたの手下が死んだからだ。ほかの組織もすべて、この作戦にひとりずつ送り込んだ。あんたも最初はケントを送り込んだだけだったが、ケントがこっちに来たときに、車二台分の応援をよこした」

「それがどうした」

「あんたはかなりの人数を失ったから、おれとおなじくれえ、仕返しがしたいと思ってるだろうな。いや、おれよりもずっとそう思ってるかもしれねえ」

「そのとおりだ。きょうは七人殺《や》られた。優秀なやつばかりだ。で、生き残って逃げたのは、おまえだけだった。どうしてだ？」

ジェントリーはいった。「わからねえ。でも、おれたちを血みどろの電気ノコギリに投げ込んだやつを見つけて、落とし前をつけてえんだよ」

ジョーンズの顔を迷いと疑いがよぎるのを、ジェントリーは見てとった。ようやくジョーンズがいった。「おまえとケントは、たった一度の作戦で知り合っただけなのに、おおぜいが殺されたことに復讐しようと約束したのか？」

「おれにとっちゃ、あとのやつらのことは関係ねえ。殺戮《さつりく》の場にほうり込まれたとき、おれはろくな働きができなかった。ケントとおれは、なにか計画を決めてたわけじゃねえ。ただ、おれはケントに、名前が知りてえっていっただけだ。おれのボスが教えるわけはねえし。あんたにきいてみるって、ケントはいったんだ」ジェントリーは、肩をすくめた。「そしたら、あいつはあんたの縄張りで死んじまった。あんたの乾児《こぶん》六人といっしょに。そういうことになったのに責任があるやつを、あんたとつながってねえ人間が始末したって、あんたはかまやしねえだろうと思ったのさ」

チャーリー・ジョーンズは、一分間、じっと座ってカクテルを飲んでいた。ジェントリーは、ビールをちびちび飲みながら待った。ノッティンガムの犯罪組織を仕切っているジョーンズが、ようやく口をひらいた。「この一件を仕組んだおおもとのやつは知らない。だが、話をした相手は知ってる。ロンドンの弁護士だ。そいつはちょっとおもしろい連中の仕事をしてる。たいがいロシア人相手だ。すべて暗黒街の人間だ」

ジェントリーはうなずいた。「名前は？」

また長い間を置いてから、ジョーンズがいった。「こうしよう。おれの手下ふたりが、おまえを通りの向かいの宿屋《イン》に連れていく。おまえは今夜、そこに泊まれ。おれはおまえのことを調べる。サウサンプトンの組織の人間で、けさ、ターンヒルやローセビーにいたとわかったら、おまえが知りたいことを教えてやる」

「そんな時間はねえんだ。これをやったやつらを狙うんだったら、いま知らないとだめだ」

「情報をもらいたいんなら、おれのルールに従ってもらう、若造。明朝、わかったことを教えてやる」

ジェントリーはいった。「名前はいえねえよ。こんなことをしてるのをパレスに知られたらやばい」

「名前なんかわからなくてもいい。おまえの人相風体がわかってる。サウサンプトンに知り合いがいるから、レジー・パレスの手下に、こういう人相の喧嘩早い殺し屋がいるかどうかって問い合わせる。心配するな、若造。こっそりやるから」ジョーンズが、肩をすくめた。「おまえが及第するよう願ってる……おれだって、手下にこんなことをしたやつらをどうにかしたいんだ」

ジェントリーは、反論しようとしたが、無駄だと悟った。

一分後、ジェントリーは二の腕を四本の手でしっかりとつかまれ、表に連れ出されて、向きを変えられ、通りの端の小さい簡素な宿屋に向けて歩かされた。ジョーンズが二時間ほど調べただけで、企みはばれてしまうとわかっていた。それを待っているわけにはいかない。左にいる男のジャケットの奥に、M1911らしきセミオートマティック・ピストルのグリップが見えたが、このふたりをすばやく片づけることはできると、ジェントリーは確信していた。

しかし、このできの悪い計画を成功させるには、いましばらく役柄を演じなければならない。

チェックインの手続きは、付き添ってきた用心棒のひとりが、カウンターの奥へ行って棚から鍵束を取るだけで終わった。フロント係は、黙ってそれを見ていた。数十秒後には、三人で階段を昇っていた。ジェントリーは、廊下の突き当たりの部屋に連れていかれた。ドアがあき、四五口径をジャケットの内ポケットに入れている男がドアをあけ、もうひとりが小さなエレベーターのドアの前にあった椅子を取って、ひきずってきた。ジェントリーは部屋にはいり、案内してきたふたりにうなずき、ひとりが階段とエレベーターのほうを向いて椅子に座ると同時に、ドアを閉めた。

飾り気のない部屋を見まわし、バルコニーがないことに気づいた。ベッドの両側にそれぞれ窓があり、さほど大きくはないが、スライド式であくようになっていた。ジェントリーは外と下の通りを見てから、体を丸めて窓枠をまたいだ。

配水管を伝って地上におり、ドアに鍵をかけられて閉じ込められてから一分半後に、ジェントリーは見張りふたりから解放されていた。

さらに三十秒後には、中心街の劇場の裏にロックされて置いてあった、ヴェスパのスクーターを盗んだ。パブの方角にパタパタというエンジン音を響かせながら戻るとき、このろくでもない作戦が終わるまでに、イギリス中の自動車をすべて盗むか勝手に使うことになるかもしれないと思った。

20

チャーリー・ジョーンズは、九時にパブを出て、表のジャガーのところへ行き、リアシートにぐったりともたれた。運転手とボディガードが、フロントシートに乗り、三人が乗ったジャガーは、町を西に抜けて、ジョーンズの行きつけのレストランに向かった。

　車で十分という距離なので、ジョーンズはそのあいだにサウサンプトンの知り合いに電話をかけた。レジー・パレスの手下がひとり行方がわからなくなっているのかどうか、その手下の人相風体が今夜会った男と一致しているかどうかを、たしかめようと決意していた。

　この町とつながりのない〝死人〟が、自分のシンジケートと無関係に働いてくれるのならありがたいと、ジョーンズは考えていた。あのよそ者が吟味に及第したら、これを仕組んだくそ野郎の情報を教えて、よそ者がどうするかを見届けるつもりだった。死んだ乾児《こぶん》たちのために報復できるのなら、もう一度話をしてもいい。

　犯罪組織は、代理戦争をやってくれる資産《アセット》をつねに求めている。

　チャーリー・ジョーンズとボディガードは、レストランの前でジャガーをおりて、店にはいっていった。パブとおなじように、レストランの人間もジョーンズのことをよく知っていた。店ではジョーンズのためにテーブルをつねに確保していたし、見返りにジョーンズは店を保護していた。

ジョーンズは奥のテーブルに案内され、ボディガードはバーカウンターのスツール――いつもの止まり木――に座り、炭酸水を注文した。出入口のほうを向き、護《まも》っている人間への脅威になる人間がはいってくるかどうかを見張った。

ジョーンズの運転手は、ジャガーの外に立ち、煙草《たばこ》を吸いながら、携帯電話のメールを親指で調べていた。

暗い舗道をうしろから近づいてくる足音は聞こえなかったので、一メートルも離れていないところから声をかけられたときには驚いた。「あんた、火を貸してくれないか」

声のほうをさっとふりむいたボディガードは、顔にすさまじい右ジャブを叩き込まれて気絶した。

ジェントリーは、ボディガードの体を抱えあげて、絨毯《じゅうたん》店の前の石段にすばやくひきずっていった。右にあるレストランから見えないそこで、ボディガードの上にかがみ、ジャケットの内側に手を差し込んで、武器を探した。宿屋にジェントリーを連れていったゴロツキとおなじで、ショルダーホルスターには四五口径の拳銃が収まっていた。旧式のM1911タイプの拳銃は、ジェントリーがもっとも好む武器ではなかったが、殺傷力が大きい、貫禄のある銃ではあった。

ジェントリーは、四五口径を引き抜いて、シャツの下でズボンに押し込み、裏手にまわって、厨房《ちゅうぼう》の側からレストランにはいった。


チャーリー・ジョーンズは、携帯電話を置き、怒気をあらわにした。

この十分間、ロンドンの友人と、サウサンプトンのシンジケートの親玉レジー・パレスの下で働いている情報提供者との三人で、電話会議をやっていた。情報提供者は、パレスがターンヒルに派遣した殺し屋をじかに知っていて、ジョーンズに詳しい話をしたが、なにもかも大きく食いちがっているようだった。

まず、サウサンプトンの組織が派遣した男は、四十七歳だった。一八五センチを超える長身で、黒い髪に白髪《しらが》がまじっているという。

だが、先刻ジョーンズが会った男は、サウサンプトンの一匹狼の資産だといったが、身長は並みで、髪は茶色、四十歳にはなっていないようだった。

ジョーンズは、ピノノワールのワインをひと口飲んだ。前にサラダが置いてあったが、手をつけなかった。

「ちくしょう」ジョーンズはつぶやいた。これで決まった。パブの近くの宿屋に監禁してある男は、名乗ったとおりの人間ではない。潜入者のたぐいだ。ターンヒルとローセビーで起きたことについて、かなり詳しく知っているが、サウサンプトンの組織とは無関係だ。

大胆不敵なやり口にあきれて、ジョーンズは首をふった。携帯電話に手をのばし、パブの近くの宿屋にいる手下に電話して、男を殴り殺し、田舎道《いなかみち》のどぶに捨てろと命じようとした。

だが、携帯電話を持ちあげたとき、男の手が上に現われて、そっとそれを押しさげた。その手の主が、テーブルの向かいに座った。ジョーンズが顔をあげると、そのよそ者本人だとわかった。

ジョーンズは、恐怖を味わうのには慣れていたが、胸に差し込むようなうずきを感じ、激しい不安に襲われた。

ジョーンズは、店の向こう側に陣取っているボディガードのほうを向いた。だが、ボディガードはボスではなく出入口に目を向けていたし、よそ者が店の裏手の厨房から忍び込んだことは明らかだった。

ジョーンズは、小声でぴしりといった。「おれが大声を出したら、あいつが銃を抜く。あっというまに片がつく、若造」

よそ者がジョーンズのナプキンをテーブルから取り、自分の膝《ひざ》に載せて、シャツの下から抜いた四五口径に巻きつけた。ナプキンを拳銃ごとテーブルの上に戻し、銃口をジョーンズに向けた。

サウサンプトンのなまりを精いっぱいまねて、ジェントリーはいった。「あいつの銃も、これとおなじようなやつかい？　たぶんそうだろうな。こいつはあんたの運転手から奪ったものだよ」

ジョーンズが、窓のほうを向いてから、正面の男に視線を戻した。「おれの運転手はどこだ？」

「休んでる」

ジョーンズが、眉をひくひく動かした。勝負に負けたのを悟った。だが、立ち直っていった。「サウサンプトンの知り合いに、おまえのことをきいた。向こうの組織の人間に。ターンヒルに行かせたやつは、四十七歳だったそうだ」

よそ者は黙っていた。

「なあ、教えてくれてもいいだろう」

「なにをだ」

「齢《とし》のわりに肌がきれいな秘訣《ひけつ》だよ」

ジョークだったが、よそ者はまったく反応しなかった。

そのとき、カウンターのボディガードがボスの方角に視線を走らせた。正面出入口のほうを向きかけたが、ジョーンズのテーブルのほうをぱっとふりかえった。すばやく立ちあがった。ボスのテーブルにパブにいたよそ者がいるのをみて、かなり驚いているようだった。

ジェントリーは、ナプキンにくるんだ拳銃を、テーブルの下に入れた。落ち着いた声でいった。「やつに手をふって、スツールに戻らせたほうがいいんじゃねえか、チャーリー？」

ジョーンズが、そのとおりにした。ボディガードがためらったが、腰をおろした。それでも、ジャケットの裾《すそ》を払って、内側に手を入れ、よそ者を見据えた。

ジェントリーは、ボディガードに目を向けて、おなじように敵意をこめて睨《にら》んだ。脅威から目を離さずに、ジェントリーはいった。「おれは話をしにきただけだ」

「おまえを信用しなかったのは正しかった」

「ちがうな。まちがってた。おれはいったとおりの人間だ。あんたの配下を殺させたやつに代償を払わせることができるのは、おれだけだ」

「だが、おまえはサウサンプトンの組織の人間じゃない」

「べつの組織の人間だ。どこの組織かはいわねえよ」

ジョーンズが一瞬目を閉じ、腹立ちを顔に浮かべた。「おまえのなまりはどこか変だと思ってたんだ」

ジェントリーは、そういわれたとたんにがっかりした。アカデミー賞に値する演技だと思っていたのだ。だが、顔には出さなかった。

ジョーンズが、赤ワインをひと口飲んだ。だが、ジョーンズの神経が図太いのを、ジェントリーは見てとった。気力がなえた人間を何十年も見てきているので、そういう気配があればわかる。

ジョーンズがいった。「おれが手助けするわけがどこにある？」

「おれに代理として戦ってほしいと、あんたは思ってる。おれとは戦いたくないとも思ってる。ロンドンの男の名前を教えれば、おれは立ちあがってこの店を出る。あんたは二度とおれの姿を見ねえ。おれの名前すらわからねえ。あんたはここにいて、いつもどおりに暮らし、遅かれ早かれ、これに関わっていたやつらが、あんたの手下が受けた仕打ちの代償を払ったのを知る。なんなら、あんたが自分の手柄にしてもいい。手下七人の仕返しをしたのは自分だと、仲間にいえばいい」

ジェントリーは、肩をすくめた。「そうしなくてもいい……おれの知ったことじゃねえ」

チャーリー・ジョーンズが、グラスのワインを飲み干して、瓶から注いだ。ジェントリーには勧めなかった。その間に、レストランの出入口があいて、ジョーンズの運転手が駆け込んできた。店内をきょろきょろ探して、ジェントリーとジョーンズが座っているテーブルを見た。腫《は》れた顔にあわてふためいた表情が浮かび、ジョーンズが手をふって、カウンターのボディガードの隣に座るよううながしても、動揺がおさまらないようだった。

何度かワインを飲んでから、ジョーンズが口を切った。「おまえはいけ好かないやつだが、やりかたは気に入った。おまえの望みの情報をくれてやる。弁護士の名前はテリー・キャシディだ。キャシディがおれに連絡して、ケントが関係したことに金を払うやつにつなぎをつけるよう手配した。名前はいわなかったが、まちがいなくイワンだ」

「ロシア人だな」ジェントリーは念を押した。

「アイ。まずいことになると、はなから気づくべきだった。計画のことも、理由もわからず、囚人が何者なのかも知らなかった。イワンと顔を合わせたこともない。ぜんぶ電話ですませた」

「テリー・キャシディは、あんたに頼めば射手《シューター》（犯罪組織では、銃を使って強盗や殺しをやる人間のこと）を雇えると知ってたんだな？」

「射手や用心棒を。キャシディは仲介人だ。からくりは知ってるだろう、若造。おまえらみたいな間抜けは、顔をぶん殴ったり、拳銃をふりまわしたりして金を稼《かせ》ぐしか能がない。おれは相場で手下を貸し出す。きのうのは、いつもよりでかい話だった。それだけわかってたから、あわれなケントのやつには、三倍出すっていった」

ジェントリーはきいた。「そいつがロンドンのロシアマフィアだとしたら、どうしてノッティンガムの組織から射手を借りたんだ？」

ジョーンズが、たいしたことではないというように、手を宙でふった。「ふだんからやってる。ロシアマフィアは、れっきとしたイギリス人に汚い仕事をやらせるのが好きなんだ。警視庁《ヤード》や市警《メトロ》に目をつけられずにすむからな」

ジェントリーはうなずき、テーブルごしに手をのばして、ジョーンズと握手した。自分の前に座っている男が、けさ手下七人を殺したことにジョーンズが勘づいたら、ジェントリーは生きてここを出られないだろう。「ありがとうございます」

「これからどうする気だ？」

ジェントリーは、ジョーンズのグラスに残っていたワインを飲み干した。「立ちあがって、厨房から出てく。あんたの手下がうしろから撃ってこねえことを願ってるよ」

「行儀よくさせる。そのあと、どうする？」

「ロンドンへ行く」

「そうか。おまえがしゃべったとわかったら、おれはあちこちに電話をかける。おまえがだれの手先で、どこにいるかを調べあげる。全力をあげておまえを追う。おたがいに理解しあえたな？」

「完璧に理解しましたよ、ジョーンズさん。ほんとうにありがとうございました」ジェントリーは立ちあがり、厨房に向かった。一歩進むごとに、だれかにとめられ、体をつかまれ、銃を突きつけられるおそれが高まるのを感じていた。

だが、厨房に達して、ドアを通り、五分後にはノッティンガムの街路で監視探知手順《SDR》を行なって、尾行されていないと確信すると、列車に乗って首都ロンドンを目指した。


午後四時三十分、セスナ・ソヴリン双発ジェット機が、雲の多いヴァージニア州の空に舞いあがった。グリーンランド行きのフライトプランで、ニューファンドランドを経由することになっていた。ゾーヤ・ザハロワは副操縦士席で、計器、文字盤、コンピューター化されたスクリーンを熟知しようと努力していた。

ゾーヤは単発固定翼機での飛行時間がわずか百十時間で、双発以上は一度も操縦したことがないので、経験豊富なパイロットだとはいえない。だが、コクピットに多少でも慣熟《かんじゅく》すれば、アルカージー・クラフチェンコが大西洋横断中に休憩するあいだ、システムを監視できるはずだった。

アメリカを離れたことで、ゾーヤは、ワシントンDC近辺を捜索しているにちがいないCIAとFBIの包囲網から逃れ、それと同時に、隠れ家に現われた暗殺チームも避けることができた。

だが、きょうの隠密脱出は、それらの事実とは無関係だった。

そうではない。隠れ家でベッドに横たわり、ダゲスタンの父親の写真についてくよくよ思い悩んでいたときに、ふと頭に浮かんだことが関係している。それが原因でゾーヤはアメリカ人の保護から脱け出し、現役のSVR将校を装って、機能を停止していた資産《アセット》を再始動させ、アメリカをあとにした。

いますぐに、ロンドンに行かざるをえなくなったのは、そのためだった。

拘禁室のベッドで起きあがったときからずっと、ゾーヤは任務に集中していた。スーザン・ブルーアに渡されたファイルに秘められた意味に、そのとき気づいたのだが、これまでは、自分が知ったその事柄の深い意味を考える時間がなかった。だが、十五時間のフライトが控えているいま、ゾーヤの思念はその写真に戻っていった。

そして、いまも拘禁室にいたときとおなじように、背中をひどく冷たいさむけが走りおりていった。

三十三歳のゾーヤ・ザハロワは、自分を子供のころに引き戻そうとする感情と戦った。それをふり払おうとしても、このすべてが自分におよぼす影響があまりにも大きいために、ふり払えなかった。

きのうの深夜に自分がはじめたこの探求で、これからの数日あるいは数週間にすべてがどう展開するのか、あるいは果たしてなにかが起きるかどうかということすら、ゾーヤには見当もつかなかった。見込みが薄いことはたしかだった。しかし、前進しなければならない。父親のファイルを見る前には知らなかったあることを、いまでは知っているからだ。

父親が十四年前にダゲスタンで死んだのではないということを、ゾーヤは疑いの余地もなく知った。演出されたあの写真では、父親は生きていた。いまも生きているにちがいないし、どこにいてなにをやっているかという疑問の答が、どこへ行けば見つかるかを、ゾーヤは知っていた。

ゾーヤの感情は、その任務を脅《おびや》かしていた。セスナの機首が雲を破って、チェサピーク湾上空の陽光に飛び込むのを見ながら、ゾーヤは自分をいましめた。この千々《ちぢ》の感情と戦い、抑え込まなければならない。しかし、いま自分を分析すると、自分の感情がまざまざと読み取れた。父親が生きていると知ったときの反応こそ本心だと悟った。

気分の高揚はなかった。大きなよろこびも感じなかった。希望も感じなかった。

そうではなく、父親が生きていると知って、いまゾーヤは、すべてをしのぐ圧倒的な怖れと戦っていることに気がついた。

21

四カ月前

ジャニス・ウォンは、ストックホルムで使っていたのとおなじ名前でイギリスへ行き、デイヴィッド・マーズとテリー・キャシディの手引きで、まだ書類上だけではあるが、会社を起業した。ウォンの会社、バイオスフェリカル研究所は、表向きは国民健康保険制度と契約して、伝染病の研究を行なっているとされていた。マーズは、ウォンのこのオフショア企業名で実在の会社を買収し、分割して売却した。ただし、ライセンスと契約はそのまま維持したので、さまざまな品物を怪しまれずに購入できる。

ウォンは最初の二週間、研究室ではなく、ロンドンのソーホーにあるオフィスで必要な品物のリストと、スウェーデンの研究所からまんまと持ち出したエルシニア・ペスティスを培養して兵器化するのに必要な研究設備のリストを作成した。マーズが適切と考えて選んだ研究助手の履歴書にも目を通し、ひとりかふたり、採用しようとした。助手は、菌株の兵器化されたものを目にすることなく、隠れ蓑《みの》の会社のために働くことになっている。

ウォンは多忙だったが、準備のひとつの要素が遅れていることにいらだっていた。このあらたな雇い主に要求した情報を、まだあたえられていなかった。デイヴィッド・マーズが考えている攻撃の規模と範囲が、まだわかっていない。感染者をどのくらいひろげるのかもわからない。菌株で攻撃するのが、サッカー・スタジアムなのか、広大な首都なのか、それともビルひと棟だけなのかということを、知らされていない。

目標をおおざっぱに推測しながら、必要なものをまとめなければならないのは、馬鹿げていると、ウォンは思った。だが、マーズは要求を聞いて、詳しい情報を教えずに、作業を進め、研究所に適した場所を見つけた。

数日後に、マーズがソーホーに来た。「研究所はスコットランドのエジンバラ大学のすぐ隣の民間ビルにある。使われていないが、施設が残っている。中世研究のために建てられたものだが、すこし改造すれば、あなたが使える研究所になる。わたしは地元警察にコネがあるから、ちゃんと保護される。あなたが作戦上の秘密保全を維持して、なにをやっているかを漏らさなければいいだけだ」

「わたしは訓練を受けているのよ、マーズさん」

「知っている、博士。失礼した」

「どうしてスコットランドなの？」

マーズは肩をすくめた。「いいじゃないか。スコットランド人は愉快な連中だ。きっと気に入るよ」

二週間後、ウォンは新しい施設で、古い研究室の長年使われていなかった冷蔵庫を技術者が修理するのを見ていた。ウォンが注文したそのほかの機器は、すでに設置が終わっていた。発酵容器、フリーザー、スピナーフラスコ。スウェーデン、ロシア、イランで働いていたときの研究室よりも小規模で簡素だったが、これまでほとんどずっと作業を行なっていた北朝鮮の研究室よりは、ずっと先進的だった。

助手ふたりが、すでにウォンとともに働いていた。ひとりは二十六歳のパキスタン系イギリス人女性で、看護師の資格を持ち、伝染病対策の経験がかなり豊富だった。もうひとりは二十四歳のポルトガル人女性で、イギリスの研究所で技術者として働いていて、もっと実入りのいい仕事を探していた。

デイヴィッド・マーズが経営しているウォンの会社は、ふたりに高賃金を払っていたので、ウォンはふたりをこき使った。

冷蔵庫を修理した技術者が立ち去ると、マーズとロジャー・フォックスが研究所にやってきた。ウォンが準備を手伝っている攻撃に、かなり入れ込んでいることを物語っている。マーズとウォンは、研究室の隣のオフィスに行き、フォックスは影のように従っているハインズとともに、あちこちを見てまわった。

マーズがいった。「あなたに必要なものはそろっていると思うが」

「そろっているわ。助手ふたりも……適格よ。ひとつだけ残っている疑問は――」

「ターゲットだね？」

「そうよ。具体的なことを教えるつもりはないでしょうが、薬剤の理想的な配合を決めて、適切な媒介物を選択して製造するには、どこでやるのかについて、たしかなことを知る必要がある。街の一ブロックなのか？　スポーツのスタジアムなのか？　その場所の気象はどうなのか？　この作業をはじめる前に、そういう条件を計算に入れなければならないのに、不確定要素が多すぎる」

マーズがうなずき、テーブルを指でコツコツと叩いてからいった。「場所はここ、イギリスだ。つまり、極端な寒さと暑さのほかは、あらゆる気象条件に備えなければならない。ターゲットは建物だ。大きく、頑丈で、防御が固められ、警備されている」

「食料品店のような建物？　それともショッピングセンターのような？」

マーズがいった。「ショッピングセンターのような建物だ」

ウォンは、もうすこし情報が聞けるだろうかと待った。「これをやらなければならないとき、時間枠は狭いんでしょうね」

「その推測は当たっている」

「攻撃まで、どれくらい日にちがあるの？」

「三カ月ほどだ」

ウォンは息を呑んだ。「あまり余裕がないわ」

「菌株の成長は速いといったね」

「そう……やれるでしょう。でも、どうしてもっと早く、わたしに接近しなかったの？」

「それは……」マーズが口ごもった。目の前のいつも冷静な男が、不安をにじませたのに、ウォンは気づいた。「この攻撃を実行するだけの動機を持つようになったのが、ほんの数カ月前だったからだ。ほんとうだよ。計画が浮かぶとすぐに、わたしは細菌やウイルスを研究している学者を捜したんだ」

謎のイギリス人の動機についての手がかりは、そこにあるのだろうと、ウォンは思った。だが、それ以上はわからなかった。「なるほど。そのときが近づいたら、もっと情報が必要になるというのは、わかっていただけますね」

「わかっている」マーズがいった。「ターゲット、防御、あらゆることについての情報は、余裕を持たせて任務の前に伝える」

ウォンは満足していなかったが、作業に戻った。きょうはやることが山ほどある。スウェーデンで盗んだ小規模の菌株を培養して兵器化する前に、研究所を完璧な状態に仕上げなければならない。無駄にする時間はない。

現在

なめらかな形の社用ヘリコプターが、ロンドンから西に車で一時間の距離にある田舎《いなか》の広大な屋敷の発着場に、闇のなかから降下した。

そのアグスタウェストランドAW109ヘリコプターは、デイヴィッド・マーズが所有しているが、所有者をたどれないオフショア会社が、一年前に六百万ドルで購入したものだった。贅沢《ぜいたく》なインテリアの品のいい形のヘリコプターで、航続距離は九六五キロメートル、最大巡航速度は時速二八五キロメートルだった。

マーズは機長席のうしろに乗り、サブマシンガンと拳銃で武装したイスラエル人ボディガード三人が、その右とうしろに座っていた。ヘリが降下するあいだ、マーズは左のウィンドウから屋敷を眺めた。敷地のいたるところがライトアップされ、全天が雲に覆《おお》われた夜のなかで明るく輝いていた。周囲は起伏のある丘陵で、ほかにも数ヘクタールもの広さの屋敷が点々とある。

着陸すると、マーズとボディガード三人は、ヘリからおりて、一二〇〇平方メートルの母屋《おもや》には向かわず、清潔な感じの厩舎《きゅうしゃ》に向けて歩いていった。美しいアラブ馬が五、六頭、照明に照らされたパドックで走っていたが、マーズは目を向けなかった。厩舎はたいがいの館よりも荘厳な造りだったが、マーズはそれも目に留めなかった。

マーズは厩舎のあいたドアに向けてすたすたと歩いていった。警護チームが、まわりを囲んだ。

なかもおなじように清潔だったが、ひとつのことしか頭にないマーズは、ひたすら歩きつづけた。

警護チームは通路のなかごろで足をとめたが、マーズは厩舎の突き当たりまで歩きつづけ、閉ざされている馬房のドアの前に立っていたふたりの男に近づいた。

フォックスは、ブルーのポロシャツにチノパンという服装だった。手に携帯電話を持っていた。

その横にいたフォックスのボディガード、巨漢のイギリス人ジョン・ハインズは、白いアンダーシャツ姿で、ボクシングのグラブをはめ、汗だくになっていた。

マーズがいきなりいった。「ヴィッセルは口を割ったか？」

フォックスが、首をふった。「誓ってなにも知らないというばかりです」

マーズがハインズをちらりと見たので、フォックスは察した。「ジョンは、やつが死なないように、精いっぱい痛めつけました。ヴィッセルがほんとうのことをいっているように思えてきました」

マーズは首をふった。「いや。ヴィッセルがリークしたんだ。そうでないと説明がつかない」

フォックスは答えた。「そうですね」

三人は馬房にはいった。ディルク・ヴィッセルが、肘《ひじ》と手首をうしろで縛られて、椅子に座っているのが見えた。目と鼻のまわりが内出血して、皮膚が青黒くなっているところを除けば、顔には血の気がなかった。

ヴィッセルが自分ではなくハインズを見つめていることに、マーズは気づいた。心底怯《おび》えている。「わたしが反応しなかったので、どなった。「わたしがだれか、わかるか？」

ヴィッセルが、首をまわした。ちゃんと持ちあがらないようだったが、マーズの顔をしげしげと見た。

「いいえ……いいえ。わかりません」

マーズはうなずいた。「どこでザハロフという名前を見つけた？」

ヴィッセルが目を閉じ、涙が目尻からこぼれた。「お仲間にいいましたよ。ザハロフなんて知らないって。ロシア人のクライアントはおおぜいいます。わたしが管理している小さな会社の社員だから、思い出せないのかもしれません」

「ちがう。どこの社員でもない。彼は死んだ」

マーズは、用意されていた折り畳《たた》み椅子を引き寄せて、ヴィッセルの前で座った。「こういう問題が起きているんだよ。フョードル・ザハロフは、ソ連時代に二十五年間勤務した、情報機関の長だった。それが戦闘で殺されて、表舞台から消え、CIAはザハロフのファイルを棚にしまって、それきり忘れていた。ところが、おまえが捕まったあとのある日から、アメリカ人どもがザハロフのことを詳しく調べはじめた。ヴィッセル君、わたしは偶然の一致を信じない人間なんだ」

「その……男は、どういう人間なんだ？」

「彼の名前は、おまえが管理している口座への送金と結びつけられた。おまえがビットコインに換金した送金と」

ヴィッセルが、腫《は》れた目を細めた。まつげから汗がこぼれ落ちた。「その……男が死んでいるのなら、どうして送金と結びつけられたんですか？」

デイヴィッド・マーズは、座ったままで背すじをのばした。「その男の名前は、おまえが管理している送金で、あるダミー会社と結びついている」

「わかりません。ダミー会社と結びついている人間の名前を、わたしが知るわけがないでしょう？」

「ジョン、質問しているのがどちらなのか、思い出すようにしてやれ――」

「やめてくれ！」ヴィッセルが叫んだ。「わかった。なにもきかない。殴らないで！」

ジョン・ハインズが、うしろにさがった。

マーズはまたきいた。「ザハロフのことをどうやって知った？」

「聞いたこともない名前だと――」

マーズは、ヴィッセルから離れて立ちあがり、半歩さがって、またジョン・ハインズに目を向けた。元ボクサーのハインズが、目にもとまらない速さでジャブをくり出し、ヴィッセルの右目に命中させた。たちまち目のまわりが腫れあがった。

マーズはいった。「おまえが強情なせいで、手間がかかってしかたがない。馬房に突っ立って、何度もおなじ質問をしなければならないのは不愉快だ。しかし、わたしは腹が立つ程度ですむが、おまえは意地を張っているせいで目を潰されるかもしれないんだぞ」

それから一時間、ヴィッセルはザハロフのことを何度もくりかえし質問され、ハインズに殴られて、肋骨《ろっこつ》を折られ、顔は血にまみれたぐしゃぐしゃの塊のようになった。

ヴィッセルは、なにも明かさなかった。

ようやくマーズは馬房を出て、厩舎の外へ歩いていった。フォックスとハインズがついてきて、ハインズがグラブをはずしはじめた。

マーズは、フォックスに顔を向けた。「ジョンは凄腕だが、質問にやつは答えない」

フォックスがいった。「隠れ家にいた女がだれであるにせよ、ほかの手立てであなたの名前を知った可能性も、考えなければならないでしょうね。女がCIAに教えた。ヴィッセルとは無関係に」

マーズはいった。「わたしは長年ここにいるが、いままで一度もわたしの作戦の秘密が暴かれたことはなかった。わたしが生涯の仕事で頂点にあった日々からずっと、秘密が守られてきたのに、この秘密漏洩が起きた。われわれはずっと用心深く、緻密《ちみつ》だった。はるか昔に死んだGRU将軍のことを、CIAがいま調べている理由を知る必要がある」マーズは、フォックスのほうを見あげた。「ひょっとすると、わたしの中枢部に裏切り者がいるのかもしれない」

フォックスが、マーズの意見を鼻であしらった。「わたしがCIAの手先だと思っているんですか？まったく。西側の魅力に負けて寝返ったというんですか？」五千ドルのスーツを見おろして、腕で袖《そで》をこすった。「西側の魅力的なものは、すべて手にはいっているんですよ」

それを聞いて、マーズは淡い笑みを浮かべた。いや、フォックスは裏切り者ではない。フォックスがいった。「ザハロフのことで真実を知る人間が、このイギリスにもうひとりいます」

マーズの目が、つかのま鋭くなった。やがて首をふった。「ちがう……あの男だけは信頼できる」マーズは、フォックスの顔を見た。「わたしといっしょにロンドンに戻ろう。今夜ゆっくり考えて、あすの朝、どうするかを決める」

ジョン・ハインズが、ずっとふたりのそばに立っていた。フォックスとマーズがヘリのほうへ向かうと、ハインズがはじめて口をひらいた。「ヴィッセルはどうしますか？」

マーズは、肩ごしにハインズをまっすぐに見た。

「テムズ川に死体を捨てろ」

「わかりました」

ハインズが、グラブをはめないで厩舎にひきかえしていった。首をへし折るほうが簡単だし、そうすればロンドンに戻るヘリを待たせずにすむ。

22

元ロシアSVR将校のゾーヤ・ザハロワが乗るセスナは、イングランド上空の灰色の雲海を南へと飛んでいた。一時間ずっと無言だったパイロットのアルカージー・クラフチェンコが、口をひらいた。

「着陸まで四十五分だ。いま金を払え」

ゾーヤは、右の副操縦士席に座っていた。十七時間ほどのフライト中、ずっとそこから動いていない。ゾーヤは答えた。「四十五分後に払う」

クラフチェンコが、低くうなった。「だめだ。金をもらうまで、ここで旋回する」

「よくない考えね」

「現ナマで持ってるわけじゃないだろう。おれのノートパソコンを使って、ケイマンの口座に振り込めばいい」

ゾーヤは、風防から数秒間、外を見ていた。ようやく、平然といい放った。「お金はない」

さらに数秒たってから、クラフチェンコのほうを向いた。顔を真っ赤にして、筋肉を緊張させているが、こうなるかもしれないとずっと思っていたのだと、ゾーヤにはわかった。

「あんたはSVRの人間じゃないんだな？」

ゾーヤは肩をすくめた。「前はそうだった。いまはフリーの工作員よ。移動手段が必要だったの。悪く思わないで。あなたはいい仕事をした。こんどヤセネヴォと話をするときには、あなたのことを褒《ほ》めるわ」

クラフチェンコの顔が、いっそう赤くなった。「着陸したら、イギリスに引き渡す。ハイジャックされたという」

「駐機場へ行く前に、わたしはいなくなっているし、証拠がない。あなたがこのことで官憲の注意を惹《ひ》きたくないのは、おたがいにわかっているはずよ」

クラフチェンコは、しばし考えていた。「ヤセネヴォに直接、連絡する。あんたがイギリスにいるのを連中が知る。あんたを追いつめるだろう」

話し合いにうんざりしたことを伝える口調で、ゾーヤはいった。「そうすれば」

それから十分間、コクピットには沈黙が漂っていた。やがて、クラフチェンコがいった。

「着陸前に、もう一度用を足してくる。操縦を任せる」つけくわえた。「どこにも触《さわ》るな。オートパイロットをかけたまま、じっと座ってろ」

ゾーヤが手をのばし、ブルートゥースのイヤホンを渡した。「問題が起きたら呼ぶわ」

クラフチェンコがイヤホンをはめ、ゾーヤもイヤホンをはめて、マイクが声を拾えるように、ヘッドセットを押しあげた。

クラフチェンコは、体をずらして座席から離れ、キャビンに向かった。尾部のほうへ行って、化粧室のドアをあけ、なかにはいった。すぐさまコクピットのほうをふりかえった。ブルネットの女が副操縦士席に座っていて、風防から灰色の空に注意を向けているのが見えた。

「すぐに戻る」クラフチェンコがいうと、ブルートゥースのイヤホンから、返事が聞こえた。

「急がなくていいのよ」

コクピットのほうに目を向けたままで、クラフチェンコは化粧室からさっと跳び出し、キャビンを横切って、尾部の調理室《ギャレー》へ行った。ギャレーにはいると、そこはコクピットからは死角になっていた。クラフチェンコは、すばやく壁のアクセスパネルに手をのばし、そこをあけて、貨物扉をマニュアルであけるレバーの下をちょっと手探りした。すぐに目当てのものを探り当て、引き出した。小型のステンレス製三八口径リヴォルヴァーだった。

回転式弾倉に弾薬がこめられているのをたしかめると、ブルートゥースを使って大声でいった。「ひとつ忠告しよう、お嬢さん。ウクライナ人を騙《だま》し、脅しておきながら、武器を取りにいくのを見逃してはいかん。あんたも認めると思うが、銃を取りにいくチャンスをあたえるとは、あさはかだったな」

答が返ってきたが、イヤホンからではなかった。すぐうしろから声がかかった。「そうとはいえない。あなたがどこに銃を隠しているか、知る必要があったから、そうしたのよ」

クラフチェンコがすばやくふりむくと、女がいたのでびっくりした。女がクラフチェンコの喉《のど》をつかみ、ギャレーの壁に頭を叩きつけて、手から拳銃を払い落とした。壁に何度か手荒く叩きつけられて、クラフチェンコは床にくずおれた。

ゾーヤは拳銃を床から拾った。


数分後、クラフチェンコの両手はうしろで縛られ、キャビンの座席に座らされていた。セスナはオートパイロットで飛び、操縦装置はだれも操っていなかった。

拳銃を持って立ちはだかっている女を、クラフチェンコは見あげた。「どうやって着陸させるつもりだ、くそあま？」

「もちろん、あなたに手伝ってもらう」

クラフチェンコは、怒りをこめて笑った。

「わたしなら笑わない。自分も乗っているのを忘れたの？」

「おまえは双発機の操縦資格がない。この飛行機のことをなにも知らない」

ゾーヤは、クラフチェンコをコクピットに連れていって、うしろ手に縛ったまま、左の機長席に戻した。イヤホンを抜いて、クラフチェンコの頭にヘッドセットをかけ、副操縦士席に座って、自分もヘッドセットをかけた。深く息を吸い、操縦桿を握って、ラダーペダルに足をかけた。

エンジンの低いうなりが聞こえるだけで、コクピットはだいぶ長いあいだ静まり返っていた。風防の外は見通せない厚い雲だった。

ようやくゾーヤはいった。「話をしなさいよ」

クラフチェンコは黙っていた。

ゾーヤはクラフチェンコの顔を見て、決意を固めているのを知った。その決意を突き崩す必要がある。ゾーヤは手をのばして、オートパイロットのスイッチをオフにして、操縦桿を押した。セスナがたちまち急降下しはじめた。

「いったいなにを——」

ゾーヤはいった。「そういうこと。あなたがいなかったら、わたしだけでは着陸できない。だからこのまま墜落したほうがましよ」

「おまえ、正気じゃない！」クラフチェンコが叫んだ。「水平飛行に戻せ！　スロットルを絞れ！　オートパイロットをオンにしろ！」

ゾーヤは、急降下を数秒つづけて、クラフチェンコが二度と反抗しないように恐怖を植えつけた。それから、操縦桿を引き、スロットルレバーを戻して、速度を落とし、オートパイロットを作動させた。そのあいだずっと、左の機長席で、クラフチェンコがわめき散らしていた。

「おまえ、頭がおかしいのか？　いかれてるぞ、このくそあま！」

ゾーヤは答えた。「そうなのよ。このくそあまが、もっといかれたことをやらないようにしたほうがいいんじゃないの、アルカージー」

二十分後、ロンドンの街の北にあるロンドン・ルットン空港の滑走路に、ゾーヤはセスナの機首を一直線に向けていた。午後二時三十分で、強い雨が降っていた。雨のおかげで着陸後に入国審査と税関の目を逃れられることを、ゾーヤは期待していた。

高度と速度を確認してから、ゾーヤはクラフチェンコのほうをちらりと見た。「これまでの操縦、どうかしら？」

クラフチェンコは答えなかった。

ゾーヤは笑みを浮かべて、不安と迷いを押し隠そうとした。「オートパイロットを解除する」

返事を待ったが、クラフチェンコがなにもいわないので、ゾーヤは肩をすくめ、オートパイロットを切った。計器類にたえず目を配りながら、操縦桿でセスナを操った。

クラフチェンコが一分間ずっと黙っていたので、口をきかないつもりなのかとゾーヤは思ったが、ようやくクラフチェンコがいった。「速すぎるし、高すぎる」

ゾーヤは、スロットルを絞り、降下率を高めた。「チームワークは好きよ、アルカージー。もうそんなにいかれた気分ではなくなってきた」

そのあと、六十代のウクライナ人は、すんなりと協力した。安全に着陸できるように指示を出し、逆噴射をかけるのが遅すぎ、ブレーキをかけるのが早すぎると文句をいった。まもなく、駐機場に入国審査と税関を設置している運航支援事業者《FBO》の建物に向けて地上走行《タキシング》していた。

ゾーヤは、クラフチェンコにラダーペダルを踏ませて舵をとらせ、副操縦士席を離れて、ナイフでクラフチェンコの手首のいましめを切った。

ゾーヤは、クラフチェンコのうしろでしゃがみ、銃口を下に向けて拳銃を握り、片手を太腿《ふともも》に置いた。「さて……あなたがやってはいけないことがふたつある。地元の官憲にわたしのことを通報してはいけない。それをやったら、あなたがロシアの情報機関の工作員だということが、たちまち明らかになる」

クラフチェンコの表情から、これには従うはずだとゾーヤにはわかった。重罪に問われるようなことは望まないだろう。

「もうひとつ」ゾーヤはつづけた。「ヤセネヴォのだれかに通報してはいけない。いまあなたはうなずいているかもしれないけど、内心《よし》ではわたしを売ろうと思っている。でも、できない。なにが進行中か、あなたには知る由もない。あなたには想像もできないくらい、ものすごく大きなことなのよ。つまり、わたしをアメリカからヨーロッパに運んだことをSVRに伝えたとたんに、あなたはその複雑な事態で、彼らが絨毯《じゅうたん》の下に掃《は》き込んで隠したいと思っている大きなゴミ――未解決事項になる」

ゾーヤは拳銃の銃口で、クラフチェンコの頭を軽く叩いた。「だれだって、絨毯の下に掃き込まれるゴミにはなりたくないでしょう」

ゾーヤは立ちあがり、バックパックに拳銃を入れると、昇降口をあけた。誘導路に跳びおり、雨のなかを全力疾走した。

クラフチェンコは、機長席から立ちあがって、昇降口を閉めた。そうしないと、ルットンの税関の人間に、アメリカから飛んできた飛行機の昇降口があいたままなのを見られたら、不審に思われる。駐機場へタキシングするあいだ、クラフチェンコはずっと悪態をついていた。

スーザン・ブルーアは、いちばんいたくない場所にいた。マット・ハンリーのデスクの正面で、ハンリーがなにかの書類を読むのを眺め、話しかけられるのを待っていた。具体的にどういう用事なのかはわからなかったが、いま自分が対処しているいくつもの危機のひとつに関する情報に、目を通しているにちがいない。

ハンリーが、読んでいたものを置き、スーザンのほうを見あげた。「調子はどうだ?」

「ポイズン・アップルと、緊急事態三件に取り組んでいます。ご存じのとおり」

「多忙だな」ハンリーがそういったので、スーザンは小首をかしげた。

「そうです」ハンリーがなにもいわないので、スーザンはつけくわえた。「なにかやることがあるんですね?」

「嫌がるだろうな」

スーザンは、心のなかでうめいた。いつだって嫌な仕事を押しつけられる。

ハンリーがいった。「スコットランドのファイヴ・アイズに行ってもらわないといけない」

スーザンは、あからさまに目を剝《む》いた。「本気ですか？　二日後ですよ、マット。いまのわたしの仕事量は、膨大です。もう完全に処理しきれないくらい――」

「ポイズン・アップルは、向こうにいても動かせる。まずロンドンの大使館へ行くんだし、スコットランドの会場で枢要区画格納情報施設《SCIF》も使える。きみが向こうで姿を見せる必要があるんだ」

「理由をきいてもいいですか？」

「わたしが秘密でなにかをやっているという噂が本部内で流れているのは、秘密でもなんでもないだろう？　おれはきみをオフィスにいさせたままで、おなじ等級の局員のように外に出して働かせていない。しかも、きみと、おれと、おれたちが取り組んでいる計画の秘密保全を厳重にしている」

スーザンはいった。「でも、アンセムを国内で捜索している作戦室がありますよ。解散してスコットランドへ行くわけにはいかないでしょう」

「それはできるし、そうしてもらう。アンセムが見つけられたくないと思っていたら、見つけるのは無理だろうな。もうモスクワに向かっているかもしれないし、長年会っていない恋人を探しに、大学生のころにいた南カリフォルニアへ行く途中かもしれない」

「わたしたちが知っていることから考えて、それはまったくありえない――」

「要するに、スーザン、グレートフォールズ付近で捜索の目をくぐり抜けた時点で、ザハロワはどこへでも行くことができるようになったんだ。それに、彼女はきわめて優秀な資産《アセット》だから、自分が望むあいだずっと、電子監視網《グリッド》に捉えられないようにできる」ハンリーは、かすかな笑みを浮かべた。「おれたちが知っている、もうひとりを思い出させる」

「そのおなじように命令に従わない独行工作員《シングルトン》のせいで、胃潰瘍《いかいよう》ができそうですよ。ええ、そちらも頭に浮かびました」

「いいか」ハンリーが、大きなデスクの上で、威嚇《いかく》するように身を乗り出した。べつに脅しているのではないと、スーザンにはわかっていた。「ゾーヤが隠れ家から逃げたのは、自分を殺そうとする連中が来たのに、われわれが彼女を護《まも》れなかったからだというのが、もっとも筋の通った説明だ。われわれが、彼女を裏切ったんだ。その逆ではない。彼女はもうわれわれを信用していないが、どこかの時点で連絡してくるだろうと、おれは願っている。そうしたら、また迎え入れればいい」

「ずいぶん楽観的ですね、マット」

「あるいはやけっぱちなのか。どっちなのか、おれにもわからない」

数秒のあいだ沈黙が流れた。やがてハンリーがいった。「おれは局のジェット機で行く。いっしょに来てくれ。長官、レンフロ、アシスタントふたり、長官の警護班もいっしょだ。ジェナーとそのチームを、おれの警護班として連れていく」

ウォルター・ジェナーが、特殊活動部《SAD》で最優秀の軍補助工作チームを指揮していることを、スーザンは知っていた。「ジェナーのチームは総勢八人ですよ。作戦本部本部長の護衛として、じゅうぶんな人数だと思いますか？」

ハンリーが、頬をゆるめた。「おれを護るにはじゅうぶんだ。だから、そばにいればきみもだいじょうぶだ」

スーザンは、よけいな仕事を押しつけられたことに憤慨していた。仕事に戻りますといって出ていった。予想以上にきつい一日になるとわかっていた。

23

ジェントリーが、ウェストケンジントンで地下鉄駅から出ると、そこはロンドンでも民族が多種多様な地域の中心だとわかった。ホテルも多く、したがって観光客もいる。地下鉄のウェストケンジントンとバロンズコートの二駅が使える。

地下に貸間《フラット》ありの看板を見つけたので、ジェントリーはその通りを歩き、戦術的な観点から徹底的に調べた。それから、ノッティングガムで買ったプリペイド携帯電話で、看板の電話番号にかけた。一時間とたたないうちに、一・五キロメートル離れた不動産会社で、書類にサインしていた。CIAの偽名データベースからは秘匿《ひとく》されていて、ジェントリー専用になっていると、スーザン・ブルーアが請け合ったパスポートを提示した。

それが事実かどうか、ジェントリーに知るすべはなかったが、キャシディを監視するあいだロンドンに基地が必要なので、リスクを冒すしかなかった。一ヵ月借りることにしたが、数時間以内にキャシディの事務所を下見してから、ロンドンに二日ほどいるあいだに必要なものを手に入れるつもりだった。監視のための隠れ場所を確保する目的で、日中に建物に侵入するのは、とうてい最適とはいえないが、ジェントリーはそういう賭けが好きだった。

ロンドンよりもずっと甘くない環境で、何百回もやってきたことだ。

午前十時、ジェントリーはほとんど家具のないフラットに、独りで立っていた。これまで泊まったことがある部屋の多くよりもこぎれいで、保安面でもかなり満足できた。鉄の狭い階段を下り、鉄の門扉を抜けると、洗濯室とフラットのドアのあいだに短い通路がある。木のドアはしっかりした造りで、安心できた。

理想的とはいえないまでも、適した状況だと、ジェントリーは判断した。

ほどなくジェントリーはドアから出て、すぐ近くのアールズコートへ徒歩で向かった。キャシディの事務所の近くにあるビルの屋上にあがって、そこからなにが見えるかをたしかめた。たいした情報が得られないようであれば、侵入して覗《のぞ》き見するしかない。とにかく、カメラが屋内にあるようなら、その角度を知り、武装警備態勢を判断しなければならない。そういう情報は、監視によってのみ得られる。適切にやるには時間がかかるが、ジェントリーはいますぐにでもはじめたかった。

キャシディという弁護士が、ほんとうに暗黒街の仕事を引き受けているとすると、かなり警備が厳重な仕事環境を維持している可能性が高い。

午後と今夜の計画は立てていたが、まだ行動する準備ができていない。

まだだめだ。装備を整えなければならない。

ゾーヤ・ザハロワは、ロンドンのウェストエンドで小さなフラットを借りた。現金は乏《とぼ》しく、ふんだんに嘘をついた。自分はクロアチア人でパスポートをなくし、帰国するのに必要なパスポートを発行するまで三日かかると大使館にいわれ、ここに泊まるお金しかない。ろくに手入れをしていないソーホーの貸間を所有しているパキスタン夫婦が、ゾーヤをかわいそうに思って、屋根裏の狭い部屋の鍵を渡してくれた。

四階まで階段を昇らなければならず、ワンルームに裸電球がふたつともっているだけで、暗く、薄汚かった。家具はなく、椅子やテーブルもなかった。

ゾーヤはバッグを部屋のまんなかに置き、溜息をついて、ドアのほうを向いた。アーク・ギャラリーの軍放出品店で、寝袋、ひとり用の食器、顔をすっかり覆《おお》えるオリーヴグリーンの防寒目出し帽、その他の身のまわり品を買った。金物屋で工具を、日用品店でバスタオル、ハンドタオル、厚いゴムの玄関マットを、スポーツ用品店でカンバスのケース入りのヨガマットを買い、フラットに帰る途中にある市場で食料を買った。

フラットのキチネットのかび臭い棚に食料を置いた。クラッカー、プロテインバー、ツナ缶、ボトルドウォーター。

狭くて臭いバスルームにはいり、錆《さ》びた洗面台に歯ブラシと歯磨きを置き、バスタオルとハンドタオルをハンガーにかけた。

バスルームの横の狭いクロゼットのなかで寝袋をひろげ、トラックパンツとスウェットシャツに着替えてから、片手にプロテインバー、反対の手に携帯電話を持って、クロゼットで胡坐《あぐら》をかいた。食べては水を飲みながら、携帯電話でインターネットにアクセスして、地図や衛星画像を見て、今夜の攻撃計画を固めていった。

午後四時、ゾーヤは寝袋に潜り込み、三八口径をそばに置いて、目を閉じた。

この二日間の移動で、疲れ切っていたが、父親への思念が頭脳を駆けめぐっていたせいで、なかなか眠れなかった。


スーザン・ブルーアに電話してから、二時間の間を置き、ジェントリーはクラパム・ハイストリート駅でサウスロンドン線の電車をおりて、一ブロック離れた駐車場ビルに向けて歩いていった。雨が降るという予報で、その前触れの霧が出ていたが、ジェントリーはグレイのTシャツとジーンズを着ているだけで、片方の肩にバックパックをかけていた。

駐車場の屋上の隅へ行くと、そこには数台しかとまっていなかった。シルバーのボルボS60のそばに立っている男が、ひとりいるだけだった。

ジェントリーは、くつろいだ態度で男に近づいていったが、両腕は体からすこし離していた。男は若く、たぶん二十五歳くらいで、髪が赤く、短い顎鬚《あごひげ》を生やしていた。黒いレインコートに、スーツのズボンをはいていた。不安げな顔だったので、ジェントリーはあたりを見まわして、危険が潜んでいないことを確認した。

異変が起きるのを知っているとき、人間は極度に過敏になるものだと、ジェントリーにはわかっていた。しかし、そうでなくても、諜報活動の新人のなかには、怯《おび》えているのを隠せず、冷静に落ち着いて仕事をやることができない人間もいる。

その若者がCIA局員だというのを、ジェントリーは知っていた。当然、味方のはずだが、ジェントリーはCIAと何年もいさかいをつづけたので、二度と信用しないと決めていた。威嚇《いかく》するようすを見せずに近づいてはいたが、脅威の明らかな兆候が見られたら、そいつの顔と首に三発撃ち込むつもりだった。

ジェントリーは、赤毛の若者のそばを通り、屋上の駐車場の壁に向けて歩いていった。壁を背にして正面をすべて見渡せるように、そこでふりかえった。

その態勢で、ジェントリーはいった。「おまえ、憶えが悪いな」

若者が、首をかしげた。「どういう意味？」

「壁に車首を向けて車をとめただろう。バックでないと出せない。時間がかかる。視界が狭くなる」

相手が黙っていたので、ジェントリーはつけくわえた。「初歩の諜報技術《トレードクラフト》だ、間抜け」

若者が車を見て、熟練の資産《アセット》らしき男のいうとおりだと悟って、すこしうなだれた。

不安げな顔に、不服そうな表情がくわわった。

ジェントリーのほうをふりむいて、若者がいった。「ああ、そう。あんたも手順を守ってない。グリーンのシャツを着てることになってた」

「クリーニングに出したんだ」

若者にはユーモアが通じないようだった。車のドアに手をのばした。「それじゃ、おれはここを離れたほうがよさそうだな」

ジェントリーは、にやりと笑っていった。「R《ロメオ》、P《パパ》、N《ノヴェンバー》、74《セヴンティ・フォー》、T《タンゴ》、A《アルファ》」

若者がドアにのばした手をひっこめ、背すじをのばした。

「A《アルファ》、Q《ケベック》、U《ユニフォーム》、8《エイト》、3《スリー》、Y《ヤンキー》」

ジェントリーは、片方の眉をあげた。男は見つめ返しただけだった。

ジェントリーはいった。「惜しかったな、007《ダブルオー・セヴン》号。ひとつ抜けている」

若者が、ぼんやりした目つきで考えた。ぶつぶつつぶやいた。「アルファ、ケベック、U、8、3、Y……くそ！」

「落ち着け、あんちゃん。だいじょうぶだ。感情を抑えれば――」

「だめだ！」男が早口でいった。「こんな簡単なのをしくじったら、ニューギニアに転勤させられる」

ジェントリーはいった。「政府の仕事なんだから、そんなに厳密じゃなくていい。もうやめろ。おれはID確認に合格した。車のなかに品物があるのなら、おれが引き取る。おまえがJ《ジュリエット》を忘れたのは、だれにも知られない」

若いCIA局員が、怒りをこめて指を鳴らした。「ジュリエットだった。ちくしょう」

ジェントリーはもう相手にしなかった。「装備は？　あるんだな？」

赤毛の若者が小型のボルボのトランクをあけ、ジェントリーは覗き込んだ。オープンケースに短銃身のHKライフルが収まっていた。倍率を変更できる〈ナイトフォース〉スコープ、サプレッサー、レーザー目標指示装置、フラッシュライトが付属している。ポリマー製の弾《マガ》倉《ジン》が、すでに取り付けてあった。ジェントリーはマガジンリリース・ボタンを押して弾倉をはずし、弾薬を確認した。弾薬をこめた弾倉が、ほかに二本、置いてあった。

若者がいった。「三〇〇口径ブラックアウト（七・六二×三五ミリのカービン用弾薬）。要求どおり」

「亜音速弾だな？」

「要求どおり」

「それなら、よくやってくれた」

若者が、ライフルケースの横にあったバックパックを引き出した。「電子監視キット、高性能双眼鏡、暗視装置、ライフル用弾薬。暗視照準器と高ルーメン・ライト付きグロック19、予備弾倉。アンクルホルスター入りのグロック43、〈ベンチメード〉の〝インフィデル〟錐刀《スティレット》。登山・懸垂下降用器材もある」

若者はまだ不安そうだったが。かすかな笑みを浮かべてみせた。「あんたがなにをやるにせよ、大暴れしそうだね。掩護《えんご》はいらないかな？」

ジェントリーは、ライフルケースとバックパックのジッパーをしっかりと閉めて、トランクに入れたままにした。「ＩＤ確認の暗記に身を入れたほうがいい」若者に近づき、足をとめて、肩を叩いた。「からかっただけだ。長ったらしいＩＤを憶えそこねたことはないというやつがいたら、そいつはとんでもない嘘つきだ。もう忘れろ」

それから、手を出した。「キーをくれ」

ＣＩＡ局員がキーを差し出し、ジェントリーはそれを受け取った。「出口にフロントグリルを向けて、つねにバックで駐車しろ。それで命拾いすることがあるかもしれない」

ボルボの運転席に乗ると、ジェントリーはバックでスペースから出し、屋上を半分行ったところでJターン（バックでのスピンターン）をやり、斜路をおりていった。

若いアメリカ人は、駐車場に立ちつくし、それを見送ったときにはじめて、資産《アセット》が車ごと行ってしまうのを、だれも注意してくれなかったことに気づいた。

「ちくしょう」若者は悪態をついた。

24

ゾーヤは、とぎれとぎれに眠った。建物内の物音や、下の通りから聞こえてくる音と、不思議なくらい眠りのリズムが合っていたが、午後十時になると、激しい衝動に駆り立てられて、寝袋から出た。寝袋を固く丸めて縛り、クロゼットのなかに置いて、服が汗まみれにならないように下着姿で、二十分間、熱心にヨガをやった。

シャワーを浴びると、ツナ缶ですばやく食事を済ませ、また水を飲んでから、ジョギングの格好をした。

トラックパンツと体にぴったり合うプルオーバーを着てから、金物屋で買った工具をいくつか取り出し、ダクトテープをふんだんに使って、背中と脇腹に貼りつけた。そうしておけば、こっそり移動するときに音をたてないし、バックパックを背負う必要もない。

三八口径は、紐《ひも》で締めるトラックパンツに差し込んだ。革のホルスターに収まっているので、登ったり走ったりしても落ちないはずだった。

その上から〈ナイキ〉の黒い防水ジャケットを着て、ヨガマットのカンバスケースを手にした。昼間に買った厚い玄関マットを巻いて、無理やりケースに押し込み、肩にかついだ。

数分後には、地下鉄駅に向かって歩いていた。平日の午後十一時で、ロンドン中心部のそこも人通りは多くなかったが、階段をおりるときに、昇ってきた男とすれちがいざまに、尻ポケットから折り畳《たた》み式の財布を掏《す》ることができた。それから回転式改札口《ターンスタイル》へ歩いていった。男の財布から〈オイスターカード〉を出し、リーダーに触れさせて、改札口を通った。

地下鉄に乗ると、財布のなかをそっと見た。七十ポンドを引き出して、ポケットに入れ、何枚かあるクレジットカードをまさぐったが、それは抜かなかった。それから、財布の大きさの小さな写真数枚をめくった。

一枚目では、ゾーヤに財布を掏られた男が、妻とならんで座り、膝《ひざ》に幼い女の子が乗っていた。二歳くらいの女の子も含めて、三人とも笑顔だった。

ゾーヤは父と娘を見て、感情をこらえることができず、目をぎゅっとつぶった。

財布を畳んでポケットに入れ、目をあけて、ジャケットの袖《そで》で拭《ぬぐ》った。

落ち着きなさい、ゾーヤ、と自分をいましめた。これはただの仕事、仕事なのよ。

午前零時の数分前に、ゾーヤはヴィクトリア駅で地下鉄をおりた。地上に出ると、生暖かい雨が小やみなく降っていたので、防水ジャケットのジッパーをしっかりと閉めた。ワシントンDCの図書館と、昨夜携帯電話で地図を見て記憶したルートを、ジョギングしはじめた。

ゾーヤは、ロンドンでもっとも格式の高い高級な地域のベルグラヴィアにはいったが、通りからは、そういう高級な雰囲気は見分けられなかった。ベルグラヴィアのとある通りからチェスター・ストリートに曲がると、バッキンガム宮殿の裏口が数ブロック前方にあったが、女王の居館に忍び込むつもりはなかった。ゾーヤはすぐに最初の角を右のウィルトン・ミューズに曲がった。

露地といってもいいような細い通りの両側には、とりたてて特徴のない建物がならんでいた。だが、ゾーヤは下調べをして、この狭い通りにある家やフラットがどれも数千万ポンドの価格で、あらゆるハイエンドのテクノロジーが完備していることを知っていた。

アーチ門のそばを通り過ぎると、ゾーヤはウィルトン・ミューズから左の露地に曲がった。そして、左が煉瓦塀《れんがべい》になっているところまで、闇のなかを走り抜けた。

塀の向こうがウィルトン・ミューズ一番地の屋敷の裏庭だというのを、ゾーヤはグーグル・マップで見て知っていた。跳びあがり、煉瓦塀に取り付けてある通気管のようなものをつかんだ。塀の上まで登ると、長さ八センチの鋭いスパイクが植えてあった。

ゾーヤは、ヨガマットのケースを背中からおろし、片手でパイプをつかんだままで、それを股に挟み、なかに手を入れた。筒型のケースから玄関マットを引き出し、煉瓦塀のてっぺんに念入りに敷いて、スパイクを覆《おお》った。体重をできるだけ均等にすこしだけかけるようにかなり注意を払って、塀を乗り越え、裏庭に跳びおりて、装飾的な形に刈り込んである植木の蔭にしゃがんだ。

ゾーヤは、ニットの目出し帽で顔を覆った。

反対側の煉瓦塀までの奥行きが一〇メートルしかない狭い庭だったが、幅は広かった。奥の塀もおなじ高さで、他の二方向の塀とおなじように金属製のスパイクが植えてあった。ゾーヤの左が、家の裏手だった。

家そのものは間口が広く、三階建てだった。裏庭こそ狭いが、際立った特徴がひとつあった。

シングルレーンのプールが、水中からの照明を受けて、ちらちらと青く輝いていた。ゾーヤの目の前がプールの端で、二〇メートル離れた家の裏までのびていた。

造園された茂みにしゃがんで、ゾーヤはしばらく家を観察し、どこから侵入しようかと思案に暮れた。ところが、細長いプールを見ると、家のなかまでつづいていて、そこの壁に透明な窓があるのがわかった。

奇妙なデザインは、インドアとアウトドアの両方で使えるようにしてあるからだ。つまり、水面の下に、泳いで通れるような出入口があるはずだ。

三階の周囲をめぐるバルコニーを、警備員ふたりが歩いていた。いっしょにぶらぶらと歩いていて、無駄話をしているのが聞こえた。うしろの塀にかぶせた黒い玄関マットは隠していなかったが、そこは暗いし、マットも紐も、黒ずんだ煉瓦塀にまぎれるような色だった。

警備員がのろのろと巡回して見えなくなるのを待ち、ゾーヤは芝生を駆け抜けて、プールのそばの壁まで行った。そばの窓から見えないように体を低くしたが、ちらりと覗《のぞ》くと、思ったとおりだとわかった。プールの屋内部分は、ホットタブのある広い部屋までのびていた。部屋は暗く、寝椅子がいくつか置いてあった。螺旋《らせん》階段の上に二階のドアがあり、プールの突き当たりは更衣室のようだった。

部屋を照らす明かりは、インドア・プールの輝きだけだった。

ゾーヤは、裏口のそばでしゃがみ、錠前をピッキングであけようとしたが、はじめる前に男がひとり、プール室の中二階におりてきた。ゾーヤが見ていると、男は床から天井まであるガラス窓から、表の闇に目を凝らした。

ゾーヤは凍りつき、体をできるだけ小さくした。そこはかなり暗かったので、プールのそばのパティオに置いてあるプランターだと思ってくれることを願った。

男は警備員だった。チェコ製の小さなサブマシンガンを、ストラップで首から吊っていた。しばらくしたらちがう方向を向くだろうと思ったが、男はプールを見おろすリクライニングチェアに座り、足をあげて寝そべった。そこで携帯電話を見はじめた。

くそ《デルモ》。ゾーヤは毒づいた。

男がのんびりと休憩しようとして居心地よくしているのを見て、ゾーヤはべつの手を使うことにした。ダクトテープで貼りつけたものをはがして、プールのそばのパティオに置いた。それから、闇のなかをゆっくり歩きながら、黒いスポーツブラとパンティだけになった。折り畳みナイフをブラに差し込み、横のプールにそっとゆっくり身を沈めた。

プール脇のパティオに置いたもののなかから、伸縮するシム付きのピッキングキットを取ると、深く息を吸い、水に潜った。

プールは照明があって明るいので、表からでも屋内からでも、だれかがゾーヤのほうに目を向ければ、プールのアウトドア部分とインドア部分を隔てているプレキシグラスの仕切りをあけようとしているのが見えるはずだった。

上に付いている単純なレバー式の掛け金で、プレキシグラスが固定されているのが見えた。ゾーヤは金属製の薄板《シム》を出して、上に突き出した。すこし手間がかかったが、一分以下で掛け金を持ちあげることができた。仕切りを上に押すと、簡単にスライドしてあいたので、ゾーヤはその下をくぐり、そっと閉めて、掛け金をかけた。

ゾーヤは浮上して、この世になんの悩みもないかのように、のんびりと水を切って泳いだ。プールの梯子《はしご》に泳ぎ着いたところで休憩していた警備員が動きに気づいた。寝そべった姿勢から起きあがって、ジャケットの下に手を入れかけたが、そこでやめた。

ゾーヤが、髪と素肌から水をしたたらせて、プールからあがった。ブラとパンティは水びたしだった。身のこなしもしぐさも、落ち着き払っていた。

男が手をおろした。中二階からしばらくゾーヤのほうを見ていたが、やがて話しかけた。ロシアなまりの英語で、男がいった。「ここでなにをやってる？」

ゾーヤは、恥らうふうもなく、体を見せつけた。ロシア語で、つっかかるようにいった。「なにをやってるように見える？」

男が急に納得した顔になったのに、ゾーヤは目を留めた。「ボスのお相手か？」

ゾーヤは、タオルラックへ行った。溜息まじりに、ロシア語で答えた。「当然だけど、十分もつはずがないし、燃やさなきゃならないエネルギーがあり余ってたの」

男が、薄笑いを浮かべそうになったのを隠した。

ゾーヤが体を拭くあいだ、男がいやらしい目つきで眺めた。売春婦だと思っているのだ。それがゾーヤの狙いだったので、これまでのところ、計画はうまくいっている。

プール室からの出口は、バルコニーにあるので、厚いタオルで髪を拭きながら、ゾーヤは裸足《はだし》で階段を昇った。

警備員のそばを通るときに、ゾーヤはその男を品定めするように見た。薄笑いを浮かべていった。「たぶん、こんどね。ベッドの前の運動、ちがうのを考えとくわ」

ロシア人警備員が、にやにや笑った。「スケベな女だな」

ゾーヤは、ドアを通るまで笑顔だったが、急に笑みを消し、やれやれというように目を剝《む》いた。

数秒後には、ターゲットの寝室を探すために、廊下をうろついていた。

長い廊下の左奥にターゲットがいるはずだと判断し、裸足でカーペットを踏んで進んでいった。

邸内には、ほかにふたり以上の警備員がいるとわかった。左に折れて階段を昇りはじめたとき、テレビを見ながらしゃべっているのが、右の書斎から聞こえてきた。

静かな階段を慎重に昇り、主寝室のある左へ折れて、物音がしないかと耳を澄ました。

一分後、ゾーヤは寝室のドアの前に立ち、すこしためらった。

これから話をする相手のことは、よく知っていた。とにかく、昔はそうだった。その男は結婚せず、子供をつくらず、この仕事に一途《いちず》に打ち込んでいた。たとえ長い歳月を経ても、それは変わっていないにちがいないと、ゾーヤは思っていた。

午前一時だから、独りきりにちがいないが、そうではないおそれがあるのを、忘れてはならない。ゾーヤは折り畳みナイフを出し、ひらいてから、ドアの掛け金に手をのばした。

25

ゾーヤは、目が闇に慣れるまで、三分のあいだじっとたたずんでから、ようやく寝室のまんなかの四柱式ベッドに向けて、裸足《はだし》で音もなく進んでいった。

ベッドにいるのがひとりだとわかると、すこし足をゆるめたが、進みつづけた。

その人影の近くに立ちはだかり、ゾーヤはまわりを見た。そばのサイドテーブルの引き出しをあけたが、薬瓶数本と老眼鏡があるだけだった。ベッドの反対側へまわった。乱れていたが、だれもおらず、女の香水の強いにおいと、セックスのかすかな残り香が漂っていた。

顔をそむけて、そこのナイトスタンドも調べた。

ゾーヤはいらだって、心のなかで溜息をついた。

最後に、ベッドの乱れた側の枕の下を探り、拳銃を引き出した。チェコ製のCZ－P01。アルミフレームの小型セミオートマティック・ピストルだ。ゾーヤはすぐさま安全装置《セイフティ》をはずし、男の手が届かないところへ移した。

それがすむと、ベッドの人影の横にゆっくりとあがり、じりじりと進んでいったので、男が身動きした。男が片手をのばし、ゾーヤの胸に置いた。男が笑みを浮かべて、乳房を握ろうとしたが、ゾーヤがナイフの刃を肉付きのいい喉《のど》に、皮膚が切れるくらい強く押し当てると、手をひっこめ、びっくりして目をあけた。

ひっこめた手で、男は横の枕の下を手探りした。

ロシア語で、ゾーヤはいった。「音をたてたら死ぬよ。わたしはそのあとで、あなたが枕の下に入れておいた拳銃を使って逃げる」

男がゾーヤのほうを見ようとしたが、暗いので顔を見分けられないようだった。

「女だな」

「鋭いわね。おかしなまねをしたら殺す。わかった？」

「ああ、もちろん。音をたてたら、あんたに首を斬り落とされる。わかった」

「それでいいわ。それじゃ……ゆっくりと、ベッドサイドランプをつけて、ウラジー」

ウラジーミル・ベリャコフは、愛称で呼ばれるのを耳にして、手をのばし、ランプのスイッチ紐《ひも》をつかんだ。

ランプがつくと、男は何度もまばたきをした。ゾーヤもおなじように、明かりに目を慣らすためにまばたきをした、だが、一秒後に、男は喉の肉になおもナイフを押しつけている女のほうを向いた。

ベリャコフは六十五歳で、小太りだった。頭のてっぺんがかなり薄くなっているので、髪を染めているのは無駄のようだったが、あとの部分はふさふさしていた。ゾーヤはベリャコフとは十年以上会っていなかった。ベリャコフはその分、年老いていたが、すぐにだれだかわかるはずだ、とゾーヤは思っていた。

思いちがいだった。

数秒間、ゾーヤを見つめてから、ベリャコフがいった。「申しわけないが、マダム。ひどい老眼なんだ。眼鏡《めがね》をかけてもいいかね？」

「ナイトスタンドの上にある。手をほかのところへのばしたら、ナイフを顎《あご》から上に刺して、舌を貫き、口蓋《こうがい》まで突き刺す。それからねじる」

ベリャコフが、ゆっくりと眼鏡を取ってかけた。そのあいだに、ゾーヤは体を近づけて、ナイフを押し当てたまま、ささやき声で話ができる位置を維持した。

ベリャコフが目を丸くして、数秒のあいだゾーヤを見つめた。「まさか……ゾーヤじゃないだろうね？」

「ハロー、ウラジーおじさん」

「おまえ……生きていたのか？」

「答はわかるでしょう。ほんとうに久しぶりね」

ベリャコフは、心底驚いていた。「まあ……そうだな。モスクワで。十年前だったかな？おまえはSVRの訓練所を卒業した。わたしは家族の友人にすぎなかったが、人生でもっとも誇らしい日だった」

「でも、親しい友人よ、ウラジーおじさん。いつだってそうだった。パパがどこかへ行っていて、おじさんが国にいるときには、いつも会いにきてくれた。パパよりもおじさんと過ごした年月のほうが長かった」

ベリャコフがうなずいたが、ナイフを押しつけられているので、あまり頭を動かせなかった。血がすでに喉を流れ落ちていた。

「おまえに会えるとはすばらしい。だって、だれもが——ほんとうにだれもが——おまえは死んだと思っているんだよ」

「死んでいるように見える？」

「いや……前よりもずっときれいになった。しかし、どうして下着なんだ？　どうして濡れているんだ？」

ゾーヤは、それには答えずにいった。「話があるの」

「おまえ、ここに忍び込んで、ベッドにはいって、わたしを脅さなくても、話はできる。どうして真夜中にこんなふうにやってきたんだ？」

「おじさんは、パパの親友だった。あの夜、ダゲスタンで、パパが死んだときに、その場にいたといったわね」

どうしてダゲスタンのことが持ち出されたのか、まったく見当がつかないというように、ベリャコフがびっくりして目をパチクリさせた。「いた」

「反政府勢力に殺されたといったわね」

「そうだ。当時、シャリーアト・ジャマートと呼ばれていた組織だ。いまも存在するが、ヴィライヤト・ダゲスタンで通っている。そのころに、われわれがやつらを壊滅状態にした。

いまだに回復していない」

「まぐれ当たりの迫撃砲弾に殺《や》られたのね？」

「どうしてそんなことをきくんだ？　ああ、もちろん、あのときに話したとおりだ」ベリャコフが顔をそむけて、しばし目を閉じた。「頼む。フェージャはわたしのいちばんの親友だったし、おまえの父親だ。つらい記憶を掘り起こすのはやめてくれ」

「そんなにつらくはないのよ、ウラジーおじさん。パパとわたしには共通点があるの。みんなは死んだと思っているけど、死んでいない、というのがおなじ。そうでしょう？」

小柄な男が、眼鏡の奥の目を半眼にして、唖然《あぜん》とした表情を浮かべた。「なんだって？

馬鹿なことをいうな。フェージャは死んだ」

ゾーヤは、上から睨《にら》みつけた。

「おまえ、どうかしたのか？　どうしてそんな考え――」

「パパの遺体が写っているという写真を見たのよ。GRUでは秘密扱いの写真《シート》よ。その写真が撮られたとき、パパは生きていた。あれは演出だったのよ」

「わたしはそこにいたんだ、ゾーヤ！」

「写真にはおじさんも写っていたから、いたのは知っている。つまり、なにがあったかについて、おじさんは嘘をついている。だからわたしはここに来たのよ」

「なあ――」

ゾーヤはさえぎった。「これを見て」スポーツブラを引きおろし、乳房の上のほうを見せた。「かすかだけど、あるでしょう。ストレス性蕁麻疹《じんましん》よ。不安なときにそうなるの。子供のころからずっとそうだった。ほら、ここよ」

ベリャコフがいろいろなことを頭のなかで処理しているのを、ゾーヤはその目つきから察した。ベリャコフは、ゾーヤの胸の谷間を覗《のぞ》き込んだ。かなり薄いが、たしかにピンクの斑《はん》点《てん》がいくつかあった。

ゾーヤは話をつづけた。「もちろん、わたしのような仕事では、不安に耐えることを憶えなければならない。でも、この蕁麻疹はごまかせない。ストレスが大きい状況では、かならず出るの」

「それがどう関係が――」

「パパもまったくおなじ体質なの。首の横で上のほうだけど、わたしとおなじように目立つ。パパの一日の仕事がたいへんだったとき、母はわたしと兄に、パパの首に赤い蕁麻疹が出ていたら、そうっとしておいて、パパのほうから来るのを待ちなさいといった」

ベリャコフが、手をふってゾーヤの意見をしりぞけた。「わたしは迫撃砲弾が弾着した直後に、現場にいた。写真にわたしが写っていたというのなら、わかるはずだ。じっさいに起きたことなんだ。蕁麻疹は死んでも消えないんじゃないか。おまえは死んだことがないから、なんともいえないはずだ」

「ストレスがなくなれば、蕁麻疹は数秒で消える。死ねばストレスからいっさい解放されるのよ、ウラジーおじさん。写真に写っているパパは生きていて、不安にかられている。戦闘地域で死んだふりをしなければならないんだから、さぞかし不安だったでしょうね」

「しかし――」

「それに、パパの横の死体。ほんとうに死んでいる男の死体。すこしだけ血が凝固している。死後三十分か、長くても一時間かもしれない。だけど、わたしは死体をさんざん見てきたのよ、ウラジーおじさん。このふたりが、おなじ迫撃砲弾で同時に死んだということは、ぜったいにありえない」

「なにもかも空想だよ、おまえ。そうであってほしいと思っているのはわかるが……事実はそうじゃない」

ゾーヤは、ナイフを首に強く押し当てた。だが、ベリャコフの話は変わらなかった。「フェージャは死んだ。おまえの父親は逝《い》ってしまった。どうしてもわたしを殺したいのなら、殺せばいいが、死んだ父親は生き返らない」

ゾーヤはかがんで、ベリャコフの耳に口を近づけた。「わたしはおじさんのことがずっと好きだったけど、小さいころから、おじさんがパパの飼い犬だというのを知っていた。パパがいうことならなんでもやった。パパが死んだといわれたときに、おじさんはGRUを辞《や》めて石油ビジネス界に移った。何十億も稼《かせ》いだ。国の承認がなければできなかったことよ。クレムリンは、おじさんがこのロンドンで地盤を築くのを後押しした。それには理由があるにちがいない。写真のおじさんを見て、パパが生きていると気づくまでは、腑《ふ》に落ちないことばかりだった。おじさんはいまもパパとつながりがあり、クレムリンともつながっている。

その謎を解く鍵は、ロンドンにある」

「とんでもない話だ。くだらない。われわれロシア人が、ここに来られる方策があるときに移住するのは、クレムリンに富を奪われないためだ。祖国《ロージナ》を牛耳《ぎゅうじ》っている貪欲なシロヴィキ（政治的影響力が強い、治安・国防関連省庁の幹部職員）から財産を守れる場所は、ここしかないからだ」

ゾーヤは、確信をこめて首をふった。「おじさんがGRUを辞めてからやってきた仕事を追跡したのよ。クレムリンに反抗して働くわけがない。おじさんはいつだってパパと祖国《ロージナ》の忠実な僕《しもべ》よ。銀行口座と住むところが変わっただけで、あとはなにも変わっていない。パパが生きているのがわかったいま、おじさんが大金持ちになってここにいる理由や、なにをやっているかということを、わたしは考えてるのよ」ゾーヤはつけくわえた。「いまでもパパの飼い犬なんでしょう？」

「わたしがなにをやっているか、だって？　馬を育てている。チャリティに寄付している。世界各地に不動産を所有している。どうしても知りたいのならいうが、毎晩ちがう売春婦を抱く。おまえの死んだ父親を手伝うために金を出すことだけは、やっていない」

ベリャコフの声がしだいに大きくなったので、ゾーヤは顔を平手打ちして黙らせた。眼鏡がナイトスタンドの上に飛んでいった。

一瞬、肝をつぶしたベリャコフが、眼鏡を取ってかけ直した。ベッドに目を戻すと、ゾーヤの手からナイフが消えていて、代わりにチェコ製の拳銃が握られていた。

「その銃で撃ったら、すぐに警備チーム十二人が駆けつけるぞ」

「警備チームは六人かせいぜい八人で、ふたりはどこかで眠っている。ロンドンは安全だから、全員、気をゆるめている。いっぽう、わたしはいまもロシア人で、すばやく、贅肉《ぜいにく》がなく、真実がどうしても知りたい」

「真実？　なにが真実だ？　おまえが夢見ている空想か？」

ゾーヤは、ベリャコフのほうに身を乗り出し、ナイトテーブルの携帯電話を取って、渡した。「ロックを解除して」

ベリャコフが携帯電話のロックを解除し、ゾーヤに返した。

ゾーヤは、父親代わりだった男に拳銃を突きつけたままで、連絡先、メール、送信記録を調べた。父親もベリャコフも抜け目がないので、本名を使うわけがないとわかっていたが、父親の名前も探した。いくつかの偽名と愛称でも調べたが、それらしいものは、なにも見つからなかった。

英語やロシア語のメールを見ていくうちに、きのうやりとりされたメールに目を留めた。

相手はテリー・キャシディで、英語だった。

「きみの金庫から出したいものがある」とベリャコフが書いていた。

「いまベルリンにいる」と返信があった。「あす戻る。水曜日まで待てるか、それともわたしのいないあいだに事務所へ行くか？」

「水曜のランチまで待てる」とベリャコフが返信していた。

「わかった。金庫の用事を片づけてから、クラブに行こう」

ゾーヤはベリャコフの顔を見て、キャシディと金庫にしまっている品物についてききたかったが、関心を持っているのを知られないほうがいいとわかっていた。なにを読んでいたかを知られないように、ほかのメールをいくつか無作為に見てから、ロックをかけ、ベッドに携帯電話をほうり出した。「くその役にも立たないわ」

ロシアのオリガルヒ（ロシアの新興財閥で、政治的影響力も大きく、少数で権力を握っている）のベリャコフが、小首をかしげた。

「英語でしゃべったな、ゾーヤ？」

しまった。ゾーヤはミスに気づいて、なまりのある英語に切り換えた。作り笑いを浮かべた。「パパがいつもいっていたように、隠れ蓑《みの》があったほうがいいのよ」

ベリャコフが、それを聞いて淡い笑みを浮かべた。「なぜだ、ゾーヤ？　なぜ武器を持って父親のことを調べにきた？　生きていると思っているとしたら、おまえにどういう脅威になっているんだ？」

ゾーヤは数秒のあいだ迷い、二度いいかけたが、二度とも思いとどまった。ようやく口をひらいたとき、その質問には答えなかった。「もう行くわ、ウラジーおじさん。でも、いつでもわたしは来られるのよ。わたしが行ったら、あなたはパパに電話して、わたしがここに来たことと、会いたいと思っていることを伝えて。そうしてくれるでしょう？」

ベリャコフが、哀願するようにいった。「そんなことができるわけがないだろう、ゾーヤ・フョードロヴナ？　彼はムイチーシチンスキーの墓地で眠っている。墓に行ったことがあるはずだよ」モスクワ北東の郊外、ムイチーシチンスキーには、ロシア連邦戦没者墓地がある。

ゾーヤはいった。「ええ、行ったことがある。そこで、会ったこともないひとのお墓の前でひざまずいて泣いたのね。パパの墓地で眠っているのがだれかは知らないけど、パパではないんだから」

ベリャコフは、枕に頭をあずけた。「あす、明るくなったらまたおいで。いっしょに朝食を食べて、もっと話をしよう」

ゾーヤは答えなかった。ベッドからおりて、横たわっている男に拳銃の狙いをつけたまま、闇のなかをあとずさっていった。

数秒後に、寝室のドアがそっと閉められる音を、ベリャコフは耳にした。

警報ボタンに手をのばし、警備チームを呼ぼうとしたが、考え直した。ゾーヤ・ザハロワを撃ったら、厄介《やっかい》なことをいくつも抱え込むだけで、問題は解決しない。それよりも、ゾーヤをここから無事に脱出させるほうがいい。

だが、ベリャコフは携帯電話を取った。連絡先をスクロールし、デイヴィッド・マーズの番号を出した。

マーズもロンドンのノッティングヒルに住んでいる。呼び出し音が何度か鳴ってから、マーズが出た。

疲れたかすれ声で、マーズがいった。「ウラジーミルか？　いったい何時だ？　どうしてこんな時間にかけてきた？」

「会わなければならない。朝いちばんに」

「どういうことだ？」

「それは……電話ではいえない」

「それでは、朝食のときに来い」

「いや」ベリャコフはいった。「昔の場所で」

「昔の場所？　今夜、何杯ウォトカを飲んだ？」

「昔の場所だ」

マーズが、ためらってからいった。「わかった。午前七時では？」

「ヤー。それでいい」ベリャコフは電話を切り、眼鏡の下の目をこすった。

26

セントジェイムズ・パークは、ロンドン中央部にあって、観光客に人気がある。公園のなかごろには、諜報のちょっとした歴史と関わりがある場所がある。ティン&ストーン橋は、長年、イギリスの情報部員が各国の連絡相手と会うのに使われてきた。静かで見晴らしがきくので、小声で腹を割った話をするのに好都合な会合場所でもある。

午前七時、観光客は多くなく、出勤する男女数人が公園を通り抜けていただけだった。

ロシア人のビリオネア・オリガルヒ、ウラジーミル・ベリャコフは、ティン&ストーン橋に先に着いた。注文仕立てのビジネススーツとレインコートが濡れないように、傘をさしていた。ベリャコフは緑色の橋のたもとにあるベンチに腰かけて、池寄りに立っている護衛ふたりを見てから、四方に目を配りつづけた。

護衛ふたりの、前をあけているレインコートのフードから、小雨がぽたぽた垂れていた。

ベリャコフは、みずからあたりを見て、盗み聞きできる距離にだれもいないことをたしかめてから、どういうふうに話をしようかと考えた。

ベリャコフが、この場にふさわしい台詞《せりふ》を決める前に、デイヴィッド・マーズが橋を渡ってくるのが見えた。連れが三人いて、例の野獣じみたイギリス人、ジョン・ハインズの巨体が、うしろにそびえていた。顎鬚《あごひげ》を生やしてサヴィルローであつらえたスーツを着ている若い男が、マーズとならんで歩いていた。もうひとりは、マーズが行くところにかならず同行する護衛のひとりだろうと、ベリャコフは当たりをつけた。

ベリャコフは、フォックスと名乗る男に視線を据えた。本名は知らないが、ロシアの犯罪組織と結びついていることは重々知っていた。学識者のような見かけで、身なりもいいが、邪魔をする人間を殺したり苦しめたりしてきたことはまちがいない。

マーズのイスラエル人護衛、フォックス、フォックスの用心棒の巨漢は、二〇メートルほど離れたところで立ちどまり、マーズだけがベンチのほうへ歩いていって、髪が薄くなった六十五歳の小柄な男の横に座った。挨拶《あいさつ》はしなかった。ふたりとも前の細長い池を眺めていた。

マーズが、先に口をひらいた。いらだった口調だった。どこか行くところがあるような感じで、せわしなかった。「このベンチ、この橋。ここでわたしたちが会うときには、つねに悪い知らせがあった。たいがいは、わたしがきみになにかを要求する。しかし今回は……なんてことだ、ウラジー。わたしにはやることが山ほどあるんだ。どうして暗号化電話で伝えられないんだ？」

「この一件では、あんたと顔を合わせる必要があるんだ」

ベリャコフは、傘を肩にもたせかけて、マーズのほうを向いた。隠密会合の手順に反している。

マーズは、それを目の隅で見た。「ウラジー、こっちを向くな」

ベリャコフは、その注意には答えずに、マーズのほうを見つづけた。「これからわたしがいうことは、耳に痛いはずだ、デイヴィッド。昨夜、わたしの家に侵入したものがいる。ナイフを喉《のど》に突きつけられ、銃で頭を狙われた」

マーズは、ベリャコフが顔を自分のほうに向けているのにいらだち、前を見たままでいった。「侵入したのは何者だ？」

「フョードル・ザハロフという名前を知っている人間だ」

マーズが、ベンチにゆっくりともたれた。ひとつ溜息をついた。「女だな？」

「そうだ《ダー》。どうして知っている？」

マーズが、ベリャコフのほうを向いた。傘をおろしたので、雨が黒い髪とコートを濡らした。諜報技術《トレードクラフト》を使うのをやめたのは、今回、ベリャコフがすでにやめているからだった。

「それを知っている女を、ずっと捜している。ふた晩前に、その女はアメリカにいた。女がＣＩＡにしゃべったのか、ＣＩＡが女にいったんだろう。その女にちがいない。どんな外見だった？」

「デイヴィッド……」ベリャコフの声はかすれていた。「わたしは――」

マーズは、ベリャコフの目を覗《のぞ》き込んでいた。諜報活動の手順は、すべて捨て去られていた。「だれだかわかったんだな？　知っている女なんだな？」

「知っている、ディヴィッド……あれは……ゾーヤだった」

マーズが、強く一度まばたきをしてから、腹立たしげにうめいた。「きみは昨夜、売春婦といったいなにを飲んだんだ、ウラジー？　四カ月前にゾーヤがタイでアメリカ人に殺されたことは、きみもわたしも知っている」

ベリャコフは、首をふった。「タイの話は、どうやら偽情報だったようだ。ゾーヤは死んでいない。ぴんぴんしている。誓う」

ディヴィッド・マーズは顔をそむけ、雨を透かして、池で物憂げに泳いでいる白鳥を眺めた。目の焦点が合わず、たちまち涙があふれてきた。

二〇メートル離れたところから、フォックスが見つめていたが、マーズは無視した。

すこしひずんだ声で、マーズはいった。「きみがまちがっているとは考えられないか？　あるいは、アメリカによる策略のたぐいではないのか？」

ウラジーミル・ベリャコフは、自分の太い首の浅く長い切り傷を指さした。「こういう傷をつけるくらい間近にいた。五分か十分、顔を突き合わせていたんだ。もちろん、ひと目でゾーヤだとわかった。長いあいだ会っていなくても」

マーズは、シャツの袖《そで》で涙を拭《ぬぐ》った。「ゾーヤは……元気そうだったか？　どこかを傷《いた》めていなかったか？」

「昔と変わらないゾーヤだった。どうやったものか、警備に何百万もかけたベルグラヴィアの屋敷に侵入した。ゾーヤは世界最高の工作員にちがいない……わたしの警備網をくぐり抜けたのだから、身体能力もかなり高い。健康状態は良好だろうね」

マーズがまた涙を拭い、笑みを浮かべた。ややあって、かすれた声でいった。「わたしの美しい……美しい……かわいいゾューシュカ。生きている」

ベリャコフは、マーズの肩に片手を置き、ロシア語に切り換えていった。「そうだ《ダー》」声をひそめた。「ダー、フョードル・イワノヴィッチ。あんたの大切な娘は生きていて、元気だ」

この十四年間、デイヴィッド・マーズと名乗っていた男は、傘を小径《こみち》に落として、顔を両手で覆《おお》い、あからさまに泣き出した。

マーズが落ち着きを取り戻すのに、丸一分かかった。そのあいだずっと、ベリャコフは感情をあらわにしている旧友から目をそむけ、鴨や白鳥を眺めてじっと座っていた。

フォックス、ハインズ、マーズのボディガードは、ベンチの周囲で位置についていたが、まさか目にすることはないだろうと思っていた光景を見て、ひそかに目配せしていた。マーズが泣きくずれるとは。

ようやくマーズがハンカチで涙を拭い、傘を拾いあげてさした。だが、マーズはもうずぶ濡れになっていた。マーズはいった。「なにを……ゾーヤはなにをやっていたんだ？　きみとなにを？」

「あんたのことを話すよういわれた」

「わたしのなにを？」

「あんたが生きているのを知っているんだよ、フェージャ」

「しかし……どうやって？」

「ダゲスタンのあんたの写真をどこかで見たんだ。戦場で死んだことを証明するための写真を。迫撃砲弾に殺《や》られたかわいそうな大佐とならんで、あんたが横たわり、死を演出した写真だよ。あの大佐……なんという名前だったかな？」

ベリャコフの話では、どうでもいいことだったので、マーズはうわの空で答えた。「サカロフ。野戦砲兵」

「ああ、そうだった。写真を見て、ゾーヤは蕁麻《じんま》疹《しん》のことをいっていた。どういうことなんだ、デイヴィッド？　不安になると首に蚯蚓腫《みみずば》れができるのか？　どうしてわたしは知らなかったんだろう？」

デイヴィッド・マーズは右手をあげて、首をたどり、ゾーヤが指摘したとおりの場所をこすった。「どこを見ればいいか、ゾーヤは知っている」

マーズがそれしかいわなかったので、ベリャコフはつづけた。「あのファイルは、あんたが死んだと発表されるとすぐに、ＧＲＵが封印した。どうやってゾーヤが見たのかはわからないが、見たんだ」

かつてフョードル・ザハロフとして知られていたデイヴィッド・マーズは、ふた晩前に襲撃するよう命じたＣＩＡの隠れ家にいた女が、自分のひとり娘だったということを、いまでは疑いの余地なく知った。

ゾーヤが生きていると知って有頂天になったものの、それ以外の点と点を結ぶうちに、その気持ちは消えた。ゾーヤはいまではアメリカのために働いているにちがいない。タイ沿岸でヨットが襲撃されたときに殺されたように見せかけて、CIAはゾーヤをアメリカへ連れていった。洗脳して、寝返らせ、自分たちのものにして、父親を探すために送り出した。父親は生きて活動しているはずだと、彼らは判断したのだ。

ベリャコフがいった。「つぎにゾーヤが行く場所はわかっている」

「どこだ？」

「テリー・キャシディの事務所。わたしの推測では今夜」

マーズの表情が険悪になった。「キャシディのことを話したのか？」

「もちろん話していない！　ゾーヤはわたしの電話を調べた。金庫から出すもののことで、キャシディとメールをやりとりしていた。ただの無記名社債だが、メールが残っていた。ぜったいに見たはずだ。ゾーヤは注意深いから、見落とすはずがない」

「金庫になにがはいっているか、知っているだろうが」

「もちろん知っている。だからこそ、彼女を阻止しなければならない。あんたの娘だが……いまは……前とはちがう。非常に危険だ」

マーズはうなずき、立ちあがって、それ以上ひとこともいわずに離れていった。

ベリャコフも立ち、マーズを追った。「あんたはなにかを計画している。わたしが知らない重大なことを。わたしたちは四十年間、同志だった。友人だった。わたしはずっとあんたのそばにいて、あんたのために働いてきた。

教えてくれ、ディヴィッド……フェージャ……これはどういうことなんだ？　あんたの最後の勝負はなんだ？」

フョードル・ザハロフ陸軍中将、別名ディヴィッド・マーズは、灰色の空を見あげた。雨が顔を洗い流した。しばらくして、マーズはいった。「きみにはわかっていない。わたし以外のだれも理解していない。冷戦に最後の勝負などない。思想、兵士、スパイが永遠に戦いつづけるのだ。わたしは一生を捧げてきた。持てるものすべて、自分のすべてを、西側のくだらない勢力との偉大な戦いに注ぎ込んできた。やつらは反撃し、わたしから多くを奪ったが、まもなくわたしは復讐を果たす、ウラジー」

「わたしはあんたの個人的な戦争には関わりたくない、フェージャ。わたしはなんの契約も――」

「いまもモスクワとつながっているはずだ」

「もちろんつながっている。クレムリンの恩恵を受けなかったら、ここまで成功することはなかった」

「だが、ウラジーミル、きみは海外で暮らすロシア人にとってもっとも重要なことを忘れかけている」マーズは、体を近づけて立ちどまった。「きみはクレムリンにきんたまを握られているし、クレムリンは好きなときにそれを握りつぶせる」

たのことか？」

ベリャコフは、仕事仲間だった旧友の口調に、脅しを感じ取った。「クレムリンとはあん
マーズが首をふった。「ちがう。わたしは仲介者だ。旧《ふる》い友だちに役に立つ情報を伝えようとしているだけだ」

「あんたがひとりで準備しているこの作戦だが、まったく承認を得ていないとわたしは確信している」

マーズがいった。「祖国《ロージナ》が利益を得る。わたしがやっていることを知らないほうが、その利益は大きくなる」

ベリャコフが、不安げに溜息を吐き出した。「それは危険なゲームだぞ、同志」

「危険な時代のためのゲームだ、同志」フョードル・ザハロフは、それきり口をつぐんで、歩き去った。ベリャコフもこんどは追わなかった。

デイヴィッド・マーズは、決意を固めながら、橋に向けて歩きつづけた。生涯を懸けた仕事の頂点まで、あと一歩というところなのだ。何者にも邪魔させはしない。

たとえ、かわいい娘が相手でも。

今後の数日間にやらなければならないことについて、マーズは非情な覚悟を決めた。

配下にまわりを固められて、マーズは彼らとともに橋を渡ってひきかえし、待っていたリムジンに乗り込んだ。全員が乗ると、マーズはいった。「フォックス君、ハインズと優秀な

部下ふたり……いや、三人を、テリー・キャシディの事務所に行かせてくれ。イスラエル人を使え。彼らは優秀だ。今夜、侵入する人間に出会うはずだ。わかったか？」

「わかりましたが、侵入したやつを見つけたときの交戦規則は？」

「侵入者は生かしたまま捕らえる。例外はなしだ」マーズは、ハインズに指を突きつけた。

「生かしておけ」

ハインズが答えた。「わかりました。生かしておく。了解です」

フォックスが、ためらってからいった。「ターゲットについて、なにか教えてもらえると助かるんですが」

マーズは、フォックスのほうを向いた。「わたしの娘は生きていた。ベリャコフの家に行った。そこでベリャコフが、キャシディの事務所へ行くよう仕向けた。娘はわたしについて答を得るために、つぎはそこへ行くだろう」怒りと懸念にもかかわらず、マーズは笑みを浮かべた。「きみたちが阻止しなかったら、彼女は金庫を見つけて、簡単にあけてしまうだろう」笑みがひろがったが、また目に涙を浮かべていた。「わたしが徹底的に仕込んだから だ」


ザック・ハイタワーは、その日の最初の二時間、最近のCIAの秘密漏洩源とおぼしい容疑者四人のうちのひとり、マリア・パルンボを尾行した。

正確にいえば、尾行という表現は正しくない。ザックは、煽り《バンパリング》〟と呼ばれるFBIの昔ながらの戦術を使っていた。尾行があからさまにわかるようにして、対象が逃げたり、捨て鉢な行動をとったりするように仕向ける。対象が尾行の有無をたしかめようとしたら、隠し事があるのだと、監視の専門家は見破る。全米の警察がおなじことをやっているが、警察ではそれを〝詰め込み《ジャミング》〟と呼んでいる。

要するに、隠密監視とはまったく逆だ。ザックは、パルンボが跟《つ》けられ、見張られ、動きを逐一追跡されているのに気づくようにして、もぐらだというのがばれることを期待した。

だが、パルンボは餌《えさ》に食いつかなかった。まったく効果がなかった。子供を学校に送っていったあとで、パルンボがシャンティィリーの街路を適当に曲がりはじめたことに、ザックは気づいた。ザックの黒いシボレー・サバーバンがどう反応するかをたしかめていることは明らかだった。

パルンボが、朝食のためにベーカリーカフェの〈オー・ボン・パン〉の駐車場に車をとめるまで、ザックはすぐうしろを走っていた。ザックは店の前にサバーバンをとめて、パルンボが携帯電話で話をしながら、マフィンを食べ、コーヒーを飲むのを見守った。パルンボは、ときどき店の外のザックの車を盗み見た。

午前九時、パルンボがゴミを捨てて、携帯電話をおろし、両手を腰に当てて立ち、ザックのほうを睨《にら》みつけた。ザックは動じずに〈オークリー〉のサングラスごしに睨み返し、許可されている圧力をかける行為を楽しんでいた。ただ、相手がこういうストレスをかけられてもしかたがないようなことをやったかどうかは、まったくわかっていない。

なんとなくようすがおかしいと、腹の底で予感がしていたが、パルンボとの睨み合いが三十秒つづいたところで、邪魔がはいった。バックミラーを覗《のぞ》くと、回転灯を光らせた青と白のパトカーが三台とまるのが、目にはいった。フェアファックス郡警察のパトカーに、ザックのサバーバンはみごとに包囲された。パルンボがCIA保安部に連絡し、尾行のことを告げたにちがいない。そこから地元警察に通報されたのだ。

ザックは溜息をついて、スーザン・ブルーアに渡された書類挟みから偽造身分証明書を出し、サイドウィンドウをあけた。

ザックが説明しているあいだに、パルンボは車に乗って走り去った。ザックには伝説《レジエンド》があるし、作り話も用意していた。きのう妻の車が子供の高校の外であの女の車に当て逃げされたようなので、証拠が残っていないかどうか、車のまわりを調べようとしていたのだと、説明した。

フェアファックス郡警察には、それでじゅうぶん通用し、十五分後、ザックは車を走らせて、つぎのターゲットに向かっていた。

パルンボははずれだった。未知の人間の接触を冷静にすばやくCIA保安部に報《しら》せるような人間が、外国の組織のためにスパイしていることは、とうていありえないと思った。

ザックは、頭のなかでリストからパルンボの名前を消し、つぎの名前——マーティ・ウィーラー支援本部副本部長に取りかかることにした。

ランチタイムにザックは、ワシントンDC中心部のPストリートにある〈ホールフーズ・マーケット〉で、摂取するつもりのない緑色のどろどろしたものが入ったプラスティックボトルを持って、レジの列にならんでいた。前の女は、ザックの好みでセクシーだった。とにかく母親のわりには色っぽかったので、ショッピングカートに乗せた赤ん坊におもちゃを渡すために女がかがんだときに、ザックは尻を盗み見た。だが、仕事中なので、すぐに女の尻から目を離し、その前の男に注意を向けた。

マーティ・ウィーラーは、サラダと冷たい緑茶缶の代金を払い、店の前のダイニングエリアへ向かった。女が勘定を済ませるあいだ、ザックはウィーラーをじっと見ていた。自分の勘定を済ませ、緑色のヘドロを持って、ウィーラーのそばへ歩いていった。両側に椅子が四脚ずつあるその長いテーブルには、ウィーラーしかいなかった。ほかにもテーブルがいくつもあるのに、ザックはテーブルの端のウィーラーの向かいに、どさりと座った。

ウィーラーが顔をあげて、笑みを浮かべ、体格のいいきついまなざしの顎鬚《あごひげ》の男に会釈してから、またサラダを食べはじめた。

ザックは、飲み物の蓋《ふた》を取り、ついひと口飲んだ。

「なんだこりゃ」といって、蓋を閉めた。

ウィーラーが目をあげて、頬をゆるめたが、すぐに携帯電話に目を向けた。

ザックは、五十一歳のウィーラーがランチを食べてから車に向かうのを、一五メートルほど離れて徒歩で尾行し、駐車場でウィーラーのメルセデスCタイプから二台分離してとめてあったサバーバンに乗った。ウィーラーがPストリートに出て、左折した。ザックは車間距離をほとんど取らないでついていった。ウィーラーが議事堂の一ブロック手前に駐車するまで、そうやって走りつづけた。ザックは、ウィーラーの車が見えるくらい近くにとめ、議事堂に向かうウィーラーを徒歩で追った。

ザックは溜息をついた。ウィーラーからは反応を引き出せなかった。尾行されているのに気づいたようすもない。

この男は吹き寄せられて積もった雪のように清廉潔白で無頓着《むとんちゃく》なのか、そうでなければ、きわめて高度な対監視の訓練を受けているのだろう。パルンボのようにリストから消すことはできないと、ザックにはわかっていた。ウィーラーをシロだと断定するには、もっと情報を得なければならない。だが、そのために議事堂にはいるわけにはいかない。

ザックは車に戻った。リストにはあとふたりいる。アルフ・カールソンは、数日後にひらかれるスコットランドのファイヴ・アイズ会議のために、すでに先行してロンドンへ旅立った。もうひとりは、リストでもっとも地位が高い、ルーカス・レンフロ支援本部本部長だ。

レンフロは、午前中はずっとCIA本部《ラングレー》にいたので、手を出せなかったが、退勤するときに尾行できるような位置につこうと、ザックは考えていた。レンフロに圧力をかけて、くそを漏らすくらい怯《おび》えるかどうか、見届けるつもりだった。他人を怖がらせるのが好きなザックにとって、最初のふたりの尾行は、まるきり物足りなかったからだ。

27

体を覆《おお》っている、ペンキ塗りのときに敷くカンバスの防水布を、雨が小やみなく叩き、ほっとするような低い音をたてていたので、コート・ジェントリーはうたた寝したくなった。だが、濡れた屋根から水気が服に染みとおるのも意に介さず、片目でライフルの望遠照準器《スコープ》を覗《のぞ》きつづけた。

ジェントリーは、雲の多い昼間に、世界有数の大都市の中心部で、精いっぱい姿を隠していた。この五階建てビルの屋根は、周囲の他のビルよりもわずかに高いので、地上や低い階の窓からはほとんど見えない。防水布も屋根の色とほとんどおなじで――どちらにも白いペンキの染みがついている――だれかが屋根にあがってきて、見当をつけて探しまわらないかぎり、見つからないはずだった。

ジェントリーは、居眠りしそうになるのをこらえて、通りの向かいにあるビルの窓に焦点を合わせ、サプレッサー付きライフルの四倍スコープで観察していた。そこがテリー・キャシディの個人事務所だった。キャシディがデスクに向かって座り、電話とパソコンのキーボードを打つのを交互にやりながら、アシスタントと話をしているのが見えた。

まだ正午だが、ジェントリーは、キャシディが朝に事務所に来る前から、位置についていた。そのあいだに、ビルの警備の感じをつかもうとした。ロビーに警備員がいて、周囲に防犯カメラがあり、窓は頑丈そうで、隣のビルの屋上からは行けない。

これまでに見てきたかぎりでは、盗んだIDで潜入するか、ケーブルを渡して向こうの屋根へ行くしかない。

あるいは、壁をよじ登るという方法もある。警備員がいて、ビルにはいるのが困難な場所を避けて、潜入する。

それも容易ではないだろう。

キャシディの事務所の窓二面をゆっくりと見ていると、イヤホンから着信音が聞こえた。ジェントリーはイヤホンを軽く叩いて、受信した。

「もしもし」低い声でいった。

予想したとおり――というより、例によって――スーザン・ブルーアからだった。「あなたはボルボを持っていってはいけなかったのよ。ロンドン支局は激怒しているわ」

「あんたのそういうところが好きなんだ、ブルーア。いつだって重要なことを念頭に置いている」スーザンが皮肉に答えなかったので、ジェントリーは溜息をついた。「用が済んだら返す」

スーザンが、鼻を鳴らしていらだたしげに笑った。「このあいだあなたが横領した車は、いまもイーストミッドランズで燃えているんじゃないの」

ジェントリーは、それを聞いてほほえんだ。「こんどの車には超、気をつけるよ。政府の財産だし。なあ、あんたがなにを優先しているかはわかっているけど、おれはここで尻を撃たれないように気をつけているんだ。足をひっぱるのをやめて手を貸してくれるとありがたいんだがね」

「いいわ。まず、ディルク・ヴィッセルを見つけて回収する任務は終了した」

「なぜだ？」

「見つかり、回収されたから。それもテムズ川で。トラックに轢《ひ》かれたように見せかけられていたけれど、ロンドン警視庁《スコットランド・ヤード》はほんとうの死因を調べている」

ジェントリーは溜息をついてから、気持ちを切り換えた。「ロンドンの弁護士については、なにがわかっている……こっちでは事務弁護士と呼ばれているようだが、テリー・キャシディのことだ」

スーザンがキーボードを叩く音が聞こえた。ワシントンDCではまだ午前七時なのに、もうCIA本部か自宅でコンピューターの前に座っているのだ。

スーザンの人生に仕事以外のものがあるのだろうか、とジェントリーは思った。思ったよりも自分と似通ったところがあるような気がした。

三十秒後に、スーザンがいった。「テランス・アルバート・キャシディ、四十三歳、ウェストサセックス生まれ、離婚暦あり。子供は――」

「ウィキペディアのページは読まなくていい。だれと組んでいるか、どんなクライアントがいるのかを知りたいんだ」

　またキーボードを叩く音。「オフショア、暗号通貨、それくらいしかわからない。犯罪組織との結びつきは知られていないようね。でも、もっと調べる」

「くそ」ジェントリーはいった。

「これは重要かもしれない。キャシディは、頻繁《ひんぱん》にロシアに行っている」

「モスクワ？」

「ええ。つねに。ほとんど毎月」

　ジェントリーはいった。「今夜、キャシディの事務所にはいって、調べなければならないようだな。ひきつづき、連絡相手、クライアント、わかっている仕事仲間について調べてくれ」

「わかった」

　スーザンがまたなにかをいいかけたが、ジェントリーはスコープで気になるものを見つけたので、イヤホンの通信を切った。立ってデスクを離れ、向かいの壁の絵のほうへ歩いていくキャシディに、注意を集中した。キャシディが額縁の裏に片手を入れて、かなり上のほうへ滑らせた。それから、絵をドアのように横にひらいた。桜材の壁に埋め込まれた金庫のダイヤルが、絵の裏にあるのが見えた。

　キャシディがしばらくダイヤルをいじって、掛け金をはずし、金庫の小さな扉をあけた。内側のボタンを押すと、床から一八〇センチの高さまで、壁の一部が数センチ、スライドしてあいた。

キャシディはそれを押しあげ、広い金庫室にはいった。

ジェントリーは金庫破りの専門家ではないが、適切な音響機器とじゅうぶんな時間があれば、金庫室に侵入できる見込みはあると思った。四倍スコープ付きのライフルを置き、一〇倍の双眼鏡を持って、金庫室のドアの造りと型を確認した。横に置いてあった防水メモ用紙に書き留めてから、オフィスをさらに観察した。

キャシディが数十秒後に出てきて、金庫を閉め、蝶番《ちょうつがい》の付いた絵をもとに戻した。それから、デスクにひきかえした。

ジェントリーはそのとき、どうしても今夜、ビルに侵入しなければならないと悟った。だが、それをやるには、ビルとそこにいる人間について、もっと情報を得なければならない。だから、雨のなかで見張る長い一日に備えて、腰を落ち着けた。

ゴーリク・シュルガは、昼食の直後に、サウスロンドンにあるゲートウェイ海空運輸のオフィス前に車をとめた。ルノーからおりたゴーリクは、あいたままの倉庫のドアからはいっていった。全長一二メートルのコンテナ数十台が、正面にならんでいる。いずれも船からおろされ、税関を通ったものか、あるいは海外への輸出品を積んでいる最中だった。

ゴーリクは三十六歳で、真面目そうな顔つきに茶色の髪という、まずまずの美男子だった。だが、スーツは既製品で、すこしだぶついているし、跳ねるような歩きかたをするので、軽当番のリーダーふたりに挨拶《あいさつ》をしてから、ゴーリクは長い通路を運輸会社の管理部に向けて歩いていった。

オフィスにはいり、デスクに鍵束を置くと、レインコートを脱ぎ、コートラックに掛けた。ふりむきかけたとき、拳銃の撃鉄が起こされるカチリという音が聞こえた。

ゴーリクは拳銃には詳しいので、リヴォルヴァーの回転式弾倉がまわる音もたしかに聞いたと思った。それが聞き分けられるのは、ゴーリクが表向きはロンドンの運輸会社のマネジャーだが、じっさいはSVRの諜報員だからだ。

「そこにいるのは、だれだ？」目の前にある隅のラックに掛けたコートに目を向けたままで、ゴーリクは英語でいった。

だが、返事はロシア語で、しかも女の声だった。かすかに聞きおぼえがあるような気がした。「危害をくわえるつもりはないのよ、ゴーリク。あなたが本気でそういうふうに仕向けないかぎり」

ゴーリクは両手をあげ、はいるときにオフィスの隅を確認しなかった自分をののしった。

「そうか、それを決める前に、あんたを見てもいいか？」

「ゆっくりふりむいて」

ゴーリク・シュルガは、かなりゆっくりふりむいた。部屋の向こうの木の椅子に、ひとりの女が座り、ゴーリクの胸に拳銃の銃口を向けていた。拳銃から目を離して、ブルネットの女の顔を見たとき、ゴーリクはびっくりしてのけぞった。「シレーナ? あんたなのか?」

ゾーヤ・ザハロワのSVRでの暗号名は、シレーナ・ザメチーチ・スメルチだった。〝バンシー〟を意味するロシア語だが、作戦ではたんに短く〝シレーナ〟と呼ばれていた。

「ダー、わたしよ。元気だった、ゴーリク?」

「死んだと聞いた」

「事実ではない」

「国家に対する裏切り者になったと聞いた」

「それも事実ではない」

「SVRから追い出されたと聞いた」

「それは正しい」

「タイでSVR工作員を殺したと聞いた。ウトキンを。そうなのか?」

「ダー」

「しかし、シレーナ、おれはオレグ・ウトキンじゃない。殺すのはもっと難しいぞ」

「いざとなったら、そんなことはないと思う」

「どうして?」

「どうしてかというとね、ゴーリク、ウトキンはわたしの頭に銃を突きつけていたけど、わたしは殺すことができた。いま銃をあなたの頭に向けているのは、わたしなのよ。弾丸よりも速く動けるかどうか、やってみたい? オレグは速くなかった」

ゴーリクは反論しなかった。小さな拳銃を構えているロシア女の前で、腰をおろした。

ゾーヤはいった。「あなたがいつだって好きだった。いいひとだから。頭の回転はそんなに速くないけど、みんなよりもずっとやさしい」

ゴーリクが、片方の眉をあげた。「ありがとう……というべきなんだろうな」

「なにか誤解が生じて、わたしがあなたを撃たなければならないようなことになったら、とっても悲しいでしょうね」

「こっちのほうがひどい気分になるさ」

ゾーヤは笑みを浮かべて、くりかえした。「そういうところが好きなのよ」

「ヴェネツィアのあの晩、黒いドレスを脱いでくれるほどには好きじゃなかっただろう」

ゾーヤは、やれやれというような感じで笑った。「あなたは酔っ払っていたし、わたしたちは作戦の最中だったのよ。べつの状況だったら、脱がせられたかもね」

「なんの用だ？」

「品物」

「品物？　どういう品物だ？」

「工具、装備、装具一式、補給品」

「あんたはSVRから追い出されたんだろう。どうしておれがロンドンの隠し場所からそういうものを渡すと思っているんだ？」

「答ははっきりしていると思うけど」ゾーヤは、顔の前で拳銃を左右に動かした。

ゴーリクがいった。「ああ、そのとおり。SVR将校をふたり殺したら、ひとり殺すよりももっとひどい窮地に追い込まれるだろう」

「そのとおりよ。よく聞いて。SVRの武器その他の装備がはいっている全長一二メートルの海上コンテナが三台、ここの倉庫にあるのは、わかっているのよ。あなたとわたしが、歩いてそこへ行く。いくつか品物を出したら、わたしは出ていく。そのとき、あなたには選択肢が三つある。書類を書き換えて、品物が消え失せたのをごまかすか、未知の人間に盗まれたように見せかけるか、それともSVRに、ここの警備は杜撰《ずさん》で、解雇されて死んだはずのシレーナに襲われて、諜報作戦を実行するのにじゅうぶんな装備をあたえたというか」

ゴーリクの顔から、血の気が引いた。

「そうよ」ゾーヤはいった。「事情は呑み込めたわね？」

「あんたがなにをやろうとしているのか、おれにはわからない、シレーナ。あんたは正気じゃない。いつだって自分のちっちゃな世界からはみ出していた。国家のためじゃない動機があった。なにか……死んだ父親に誇りに思ってもらいたいというような願望があった……こういうことをやったら、もう誇りに思ってはもらえないよ」

ゾーヤは答えなかった。

「それで……だれのために働いてるんだ？」

「だれかに雇われているんなら、あなたから装備を盗もうとするわけがないでしょう？　微妙な状況で、個人的な利害がからんでいるのよ。あることを自力で解決しなければならないの」

「銃やナイフや爆弾で？」

ゾーヤは、片方の眉をあげた。「爆弾があるの？」ゴーリクが答えなかったので、ゾーヤはいった。「冗談よ。拳銃一挺と弾薬がほしい。フィックストブレード・ナイフも二本。でも、ほんとうに必要なのは、ハイテク監視機器、登攀《とうはん》装備、金庫破りのための音響機器など。そういうものなら、なくなってもごまかせるでしょう」

「銃の紛失はごまかせない」ゴーリクが、つっけんどんにいった。

「こっちで買ったのがあるでしょう？　ヤセネヴォの記録につけていないものが」

ゴーリクが、渋い顔をした。「いったいなんの話だ？」

「やめて、ゴーリク。あなたが三十で頭打ちになるまで、いっしょに昇級してきたでしょう。仕事をはじめた最初のころに、わたしが海外の隠し場所を管理していたのを、憶えているでしょう。ゲームの仕組みはわかっているのよ。公式の装備もあれば、非公式の装備もある。手先に渡す、ブラックマーケットの品物よ。そういう銃を一挺と、わたしがほしいという装備をくれれば、きょうのことは帳消しにできる」

ゴーリクが、長いあいだゾーヤを見ていた。「見返りはなんだ？」

ゾーヤは、あきれて目を剝《む》いた。「まったく馬鹿なんだから。わたしはあなたに銃を突きつけているのよ。生きていたいでしょう」つけくわえた。「もう一度、ヴェネツィアでやり直しても、わたしのドレスを脱がせるのは無理でしょうね」

二十五分後、ゾーヤはバックパックを背負い、すこし小ぶりのバックパックを前に吊るして、ゲートウェイ海空運輸を出た。ゴーリクはオフィスに戻った、すでにモスクワに電話をかけているかどうかは、五分五分だと、ゾーヤは考えていた。

もちろん、電話をかけないほうがありがたいが、かけた場合に物事を有利にするには、ロンドンでの仕事を一段と加速しなければならない。今夜、テリー・キャシディのオフィスへ行く。金庫を見つけて、そのなかにあるものでつぎの行動を見定められることを、ゾーヤは願っていた。

28

一カ月前

デイヴィッド・マーズは、フォックス、ハインズ、警護チームではないように見せかける服装、行動、身のこなしを心得ている六人の護衛全員とともに、エジンバラに到着した。いずれも私服で、〝戦術タキシード〟であるのが見え透いている格好ではない。武器はみごとに隠している。折り畳《たた》み銃床のHK・MP7は、腋《わき》の下に吊るすか、肩にかついだジムバッグから瞬時に出せるようにしてある。さまざまな形状や型の拳銃を、予備として使えるように、シャツの下に隠している。フォックス、マーズ、ハインズがローリストン・プレイスを進み、エジンバラ大学の一部の建物のそばを通るあいだ、イギリスで生まれて訓練を受けた警護班長が、一〇メートル先を歩いた。マーズの左右は、武装した護衛が固めている。さらにふたりが、マーズたち三人の五、六メートルうしろを、隊列を組まずに歩いていた。六人目は、九〇メートル前方にいて、目立たないようにしながら脅威を探していた。

マーズ、フォックス、ハインズは、ジャニス・ウォンの研究室がある建物にようやくはいった。表札のないドアを通り、エレベーターで三階の研究室へ行った。護衛三人が、異変がないかどうか、表で目を光らせ、警護班長ともうひとりがマーズたちに同行した。先鋒の護衛はすでに研究所にいて、そこにいる人間を確認していた。

ウォンは、研究室のまんなかで、ノートパソコンを置いたスタンディングデスクに向かっていた。その横で、アシスタントふたりが、培養器のひとつで作業を行なっていた。大きなハイテク・ドラム缶のような円筒に、計器が取り付けてあり、それで温度と湿度を監視していた。

「おはよう、博士」マーズは、部屋を横切りながらいった。「元気そうでなによりだ」

ウォンは笑みで応じなかったが、差し出された手は握った。ウォンが例によって気乗りしないようすで握手をしたので、マーズは彼女のファイルに書いてあったことを思い出した。ウォンは心の傷を負っていて、他人と親密な関係や友情を築けないことに、ロシア人たちは気づいていた。たぶん子供のころの出来事に関係があるのだが、どうでもいいとマーズは思った。

マーズはいった。「ストックホルムから持ってきた材料で、菌株を育てる作業が進んでいるかどうか、見にきたんだ」

ウォンが、そっけなく答えた。「わたしのオフィスで話をしましょう」

マーズは、フォックスに向かって片方の眉をあげてみせたが、素直に従った。

一分後、三人は狭くて質素なオフィスに座っていた。前には湯気をあげているお茶のカップがある。マーズは緑茶は好きではなかったが、生まれてから六十二年のうち、三十五年以上、イギリスの行儀が身についていたので、やむなくひと口飲んだ。

マーズは雑談をしようとしたが、ウォンはいつもどおり、任務に極端なまでに集中していた。

マーズが天気のことをいいかけたのをさえぎって、ウォンがいった。「ペスト菌株の成育について、完成の確率や、日にちの予想を含めた進捗《しんちょく》を報告することは不可能です。なぜなら、作戦のためにエルシニア・ペスティスをどれだけ生育すればいいのか、まだ知らされていないからです」

「わかった。あなたが育てている細菌の増加率だけでも教えてくれないか。しろうとながら、それから推定する――」

ウォンが、さえぎった。「だめです。わたしは科学者です、マーズさん。しろうとの推定は無用です。仕事をやるのには、確実な情報が必要です。もっと情報が必要です」

「どうしろというんだ？」

「もう交渉の段階ではないといっているんです。いまターゲットを明かしてくれないのなら、わたしはこのプロジェクトからおります」

ウォンの要求はもっともだったが、マーズは、たとえ妥当なものであろうと、最後通牒《つうちょう》をおとなしく受け入れるような人間ではなかった。だが、暴言を吐きたくなるのをこらえた。ウォンは強力で不可欠な武器だと、マーズは見なしていた。しかし、不発を起こさないように、慎重に扱わなければならない。

多少の不安はあったが、マーズはいった。「博士……あなたのいうことはまったく正しい。これが潮時だ」カップをテーブルに置いて、座り直し、脚を組んだ。「ファイヴ・アイズという言葉がなんのことか、知っているかな？」

ウォンがいらだたしげに顔をしかめた。「わたしが諜報員の訓練を受けていることは、知っているはずよ」

マーズは片手をあげた。「失礼した、博士。偉ぶるつもりはなかった。では、ファイヴ・アイズが毎年ちがう国で開催されるのも知っているだろう。しかし、今年、このスコットランドでひらかれることは知らないかもしれない。はじめにロンドンで何度か会議があるが、長官と副長官クラスだけだ。そのあとで、インヴァネスの南にある、リゾートに改築した十三世紀の城に、もっとおおぜいのスタッフが集まる」

ウォンが、ゆっくりとうなずいた。「人数は？」

「情報機関の幹部、職員、警備要員、事務職が四百人以上、そこで毎日、会合する。ほとんどがそこで宿泊するが、付近のホテルその他もすべて満員になる。五カ国の代表全員が出席する」

ウォンが、絶好の機会だと悟って、目を丸くした。「具体的にいうと、だれがそこに来るんですか？」

「知っていると思うが、アメリカのインテリジェンス・コミュニティには十六機関があり、その重鎮がすべて出席する。CIA、NSA、FBI、国土安全保障省、海軍情報局その他。出席者のうち百七十人がアメリカ人だ。イギリスからは九十人が出席する。カナダ、ニュージーランド、オーストラリアの代表団は、もっと小規模だが、重要なのは、城にいる人間の数ではない」

ウォンの専門分野なので、マーズがなにをいおうとしているかを、すぐに察した。「そうです。重要なのは、出席者が会議後にそれぞれの国に帰り、同僚と接触することですね」

「まさにそのとおり」マーズはいった。「アメリカのインテリジェンス・コミュニティの人間が二百人近く、会議を終えてから、CIA本部、海外の支局、軍事基地など、いたるところへ帰る。感染しても数日間、なんの症状も出ない。知らずに同僚と交わる。彼らは、この急速にひろがる生物兵器の宿主になる」

ふたたび口をひらいたときに、ウォンが鋭敏に意識を切り換えて、任務に完全に集中していることに、マーズは驚嘆した。「細菌については心配しなくていいでしょう。この仕事に必要な量の倍以上になります。それはお任せください。細菌を投射したり散布したりする手段については、話し合わなければなりません。城には自然の通風があるはずなので、それを使えます。エアゾールによる目標到達《デリヴァリー》がもっとも効果的ですが、攻撃が行なわれるときに、だれかに異変を察知されないような方法を考えなければならないでしょう。個体群に気づかれないように、感染させる必要があります」

マーズは、ウォンに情報をあたえてよかったと思った。これで作戦に完全に集中することができるからだ。「まさにそのとおり。ペスト菌を詰め込んだ迫撃砲弾を建物に撃ち込むわけにはいかない。そんなことをやったら、彼らは攻撃されたと悟って、医師が出席者全員に抗生物質を投与するはずだ」

「そうです」ウォンはいった。「ペスト菌は、体内でわずか八時間、潜伏していただけで、末期症状を起こします。強力な抗生物質――たとえば、セファレキシン――をその短い時間内に投与しないかぎり、感染した患者は助かりません」

ウォンがつけくわえた。「農薬散布機を使う手もあります。スコットランドで使うのであれば、目標到達手段《デリヴァリー》として効果的です」

「スコットランド高地では、いたるところで飛んでいる」マーズはいった。「しつこくはびこるヒースやワラビを撃退するためだ」

「気象状況も確認する必要があります。優秀なパイロットも見つけなければなりません。精確に撒《ま》く必要がありますから」

「すでに手をつけている。さて、ファイヴ・アイズ会議の会場は、ネス湖畔のエンリック城だ。会議のために貸し切りになるが、ふだんは五つ星のホテルだ。配下とわたしは、この二カ月に何度か泊まって、防御が弱いところを探した。なんならあなたとわたしが泊まってもいい」

ウォンがすぐさま、鋭い口調でいい返した。「べつの部屋に、ということですね？」

マーズは、フォックスのほうをちらりと見た。「そうだよ、博士」この女は頭がおかしいとマーズに伝えるために、フォックスがにやりと笑った。マーズは言葉を継いだ。「心配するな、ウォン博士。この企ては、あなたともっと親しくなるための方策ではないんだ」

ウォンは、それには答えなかった。「早いほうがいいですが、いつ手配できますか？」

「週末ではどうかね？」

「たいへん結構です」ウォンはいった。そのやりとりではじめて、笑みを浮かべた。

現在

日没のだいぶ前に、ロンドンの雨はやみ、午後十一時には夏の夜気が涼しく、靄《もや》が出ていた。

ジェントリーは、テリー・キャシディの事務所にもっと近いべつの屋根にいた。その日に六時間いた屋根のすぐ隣のビルの屋根だった。そのビルを選んだのは、ターゲットのビルを上下にのびる配管の真向かいだったからだ。アルミ管は濡れていて、頑丈そうではなかったが、利用できるだろうと思った。登山用ハーネスと手袋があるし、ロビーの警備員に見られないように下降して通りを渡るのが、最善の策だと判断していた。それから壁をよじ登り、屋上のドアから侵入する。あるいは、登る途中で破れる窓が見つかれば、そのほうが好都合だ。

だが、ジェントリーは、じっくりと時間をかけた。行動する前に、ターゲットの戦術的情報をできるだけ得たほうがいい。じゅうぶんな情報が得られたと思い込んだものの、生死を左右する重要情報が欠けていたために、作戦に失敗することは多いのだ。

ジェントリーは、亜音速弾を装塡《そうてん》したサプレッサー付きの短銃身ライフルを、ここに持ってきたが、ケースに入れてジッパーを閉めてある。今夜は、だれかを撃つつもりはなかったが、キャシディといっしょに仕事をしている組織犯罪の構成員がいて、事態が悪化した場合に備えて、それを手近に置いておきたかった。

ジェントリーは、たいした火力にはならないグロックだけを携帯して、ターゲットのビルをよじ登るつもりだった。薄いアルミ管と濡れた石壁を手がかりと足がかりにして、三〇〇口径ブラックアウトを使用する短銃身ライフルを背中に吊るして、ビルの横手を登るのは、あまりぞっとしない。

グロック43はフラットに置いてきた。登るときに、足首になにかをつけていると、邪魔になるからだ。

すこし休憩して、持参してきた袋入りのレーズンを食べ、ボトルドウォーターの残りを飲み干した。プロテインバーをかじって、すこし嚙《か》んでから、残りを口に押し込んだ。

道路におりる前に、最後にもう一度、双眼鏡を取って、通りの向かいのビルを眺めた。ビルの北東の角で暗視画像をぴたりととめて、そのままそこで見つめつづけた。黒ずくめの人影が、三階のバルコニーの縁を越えて、ガラス戸の掛け金のそばでしゃがんでいた。

いったいどこから現われたんだ？

野盗かもしれないが、おなじことをもくろんでいて、ビル内のオフィスを探ろうとしているようにも思えた。

そこはキャシディの事務所とは反対の角だったが、そいつがいるせいで、ビルに潜入することはできなくなった。警報機を鳴らしてしまうかもしれないし、なにかの加減でビルに注意が向くおそれがある。

じっと見守るしかない。

「馬鹿野郎」人影が掛け金をはずして、ビル内に姿を消したとき、ジェントリーはつぶやいた。

ゾーヤ・ザハロワは、ビルをぜんぶで十二分偵察してから、フロントロビーの明かりから離れたところで、暗い通りを渡り、壁の細い鉄管に跳びついて、一階の窓の下枠まで体を引きあげた。そこから二階《セカンド・ストーリー》まで、フリークライミングの要領で登った。ヨーロッパの建物では、三階をそう呼ぶ。それに四十秒かかり、バルコニーの手摺を跳び越えて、蔭にしゃがみ、単純な掛け金の錠前をピッキングであけて、オフィスの休憩室らしきところへ忍び込み、隅にしゃがんで物音に耳を澄ました。

警備員ふたりが巡回していた。通り過ぎるときにしゃべっているのが聞こえた。やがて、階段のドアがあけられて、おりてゆくふたりの足音が聞こえた。ゾーヤは立ちあがり、ドアを通って、廊下を忍び足で進んだ。二階上に行かなければならない。そのために、警備員が使ったのとは反対側にある階段に向けて移動した。

「どこにいるんだ、くそ野郎？」通りの向かいの屋根で、ジェントリーはつぶやいた。双眼鏡で観察しつづけていた。侵入者の正体を突き止めようと必死になり、視界にある窓をすべて覗《のぞ》き込んだ。

それをやりながら、イヤホンを叩き、携帯電話である番号にかけた。

二十秒後に応答があった。「ブルーア」

「キャシディの事務所があるビルを調べるよう、だれかに命じていないだろうな？」

「そんなことはしていない。あなたがひとりでやれると思っていたのよ。甘かったかしら？」

「やれるはずだった。ところが、どこかのくそ野郎が、ビルの壁を登って、バルコニーのガラス戸から侵入した」

「嘘でしょう。そいつが金庫を狙っていたら、どうするのよ？」

「それなら、そいつが出てきたときに頭をぶん殴って、金庫から持ち出したものを奪う。ただ、心配なのは、そいつが失敗したら、警備がまたゆるむまで、はいり込むのが不可能になることだ」

「そうね」スーザン・ブルーアがいった。「どうするつもり？」

「ちょっと待て」ジェントリーがそういったのは、キャシディの事務所を覗いたときに、目出し帽をかぶった人影が、そこの闇を動いているのが見えたからだった。人影は窓には近づかないようにしていたが、暗視双眼鏡で高みから観察していたジェントリーの目は逃れられなかった。

人影が、部屋のなかをひとしきり見てから、木のファイルキャビネットの引き出しをあけて、なかを調べはじめた。つぎに、デスクのコンピューターの電源を入れた。

「くそ。対象《サブジェクト》はキャシディの事務所にいて、まちがいなくなにかを探している」

「金庫?」

「デスクをあさっている」

「監視して、ひきつづき見ているものを伝えて」

人影が、デスクの奥の鏡板張りの壁に近づいて、手で探りはじめた。金庫を隠している絵からは一〇メートル近く離れていたし、まず見つけられないだろうと、ジェントリーは思った。

キャシディの事務所にはいり込んだ人物が、ファイルキャビネットのほうへひきかえし、ファイルの書類を読みやすいように、目出し帽の穴の位置を直した。しばらくして、人影が上に手をのばし、目出し帽をはずした。

肩まである焦茶色の髪が、目出し帽からこぼれ落ちた。

ジェントリーは、びっくりして目をパチクリさせた。人影は背中を向けて、ファイルキャビネットのいちばん下の引き出しの前にかがんでいたが、身長は一七〇センチをすこし超えるくらいだと、ジェントリーは判断した。それに、引き締まった体は、女性らしい曲線を描いている。

あれは女なのか？

ジェントリーはいった。「ブルーア」

「聞いているわ」

「えー……意外なことになった。ターゲットは——」

そのとき、しゃがんでいた人物が、事務所のドアのほうを向いた。ジェントリーは、一〇倍の暗視双眼鏡を通して、ゾーヤ・ザハロワの顔と、警戒する表情をはっきりと見た。

背中の下のほうの筋肉が痙攣《けいれん》し、あらたにアドレナリンとドーパミンが体内で分泌されるのを、ジェントリーは感じた。この四カ月間、いま見ているこの顔のことをたえず考え、二度と見ることはないだろうと自分にいい聞かせていた。それなのに、いま目の前にその顔がある。

そして、危険が迫っていることを、その顔が物語っている。

スーザンがいった。「通信がとぎれたのかしら。聞こえる、ヴァイオレイター？」

ジェントリーは答えなかった。唇《くちびる》を嚙《か》み、元ロシア工作員がファイルキャビネットを閉め、さっと向きを変え、デスクの蔭に這《は》っていくのを見ていた。

「ヴァイオレイター、受信しているの？」

長い間を置いて、ジェントリーはいった。「対象……キャシディの事務所にいる対象を、識別した」

「識別した？　いったいだれなの？」

「それが……ゾーヤだ」

スーザンは、自分が耳にしたことを呑み込めないようだった。「なんていったの？」

「ゾーヤ」

「ザハロワが……そこにいるの？　イギリスに？」

「キャシディの事務所にいる。いま。隠れている。だれかが来るのを聞きつけたようだ」

スーザンがいった。「これが彼女といったいどういう関係があるのよ？」

「おれにきくな。この一件がどうなっているのか、おれには皆目《かいもく》わからない。どうしてほしいのか、指示してくれ」

29

スーザン・ブルーアは、ＣＩＡ本部六階で、携帯電話を耳に押し当て、デスクに向かって座っていた。目を閉じて、工作員がいま伝えた、他の物事と調和しない新しい情報を処理しようとした。

アンセムがロンドンで活動している。でも、だれのために？　それに、どうやってそこまで行ったのか？

いますぐに離れたところからゾーヤ・ザハロワを射殺するよう、ヴァイオレイターに命じたいという衝動にかられた。しかし、スーザンは愚かではなかった。ジェントリーが命令に従うはずがないとわかっていた。だからこういった。「そのまま監視して」

ジェントリーがとがめる口調で返事をするのが聞こえた。「どこかの安全な隠れ家にいるといったじゃないか」

「それが……逃げたのよ。二日前に」

ジェントリーはいった。「あんたたちが彼女をアメリカに連れていく前に、おれは話をした。彼女は行くのを望んでいた。あんたたちのために働きたいといっていた。彼女が逃げたくなるようなことを、やったんじゃないのか？」

「わたしたちは、なにもやっていない。彼女はもうじき資産《アセット》になるところだった。進歩がものすごく速かった。あと数週間で、作戦に出られる状態だった」

「それが、ある日、さよならをいって出ていったのか？」

「ええ、まあ……そういうことではなかった。武装した敵に隠れ家が襲われた。監視カメラの映像を見たかぎりでは、ゾーヤの動機ははっきりしない。襲撃の前から、逃げ出す手順を開始していたように見えるのよ。殺し屋が来るというのを、だれかが漏らしていたならべつだけれど、彼女が逃げると決めたときはまだ、危険にさらされていることは知る由《よし》もなかったはずだった。彼女の行動から考えて、その連中が救出に来たとも思えない」

「つまり、そいつらをひとり殺したということだな？」

「じっさいはふたりを」

ジェントリーは、そこでたずねた。「襲撃したやつらは何者だ？」

「メキシコ人の殺し屋《シカリオ》。でも、だれかに雇われて、ゾーヤを抹殺しようとしたのだと、わたしたちは考えている。雇ったのが何者かはわからないし、ゾーヤがそこにいるのをどうやって知ったのかもわからない」

暗号化された電話回線から、溜息が聞こえた。「それなら、おれが手を貸してやろう。CIAにとてつもなくでかいリークがあるんだ」

スーザンは溜息をついた。「ありがとう、ヴァイオレイター。でも、それくらいは、わかっているのよ」

「そして、ゾーヤやおれのような人間は、秘密が漏れて、危険にさらされる。あんたたちは、それにどう対処している？」

「いま取り組んでいるところよ。可能性をいくつかに絞り込んだ」

ジェントリーはいった。「それで……いま、おれはゾーヤをどうすればいい？」

スーザンは、ヴァージニア州マクリーンでデスクについている女――つまり自分に向かっていった。その馬鹿女を撃ち殺して。自分も撃ち殺して。そうしたら、わたしはハイタワーをバスで轢《ひ》き殺す。

しかし、口ではこういった。「なにもしないで。ようすを見て。それから、アンセムが出てきたら、尾行して」

「アンセムってなんだ？」

「ゾーヤの暗号名」

「わかった」数秒後に、ジェントリーはいった。「ああ……まずい」

「どうしたの？」

「彼女はどこへも行けない。事務所の明かりがついて、銃を持ったやつがおおぜいいで、彼女を捜している」

ブルーアはそれにもおなじ指示を下した。「ようすを見て、ヴァイオレイター」

デスクの蔭でひざまずいていたゾーヤは、昼間にゴーリク・シュルガのところで手に入れたワルサーを抜き、撃つ構えをとった。膝《ひざ》立ちになって撃とうとしたとき、ロシア語で声がかけられた。

「ゾーヤ・フョードロヴナ・ザハロワ！　きみに危害をくわえるつもりはない。話がしたいだけだ」

ゾーヤにはまったく聞きおぼえのない声だった。ウラジー・ベリャコフやゴーリク・シュルガではないことはたしかだった。ゾーヤがロンドンにいるのを知っているロシア人は、そのふたりだけのはずだった。いったいどうなっているの？

「武装した男を何人も連れている。撃ち合ったら、わたしたちは身を守らなければならない。しかし、これは平和的にやりたいんだ」

ゾーヤは、五メートル左のガラス窓を見た。そこへ走っていき、ガラスを撃ち砕いて、跳び出すことはできるが、かなりの高さがあるから、墜落死するだろう。

それはできない。しかし、デスクの蔭に隠れているのを知られているから、武装した複数の男たちと戦っても、勝ち目はないだろう。事務所には、ほかに隠れられるような場所はない。

ゾーヤは、可能だと思った唯一のことをやった。「いいわ《ハラショー》」といってから、ロシア語でつづけた。「デスクの上に拳銃を滑らせてから、両手をあげてゆっくりと立つ。それでいいでしょう？」

「妙なまねをしないかぎり、それで結構だ」ロシア人がいった。英語に切り換えて、小声で仲間と相談するのが聞こえたので、ゾーヤは驚いた。

明らかにSVRの人間ではない。この連中は何者だろう？

ゾーヤは、頭上のマホガニーのデスクにワルサーを置き、向こう側に落ちるように滑らせた。木の床で弾む音が聞こえた。

ロシア人がいった。「よろしい《ハラショー》」

ゾーヤは、黒ずくめの姿でまっすぐに立った。目出し帽はデスクの奥の床に落としたが、ずっとかぶっていたせいで焦茶色の髪が汗で濡れ、もつれていた。手袋をはめた両手を体から遠ざけ、明るくなった部屋にいる五人の男を見た。三人は髪が黒く、戦闘装備を身につけて、ライフルをゾーヤの胸に向けていた。四人目は際立って背が高く、幅が広い、ブロンドの男で、革ジャケットを着て、武器は持っていないようだった。五人目はもっと若く、黒い山羊鬚《やぎひげ》を生やして、上等なスーツを着ていた。その男は、小さな拳銃を持った左手を、脇に垂らしていた。

山羊鬚の男が、ロシア語でゾーヤにいった。さっき聞いたのとおなじ声だった。「出てきてくれ」

ゾーヤはナイフを持っていたが、抜きはしなかった。アンクルホルスターにもリヴォルヴァーを収めていたが、それも抜こうとはしなかった。どうにもならない。従って、どういうことになるか、ようすを見るしかない。

「あなたはだれ？」ゾーヤはロシア語できいた。「それに、このひとたちは？」

「わたしはフォックス。きみと話がしたいといっている人物の部下だ」

「フォックスはロシア人の名前ではないわね」

「きみに教えられる名前はそれだけだ」

「わかった」ゾーヤはいった。両手をあげたまま、デスクをまわって前に出た。

髪の黒い男三人が、すばやくゾーヤに近づいて、囲み、手荒くデスクに顔を押しつけた。驚くほど巧みにボディチェックして、ナイフ二本を奪い、床にほうり投げた。ひとりがゾーヤの片腕をうしろにひねりあげ、反対の腕もつかもうとしたが、動かせないようにゾーヤはデスクの縁を握り締めていた。

こいつらは荒っぽく扱うつもりでいる。それなら、荒っぽく応じる。ゾーヤには、そういう反抗的な性質があった。これまでも、それで面倒なことになっている。自分に正直になるような余裕があれば、いまもそうなることに気づいていたはずだった。

だが、ゾーヤはデスクをつかんだままだった。こいつらなんか、くそくらえ。

べつのひとりが、ウェストバンドを手探りし、股間に手をのばしてぎゅっと握ってから、左脚を下へ探っていった。

右足首に三八口径をつけてある。たちまち発見されるだろうとわかっていた。

ゾーヤは、男三人を相手にもがいた。

「抵抗するな！」ひとりが、明らかにイスラエル人だとわかるなまりでいった。

「あんたたちが落ち着けば、おとなしくするわよ！」ゾーヤはどなり返した。「まったく、どうかしているんじゃないの？」

答はキドニーへのパンチだった。ゾーヤの手袋をはめた手が、デスクから離れた。

この連中は手加減しない。それならこっちも加減しない。

左脚を調べ終えた男が、手を上に戻して、右脚を下へ調べはじめた。

自分がなにをやっているかも意識せずに、ゾーヤはキドニーパンチの仕返しをした。左の踵《かかと》で、脚を探っている男の右足と左足の中間位置をたしかめた。殴ったのがその男かどうかは、はっきりしなかったが、どうでもよかった。男の股ぐらに向けて、足をうしろに力いっぱい突き出し、睾丸《こうがん》を踵で蹴った。

触覚と音からして、命中したとわかった。うめき声と、床に体がぶつかる音が聞こえ。それがたしかめられた。

またキドニーパンチをくらって、ゾーヤは口からうめき声を漏らし、一瞬、痛みのために凍りついた。

フォックスと名乗った男が、うしろでいうのが聞こえた。「彼女に怪我《けが》をさせてはいけない。馬鹿！　痛めつけるのはやめろ！」

ゾーヤは両腕をうしろにまわされ、結束バンドで縛られるのがわかった。

ジェントリーは、ライフルを入れたバッグに手をのばして、そばに寄せたが、ジッパーはあけなかった。通りの向かいの事務所で起きていることを逐一、スーザンに報告していたが、それがつらかった。そこへ行ってゾーヤを助けなければならないと、全身の細胞が告げていた。

「聞いているのか、ブルーア？　やつらはゾーヤを殴り殺そうとしている」

「彼女もやり返しているみたいだけど」

「防御のためだけだ。交戦させてくれ」

「動かないで、ヴァイオレイター。交戦しないで」

「ちくしょう。殺されたらどうするんだ？」

「殺しはしない。拘束してどこかへ連れていくだけよ。もしかすると警察かもしれない。あるいは、ゾーヤを雇っている連中で、彼女をまだ識別していないのかもしれない。彼女がわたしたちの仕事をやっていないことだけは、はっきりしている。アンセムのことは心配しないで。事務所にいる男たちの写真を撮って」

だが、ジェントリーはカメラを出さなかった。片手で双眼鏡を持ち、目に当てたままで、反対の手でライフルのバッグのジッパーをつかんで、ゆっくりとあけはじめた。

ゾーヤは、髪と肩をつかまれて立たされた。イスラエル人護衛ふたりが、ゾーヤの体をつかんでふりむかせた。部屋のまんなかを向くと、急所を蹴られた男が、よろけながら立とうとしていた。ゾーヤを見た男の目つきは、だいじなところへの攻撃をこのまま許すつもりがないことを示していた。

ロシア語で、ゾーヤはいった。「フォックス、こいつに手を出すなといって！」

「そいつはわたしの直接の部下ではないんだ、ゾーヤ。まあ、やってみよう」英語に切り換えた。「アリ……やめろ」

「このくそ女」アリがいった。「おれのきんたまを。うしろ蹴りしやがった！」

アリが、ライフルをうしろにまわし、両方の拳《こぶし》を固めて、ゾーヤに詰め寄った。ゾーヤは、腕をつかんでいるふたりをふり払おうとしたが、相手の力が強く、離れられなかった。

アリが近づくと、フォックスがどなった。「アリ！　だめだ――」

ゾーヤは、腕をつかんでいる男ふたりを支点に使って、両脚を持ちあげて、すさまじい前蹴りをくり出し、すでにかなり痛めつけられていたイスラエル人の睾丸を足の甲でしたたかに蹴った。

イスラエル人が膝をつき、横向きの胎児の姿勢で転がった。

フォックスは、笑わずにはいられなかった。「いっただろうが、アリ。おまえの前にいるその女は、やられたらやり返すことで有名なんだ。おまえよりもずっと男らしい」

ゾーヤをつかんでいたイスラエル人のうちのひとりが笑い声をあげ、もうひとりがにやにやしながら、ゾーヤの頭の横を殴り、抵抗をやめさせようとした。

ジェントリーは、頬の内側を嚙《か》み、低い声でいった。「スーザン、彼女は戦わずに屈するような女じゃない。だいぶ本気の戦いになっている。とめることもできる。あんたが――」

「ヴァイオレイター、よく聞いて。あとで悔やむようなことはやらないで」

「あんたから命令を受けるようになってから、毎日、悔やむようなことばかりやっている」

「そこから動かず、報告して！　これ……は……命令よ。もし――」

ジェントリーは目を閉じて、イヤホンを叩き、通話を切った。双眼鏡を置き、レーザー照準器付きの短銃身ライフルをさっと取った。

チームプレイヤーでいるのは、チームプレイがつづいているあいだは楽しいが、もう任務から離れる潮時だ。

デスクの前で倒れていた椅子を支えにして、アリがふたたび立ちあがった。立ちながら、うしろのフォックスに向けてどなった。「おれよりも男らしいって？　この女の下腹になにがあるか、見ようじゃないか」

黒塗りの刃のナイフをベルトから抜き、仲間ふたりにまた押さえ込まれている女に向けて、二歩突進した。

フォックスが「やめろ！」とどなったときには、アリはゾーヤの下腹部にナイフを突きつけていた。

だが、ナイフの切っ先はターゲットに届かなかった。

30

イスラエル人護衛のアリは、頭の右側を撃ち抜かれ、亜音速のウィンチェスター三〇〇ロ径ブラックアウト弾によって延髄《えんずい》を破壊され、全身への運動ニューロンと知覚ニューロンの情報伝達がたちまち停止した。アリの体が左に倒れ、煉瓦《れんが》を詰めた袋のように床に激突して、五メートル離れた鏡板張りの壁まで血飛沫《しぶき》が飛んだ。あとのイスラエル人ふたりは、ゾーヤを放して、ガラスの割れた窓のほうをさっとふりむいた。銃を構えようとしたとたんに、ふたりとも頭を撃ち抜かれ、たちまちうしろ向きに倒れた。

ゾーヤは、うしろのデスクを跳び越えた。結束バンドで両手をうしろで縛られていたので、やりづらかったが、足を高々とあげて、後方転回で無様《ぶざま》に床に落ちた。そこなら、窓と生き残りのふたりの両方から、身を隠せる。

フォックスと大男が、ドアを目指して部屋を駆け抜け、階段に向けて廊下を走っていくのが、音でわかった。

ゾーヤは、窓から遠ざかって、デスクの向こう側に這《は》っていき、イスラエル人が投げ捨てたナイフのうちの一本をつかんだ。それで結束バンドを切った。アリというイスラエル人の死体はすぐ近くだったが、アリのライフルはずっと右のほうにあって、銃弾が飛んできた窓の方角から見える。だから、ゾーヤは危険を冒してライフルを取りにいくのをやめて、デスクの蔭に隠れ、考えた。

ゾーヤにはまったく事情がわからず、混乱していた。スナイパーがイスラエル人を狙い撃ったことはまちがいない。しかし、理由がわからなかった。いま、この瞬間、地球上に味方はおろか、友人さえひとりもいないはずだ。

助ける理由はどこにもない。

そのとき、レーザーポインターが、右の壁を赤い点で示した。銃弾が飛んでくるものと思い、ゾーヤは身を縮めた。だが、発砲はなかった。赤い点が、注意を喚起するかのように、左右に動き、何度か点滅した。それから、壁をゆっくりと左に動いていった。

ゾーヤは、わけがわからず、首をかしげた。

謎のスナイパーのやることは、いっそう不可解になるばかりだ。

赤い点が横に動きつづけて、壁の血にまみれた部分を過ぎ、部屋を半分行ったあたりで、ようやく絵の上でとまった。それから、額縁の横をあがっていき、とまり、また点滅してから、一カ所で小さな丸を描いた。

そのときわかった。金庫はそこに隠されていて、スナイパーは見つけてほしいと思っているのだと、ゾーヤはなぜか悟った。

だれが？　なぜ？

ゾーヤは、デスクの蔭からゆっくりと立ちあがって、窓のほうを向き、通りの向かいにある装飾過多のエドワード朝風のオフィスビルを見た。レーザーポインターがそばの壁に向けられるとき、赤い光が一瞬ひらめくのが見えた。光がどこから発せられたのかは見極められなかったが、すこし高い位置で、おそらく屋根の上だろうと思われた。

赤い点が絵に戻り、そこを示しつづけた。

ゾーヤは、床に落ちているワルサーのほうへ行き、ホルスターに収めてから、窓に目を向けたまま事務所を横切った。いまだに、スナイパーに狙い撃たれないという確信はなかった。だが、絵のそばへ行くと、レーザービームは左の遠いところへそらされ、そこで動かなくなった。事務所のドアの近くで、赤い点がそのまま静止した。

スナイパーがライフルをなにかにもたせかけ、レーザー目標指示装置は作動させたままにして、狙いをつけていないことを示そうとしているのだと、ゾーヤは気づいた。安心して窓に背中を向けられるように、ずいぶん手間をかけている。ゾーヤは背中を窓に向けて、絵の額縁の裏を手探りし、掛け金を見つけてはずし、蝶番《ちょうつがい》に取り付けられた額縁をドアのようにあけると、金庫が現われた。

ゾーヤは、肩ごしに窓のほうを見た。

ジェントリーは、一五メートルしか離れていない、ペンキ塗り用防水布の下の暗い隠れ場所から見守っていた。ライフルはバックパックの上で安定させてあり、手を触れる必要がないので、一〇倍の双眼鏡でゾーヤを仔細《しさい》に観察できた。事務所の照明がついているので、暗視機能は切ってある。

ゾーヤがふりむき、肩ごしに窓のほうを見た。拡大されているので、ジェントリーには、ゾーヤが目の前にいるように思えた。額に汗をかき、黒い目で夜の闇を真剣に覗《のぞ》き込んでいる。そのとき、やわらかな唇《くちびる》が動くのが見えた。

ありがとう、といっているようだったが、ゾーヤはそこでまた金庫のほうを向き、腰のバッグからイヤホンを取り出した。

ジェントリーの心臓は、すでに、肋骨《ろっこつ》を叩きそうなくらい激しく早鐘を打っていた。まずゾーヤの姿を見て、殺されそうになった瞬間に男たちと交戦した。そしていま、ゾーヤが、それを感謝するしぐさをした。ジェントリーの心臓血管系は、限界に達しそうだった。

感情を整理しているときに、イヤホンが震動した。ダイヤル錠と取り組んでいるゾーヤの背中を見ながら、ジェントリーはイヤホンを叩いた。「ヴァイオレイターだ、どうぞ」

「状況報告」スーザンの声には、明らかに怒りがこめられていた。

「ゾーヤは無事だ。襲撃者三人が倒れ、死んだ。あとふたりが逃げた」

「なにがあったのよ？」

ジェントリーは、上半身を起こして、横のライフルのレーザーを切り、本体を持ちあげて銃床を畳《たた》んだ。ケースに戻しながらいった。「自然発火だといったら、信じるか？」

予想どおり、ジェントリーのハンドラーのスーザンが激怒した。「離叛《りはん》した資産《アセット》を拘束しようとした男たちと交戦したのね？　彼女はわたしたちの手先ではなく、野放しになっているのよ。あなたは、どっちの味方なの？」

「決めかねているところだ。おれは局に忠実だが、彼女が殺されるのを見ているわけにはいかなかった」

一瞬、沈黙が流れ、やがてスーザンがいった。「それはそうね。わかった、コートランド。あやまるわ」

なだめる言葉を、スーザンがひとを操る手段だと見なしていることを、ジェントリーは知っていた。これまで一度も本名で呼んだことはなかったし、うまく共感を装ったともいえない。母親が死んでからは、だれもコートランドという名前では呼ばない。

ジェントリーの読みどおり、スーザンがすぐさま仕事モードに戻った。「それじゃ……向こうへ行って、金庫の中身を調べられるわね」

「金庫破りをする必要もない。ゾーヤがいまやっているし、やりかたは心得ているようだ」

スーザンの物柔らかな口調が、たちまち消し飛んだ。「それでは、わたしたちの役には立たない。彼女は本部《ラングレー》のために働いてはいない」

「出てきたら、渡すよう頼む」

「仲良くなるのに、ハイアットでも予約しておいたら」

ジェントリーは、溜息で答えた。「ヴァイオレイター、通信終わり」イヤホンを叩き、ポケットにしまった。

今夜、これからなにが起きるにせよ、そのあいだスーザンのわめき声を聞くのだけは願い下げだった。


ゾーヤ・ザハロワが鋼鉄の扉をあけるのに、四分かかったが、その奥は中くらいの大きさの銀行の金庫室だった。幅三メートル、奥行き四・三メートルで、壁は上から下まで棚や引き出しになっていて、部屋のまんなかにテーブルがあった。

テーブルには札束が新聞のように積みあげてあった。ほとんどはユーロかドルだった。ガラス容器にはいったジュエリーや、ゾーヤが真面目に仕事をしていたときの年収よりも高価だと思われる時計がならんでいた。

ファイルキャビネットがあり、鍵のかかっていない引き出しに契約書が重ねてあった。無記名社債や、旅行用の書類やパスポートがぎっしりはいっている書類カバンもあった。

そこは、情報機関かなんらかの組織犯罪の補給物資や盗品の宝庫だった。どちらなのか、ゾーヤには判断がつかなかった。

どう解釈すればいいのかわからないままに、まわりを見てから、ゾーヤは、壁に造りつけた水平のパネルのロック機構を調べはじめた。キャビネットは鍵がかかっていないものがほとんどで、扉すらないものもあった。金庫室の扉さえあれば、盗品や犯罪の証拠となるものを探すのを思いとどまらせることができると、キャシディは考えているようだ。だが、奥の壁のパネルだけは——大きな引き出しを隠しているにちがいないと、ゾーヤは思った——頑丈なキーロックに護《まも》られていたので、興味をそそられた。中身がなににせよ、金庫室の他のものよりも厳重に保管したいと、キャシディは考えたのだ。ゾーヤはすぐさまパネルのほうへ行き、ゴーリク・シュルガのSVR装備から持ち出したピッキング道具を使いはじめた。

ピッキングを開始してから、一分とたたないうちに、大きな金属の引き出しをあけていた。なかにはいっていたものは、たったひとつだった。最新型のiPadと充電器。

ゾーヤは唖然《あぜん》として、iPadをシャツの下に入れ、充電器を腰のバッグにしまって、金庫室を出た。途中で二十ポンド札の分厚い束をひとつ取った。

五分後、ゾーヤがビルの外壁を伝いおりて、道路に跳びおりようとしたとき、黒い4ドア・セダンが二台、横滑りして交差点を曲がり、近づいてきた。ゾーヤは暗い場所に逃げ込もうとしたが、そこはアールズ・コートで、街灯に照らされて明るかった。向きを変え、精いっぱいの速さで逃げようとした。何者が追ってきたのか、わからなかったが、フォックスと大男の用心棒が応援を呼んだのだろうと思った。運悪く、逃げ出そうとしたときに、その応援が到着したのだ。

ゾーヤは徒歩で、車もバイクもなかったが、脇道に跳び込んで、狭い路地に曲がることができた。突き当たりにかなりの高さの塀があった。

ゾーヤは、そこに向けて全力疾走した。

セダン一台が、ゾーヤのうしろで路地に曲がり込んだ。

前方の高さ四・三メートルの塀に近づくと、ゾーヤの頭脳はそこを登るための幾何学と物理学に取り組んだ。角が重要だと、ゾーヤは自分にいい聞かせた。どちらかの側を選んで、跳びあがり、塀の横のビルに足をかけてから、つぎは塀を足がかりにする。走る勢いを溜めておいて、交互にふんばりながら、さらに脚で勢いを増していく。

つまり、塀とビルの角を駆けあがるような動きになるから、長くはつづけられない。やがて、溜めておいた勢いと脚が生み出す勢いの和が、地球に引き戻そうとする重力よりも小さくなり、その時点で落ちる。

それまでに、塀のてっぺんをつかむことができるくらい登っていることを、願うしかない。

うしろのセダンが、ゾーヤを袋のネズミにしていた。停車し、ドアがあくのを、ゾーヤは音で知った。運転手が、ハイビームでゾーヤを照らした。

ゾーヤは、宙に跳びあがった。右足をビルにかけ、高く押しあげて、左足を塀にかけた。両手はビルと塀の表面を叩いて、バランスをとるとともに、手がかりを使って登るのを補助した。左右の足をそれぞれ三度ふんばって、腕を上にのばし、塀のてっぺんの幅一五センチの笠木《かさぎ》をつかんで、力強い腕、肩、背中の筋肉で体を引きあげた。

塀を越えて向こう側に跳びおり、襲撃者から逃れようとしたとき、二台目のセダンが下にとまっているのが見えた。男たちがセダンから出てくるところだった。

くそ《デルモ》！

ゾーヤは立ちあがり、平均台くらいの細い笠木を歩きはじめた。

塀の両側からゾーヤに銃口が向けられたが、走り出しても銃声は響かなかった。フォックスがロシア語でいっただけだった。「ゾーヤ。お父さんが、話がしたいそうだ」

ゾーヤはたちまち足をとめた。フォックスの声が反響した側の路地のほうを向いた。あえぎながらいった。「なんて……いまなんていったの？」

「お父さんだ。愛しているといっている。きみを連れてくるように頼まれた。あそこの男たちのことは謝る。彼らは危害をくわえるなと命じられていたが、正直いって、きみがあいつを逆上させたんだ。なにがあったかを知ったら、お父さんはあいつらに激怒するだろう。わたしもおなじ気持ちだ」

「父が……ここに？　ロンドンにいるの？」

「そうだよ」

まださかんに分泌しているアドレナリンと、フォックスの言葉のせいで、ゾーヤの心臓は激しく鼓動していた。

「嘘よ」ゾーヤは、ようやくそう答えた。

ゾーヤは六挺以上の銃で狙われて、身じろぎもせずに立っていた。両腕を脇に垂らし、全力疾走し、塀を登り、とてつもない重圧にさらされたために、肩で息をしていた。

フォックスが言葉を継いだ。「あの友だちは何者だ？　あのスナイパーは？」

ゾーヤは、新情報を聞いたショックから立ち直った。「いまもわたしたちを見張っている。わたしが合図したら――」

フォックスが笑った。「二ブロック離れ、路地にはいっている。あのビルの周囲に配置された人数はいなかった。つまり、きみの同志はひとりだけだし、われわれを射界に捉えてはいない」

ゾーヤは、それには答えなかった。

「さあ、将軍に会いに行こう。楽しいおしゃべりができる」

ゾーヤは、フォックスを信用していなかったが、ほかに方法はないようだった。

「わかった」ゾーヤはいった。「おりていくわ」

「銃を投げてくれ」

ゾーヤは、黒いズボンの下のアンクルホルスターに、三八口径を隠し持っていた。手荒なボディチェックのとき、イスラエル人はそれを見つけるところまでいかなかった。そこで、ゾーヤはワルサーだけを抜いて、石畳の路地に投げ落とした。

「それでいい」フォックスがいった。「おりるのに手助けがいるかとききたいところだが、いま見たかぎりでは、まったく平気だろうね」

ゾーヤは、塀のてっぺんに腰かけ、向きを変えてぶらさがってから、あとは落ちていった。塀から向き直ろうとしたとき、車のエンジンとタイヤの悲鳴が、うしろのフォックスとその車の向こうから、路地に響いた。

グリーンのボルボのヘッドライトが、突然見えて、猛スピードで突っ込んできた。とまっている4ドアにぶつかるつもりなのは、明らかだった。

フォックスも含めて、4ドアのそばに立っていた男たちが、脅威に武器を向けた。

ゾーヤが左を向くと、四、五メートルしか離れていないところに、暗い部屋の窓があった。窓に向けて走りながら、窓ガラスが一枚ではなかったら、古い西部劇映画のように窓を割って跳び込むことはできないと思った。ガラスを一発か二発撃って穴をあけてから、ガラスを破って跳び込むのが理想的だったが、足をとめてアンクルホルスターの銃を抜く手間をかけたくなかった。

ツキがあることを願って、ゾーヤは走りつづけた。

だが、ツキはなかった。全力疾走で窓に近づくと、二重ガラスの断熱窓だとわかった。とはいえ、ゾーヤはもう跳び込む体勢になっていたので、脚の力をできるだけ発揮しようとした。ガラスを割ることができたとしても、十中八九、鎖骨を折ってしまうだろう。

くそ《デルモ》、と心のなかでつぶやいてから、跳躍した。

だが、窓に激突する直前に、右手で銃声が沸き起こり、五〇センチしか離れていない目の前の窓に、二発が命中した。銃弾がガラスの強度を弱めたので、ゾーヤはその破片のなかをたやすく通り抜けることができ、ビルのなかの床に着地して、そのまま滑っていった。

31

ジェントリーは、ゾーヤが殺戮《さつりく》地帯から脱出できるように、ボルボの運転席側から窓を撃ってから、ライフルを持って路地に逃れ、車の蔭に駆け込んだ。

車の蔭で転がったとたんに、銃撃が襲ってきた。

若いCIA局員から奪ったボルボに、たちまち数十個の穴があいた。ボンネットから湯気が噴き出し、ウィンドウのガラスが砕け散った。

ジェントリーは、ボルボのうしろで路地に膝《ひざ》をつき、エンジンブロックぐらいの大きさに縮こまって、できるだけ身を隠そうとした。その位置から動けなかったら、まずいことになるので、脱け出す必要がある。三〇〇口径ブラックアウトを弾倉一本分、〝ばらまいて当たるのを祈る〟方式で、車体を撃ち抜かれ、ルーフの上を銃弾が飛んでいる車のボンネットの上から撃ち尽くすと、ライフルを置き、グロック19を抜いた。ゾーヤが逃げ込んだ右の暗い窓を撃った。つぎに、またボルボの車体の上に手をのばし、敵が物蔭に隠れるのを願って、こんどはグロックで十数発を放った。

立ちあがり、割れた窓に向けて走り、跳び込むと、銃弾があとを追ってきた。ジェントリーは無様《ぶざま》な格好で学校のデスクの上に落ち、それをひっくり返して、何度か転がってからとまった。

暗い部屋で起きあがり、二カ所の窓から路地に向けて撃ち返し、サブマシンガンを持って窓からはいろうとしていた男に残弾をすべて撃ち込んだ。

ジェントリーは、最後の弾倉に交換し、路地に面した窓すべてに合計八発を放ち、すこしでも時間を稼《かせ》ごうとした。

熱くなったグロックの弾倉にはもう半分しか弾薬が残っていない。ジェントリーはさっと向きを変え、走り出した。

室内のようすとデスクのサイズからして、そこは小学校の教室だとわかった。ジェントリーは、銃を前に構えて、廊下に跳び出した。路地の男たちが追ってくるかどうかはわからなかったが、精いっぱい急いで、できるだけ遠くへ逃れたかった。

歩度をゆるめて、足音に耳を澄まし、ゾーヤのあとを追おうとしたが、まだ聴力が回復しておらず、なにも聞こえなかった。また走り出し、ビルの反対側の出口を探した。

だが、すぐに背後から何人もの男の叫び声が聞こえた。路地で生き残ったゴロツキどもが、つぎつぎと窓からはいってくる。ジェントリーは彼らに数十秒先んじているにすぎないし、広く暗い学校には、探せば好都合な隠れ場所があるだろうと判断した。

学校の大廊下から、もっと暗く細い廊下に折れると、すぐ前まで近づかないとわからないようなドアがあった。ノブをまわすと、ありがたいことに鍵がかかっていなかったので、その真っ暗な部屋にはいり、ドアをロックして、四人かそれ以上が大廊下を走って通り過ぎるのに耳を澄ました。

ジョン・ハインズは、フォックスのそばを離れたことがほとんどなかった。だが、生き残った部下がゾーヤと正体不明の協力者を追って、窓からはいっていくのを見ながら、フォックスはハインズに向かっていった。「おまえも行くんだ」

「あんたを護《まも》りますよ」

フォックスは、鋭い声でいった。「あいつらがゾーヤを怪我《けが》させるか、殺したら、わたしはマーズに殺される。いいか、それを防ぐのが、なによりもわたしの身を護るのに役立つんだ」

ハインズは、白いシャツを隠すために、薄手の革ジャケットのジッパーを閉め、割れた窓に近寄った。いとも簡単に窓枠を越え、暗い部屋や廊下を進んでいった。

先にはいった連中が、走ったり、ドアをバタンとあけている音が聞こえ、部屋をひとつずつ調べていないことが、すぐにわかった。逃げたふたりが、どこかのドアから通りに出たと思い込んでいるにちがいない。だが、ハインズはじっくりと時間をかけて、足音をたてずに進み、武装した男五、六人に追われながらこの建物内を逃げるとしたら、自分はどうするだろうかと考えた。

ハインズは、ぴたりと足をとめた。自分ならどうする？　この暗い迷路で隠れる場所を見つけて、危険が去るのを待つ。

階段のほうへ行き、その漆黒《しっこく》の闇にはいって、背中に壁を押しつけた。自分ひとりしかいない。ひとりでこの数階建ての学校を捜索することはできないが、ゾーヤとその仲間が、危険は去ったと判断するまで聞き耳を立て、そのときに襲いかかる。

ハインズは拳銃を一挺持っていたが、ショルダーホルスターに入れたままだった。素手での戦いがハインズの強みであるとともに、なによりもそれが好きだった。だから、マーズのいかれた娘を救った男にできるだけ接近し、ふたつにへし折ろうと決意していた。アドレナリンのせいで感覚が鋭くなっていたが、スリルと危険が楽しくて興奮しているわけではなかった。何人も殺してきたが、素手での戦いで重傷を負ったことは一度もない。ハインズの自信は、経験に裏打ちされており、今夜の見通しにも疑いを抱いていなかった。

ゾーヤといっしょにいる男を殺す。それから、ロシア人の馬鹿女を捕まえて、父親の家に連れていけるように、フォックスに渡す。

ジェントリーは、暗い部屋に立ち、一分間まったく身動きしなかった。聞こえるのは、自分の荒い息だけだった。だが、一分たっても、位置関係がわかるようなかすかな明かりすらなかった。窓がないことは明らかだったので、照明をつけることにした。

壁を手探りして、スイッチを探した。スイッチに手を置いてはじこうとしたとき、だれかの手に叩かれて、壁に手を押しつけられた。

それと同時に、拳銃の撃鉄を起こす音が頭のすぐそばから聞こえた。

ジェントリーは凍りついた。左手は動かせるが、拳銃は体の右側にある。手をのばし、地球上のだれよりも速く抜くことができるが、後頭部に狙いをつけられているにちがいない、うしろの拳銃の撃鉄が落ちて弾薬を発火させるよりも速くやるのは不可能だ。

ジェントリーは、身じろぎもせずにいた。

手袋をはめた手が、ジェントリーの指をしっかりとつかみ、天井の照明のスイッチをはじかせた。

数秒後に、蛍光灯がまたたいてついた。手袋をはめた手が離れてもなお、ジェントリーは壁のほうを向いていた。手がジェントリーの体を下に探り、右のウェストバンドへ動いて、拳銃を抜き取った。

すこしうしろに離れていく、低い足音が聞こえた。

そのとき、この四カ月、たえず意識を流れていた声の主が英語でいうのが聞こえた。

「ゆっくりとふりむいて。さもないと頭を吹っ飛ばす」

ジェントリーは、ゆっくりとふりむいた。手を押さえられた瞬間に、ゾーヤだとわかったので、ジェントリーの顔に驚きはなかった。ただ、不確かだっただけだ。不確定なことが、あまりにも多い。ゾーヤがなにをやろうとしているのか、だれのために働いているのか、どうしてここにいるのか、まったくわからない。

ゾーヤの顔には、それとは逆に、激しい驚きが浮かんでいた。さぞかしびっくりしたにちがいない。三メートル離れていて、ステンレス製のリヴォルヴァーをジェントリーの胸に向け、わけがわからないという顔で、銃身の上から目を凝らしていた。

ゾーヤはぐあいが悪くなりそうなくらい疲れ果てているようだと、ジェントリーは思った。両頬と額は珠《たま》のような汗にまみれ、髪が濡れている。化粧はしておらず、睡眠不足がつづいているらしく、目の下に隈《くま》がある。何分もずっと激しく体を動かしていたせいで、肩で息をしている。

だが、それでもジェントリーがこれまで見たなかで、いちばん美しい女性だった。

防水布の下の暑苦しいところに長いあいだいたので、自分の髪はかなりおかしな感じに見えるだろうと、ジェントリーはふと思った。作戦の最中にそんな考えが浮かんだことは、一度もなかったと気づいた。

ゾーヤは、さらに五秒、ジェントリーを見つめた。まだ言葉が出てこなかった。

ジェントリーは、頭に浮かんだなかでいちばんましな言葉で、緊張をほぐそうとした。

「ハイ」

ゾーヤがゆっくり拳銃をおろし、すこし斜《なな》めからジェントリーを見た。ここでいったいなにをしているのかを見極めようと、品定めしている目つきだった。ようやく口をひらいた。

「スナイパー？　レーザー？　金庫？」

ジェントリーはうなずいた。「そう、おれだ」それからきいた。「怪我はないか？」

ゾーヤは、拳銃をウェストバンドに差し込んだ。疑わしげな目をジェントリーに向けたままで、近づいた。ボディチェックされたり、殴られたりするとは思えなかったが、急な動きでゾーヤが驚かないように、ジェントリーは両手を体から遠ざけた。

近づくにつれてゾーヤの足が速くなり、片手をのばしてジェントリーの首のうしろに当てた。たちまちジェントリーの防御本能が作動した。小柄な女でもその体勢から相手の肩に手をかけて逆立ちして、自分より大きな男のうしろにまわり、首を絞めて、血の循環をとめ、数秒のあいだ失神させることができる。

だが、首にまわした手で、ゾーヤはジェントリーを強く引き寄せた。跳びあがってうしろにまわるのではなく、ジェントリーの顔を顔に近づけ、激しいキスをして、ドアに押しつけた。

ついさっきまで、必死で走り、弾丸をよけていたのに、いまはキスされている。つかのまショックを受けたものの、いまではそれに応じていた——はじめて会ったときから、何千回も思っていた相手のキスに。

ふたりは、しばし無言で抱き合っていたが、やがてゾーヤが身を離し、一歩さがった。

「ここから脱け出さないといけない」

「いまはだいじょうぶだ。やつらはこのビルを走り抜けて、裏の通りに出た。おれたちを捜しまわっている」つけくわえた。「話をしないといけない」

ゾーヤはうなずいた。ジェントリーの横で壁に背中をつけ、ずり落ちて座った。まだ信じられないという顔で、ジェントリーを見ていた。

ジェントリーはおなじようにして、壁にもたれて座った。

ゾーヤがいった。「ブルーアの指示でわたしを追ってきたの？」

「ちがう。彼女は、きみがここにいることすら、まったく知らなかった」

ゾーヤは、ジェントリーを睨《にら》みつけた。「いまは知っているのね？」

「キャシディの事務所にいるのをおれが見たときから、知っている。そこにいるのを伝えて、どういうことかときいたんだ」

ゾーヤが、腕の内側で額の汗を拭《ぬぐ》い、腹立たしげな表情になった。ゾーヤがここにいるのをスーザンに教えたのはまちがいだったと思っていることが、ジェントリーにはわかった。

「わたしについて、ブルーアはどういうことをいったの？」

「きみが二日前から行方をくらましているといった。おれはそれしか知らない。メキシコ人がきみを殺すか捕らえようとした……しかし、理由はだれにもわからない」指を鳴らした。

「そうだよ。CIA《エージェンシー》でリークがあり、ハンリーの秘密作戦の情報が漏れて、きみとおれが危険にさらされている」

ゾーヤは首をふって、床を見つめ、いま聞いたことを呑み込もうとした。

ジェントリーはいった。「でも、きみと会えてうれしい」

ゾーヤは、床に向かってほほえんでから、ジェントリーのほうを見あげ、座ったままで身を乗り出した。ふたりは激しくキスをした。「わたしも」顔を離しながら、ようやくそういった。

だが、ゾーヤはすぐに立ちあがって離れ、腰に手を当てて、歩きまわりはじめた。

ジェントリーはいった。「どういうことなのか、話してもらったほうがいい」

ゾーヤは足をとめた。「なぜ？　ブルーアにいうために？　そんなことをしたら、あなたのＣＩＡの仲間がチームを組んで、一時間後にはわたしに迫る」

「そうなるとまずい……理由は？」

「わたしは答を得るためにここに来たのよ。まだその答をつかめていない。アメリカに戻るつもりはない」

「ゾーヤ、いまのきみに友だちはおれしかいないことを認めなければいけない。できれば手を貸すが。それには説明してくれないといけない」

「あなたはなぜ、キャシディの事務所を見張っていたの？」

「何日か前の晩に、アメリカ行きの便に乗っていた。イギリスの空港に寄った。おれのやっていることとは無関係の囚人が乗っていた。ＣＩＡのリークについて情報を握っているオランダ人の銀行家だった。武装した集団が現われて、その囚人を奪った。そいつらを追跡し、そのときに、ロンドンで作戦全体の仲介をやっている、テリー・キャシディという男の名前がわかった」

ゾーヤがうなずき、また歩きまわった。ジェントリーは壁にもたれた。「おれの話はそれだけだ。きみの話を聞こう」

「わたしがここでやっていることは、ＣＩＡのリークとは無関係よ」ゾーヤは顔をしかめた。

「わたしが知っているかぎりでは」

「なにをやっているんだ？」

ゾーヤは、ためらってからいった。「いま、ここでは話せない。話すけど、もっと安全な場所で。ソーホーにフラットがある。ひどい部屋だけど」

「おれはウェストケンジントンの部屋を借りている。徒歩で二十分。タクシーが見つかれば、もっと早くいける。そんなに悪くない」

ゾーヤは考えていた。

「それとも、〝どうとでもなれ〟といって、ハイアットに泊まるか」スーザンにいわれたことをそのまま口にしたのだが、ジョークだというのがゾーヤには通じなかった。

「まずい諜報技術《トレードクラフト》ね」ゾーヤは答えた。「書類がいらないところへ行かないといけない。あなたの部屋でいいわ」

「わかった」

ふたりはしばらくドアの前で耳を澄まし、すぐに小学校のなかを通って、出口を探した。闇に包まれた屋内を歩くあいだ、ふたりは目を皿のようにして、耳をそばだて、周囲に動きがあれば探知しようとした。

なにも聞こえず、怪しいものも見えなかったが、そこにはふたり以外の人間がいた。

32

右の戸口の奥に昇降口の階段があるところを通ったとき、ジェントリーはそこの深い闇を見つめたが、人間の大きさや形の脅威は探知できなかった。歩きつづけ、廊下の先にドアがある前方に目を向けた。その向こうから音が聞こえたように思ったからだ。

ふたりがそっちに向けて進むと、三〇メートル前方のドアが勢いよくあき、向こう側で何本ものフラッシュライトの光が揺れた。そのとき、ふたりの右の階段の闇から、巨大な人影が手をのばして、ジェントリーの右肩をつかみ、横にひっぱって、体を右にまわしながら引き寄せた。

ジェントリーは、戸口から暗い昇降口に引き込まれ、三〇センチくらい上に頭がそびえている、とてつもない巨漢と向き合っていた。銃を抜きかけていたが、至近距離からの顎《あご》へのパンチがかすめたので、昇降口でよろけて、戸口の右の壁にぶつかった。

拳銃が音をたてて床に落ちたが、ジェントリーは戸口の向こうのゾーヤのほうにそれを蹴った。ゾーヤはそれまで、廊下でジェントリーのすぐうしろを歩いていた。拳銃を持っているが、リヴォルヴァーだから五、六発しかこめられない。ジェントリーの拳銃も弾倉には半分しか残っていないが、ゾーヤにはありったけの弾薬が必要なはずだった。

骨の折れそうな打撃から防御するために、ジェントリーは両腕をあげたが、パンチはブロックできたものの、また壁に叩きつけられた。両腕、肩、頭に、さらにパンチが降り注いだ。ジェントリーは受け身で体を護《まも》り、打撃を乗り切りながら、ゾーヤが応援してくれ、この野獣のような男と銃で交戦するのを願っていた。

だが、ゾーヤが叫ぶのが聞こえた。「正面に敵！」廊下の突き当たりのドアに向けて撃ちはじめた。

ジェントリーは、敵はボクサーだと悟って、サイドステップで大男のパンチをかわし、右フックの下をくぐった。体を起こして男の顔にジャブをくり出そうとしたが、相手のほうがリーチが長く、こんどは左目に一発をくらった。

ジェントリーはのけぞり、顔全体に激痛が走った。

あたりは暗く、痛烈な打撃をくわえてくる男の姿はよく見えなかったし、ゾーヤがどうしているかをたしかめる余裕はなかった。明らかに力があって技倆《ぎりょう》の高いボクサーに向けて、あまり効果のないパンチをふりまわすしかなかった。

うしろで銃撃がつづいていた。ゾーヤはリヴォルヴァーの弾薬を撃ち尽くし、もう一挺で撃ちはじめた。一定の速さで撃っているので、グロックを拾いあげたにちがいない。弾倉には半分しか残っていないので、それを教えるために叫ぼうとしたが、左フックの拳《こぶし》が鋭い音をたててかすめたので、頭をさっと引いてよけなければならなかったし、たてつづけに襲ってくる拳に、注意を集中する必要があった。これはただの拳での殴り合いではない。廊下の敵は、ゾーヤに任せるしかないと思った。これは殺し合いなのだ。

男がすばやく近づいて、腹を殴り、ジェントリーは体をくの字に折った。つぎにアッパーカットが来るのは予想していたので、ジェントリーは左によけ、やむなく右肩でパンチを受けとめた。そして突進し、男の胴体に腕をまわして、渾身《こんしん》の力で階段に向けて押した。ジェントリーは、これまでずっと、素手での戦闘を何十回もやってきた。じゅうぶんに力をこめれば、相手をひっくりかえすことができるとわかっていた。だが、ジェントリーに倒れる寸前まで押されたところで、強力な巨漢は左足を階段の下の段にのばして、ふんばった。

巨漢は倒れなかった。それどころか、ジェントリーが腕を放すまで、頭、首、肩を肘《ひじ》で何度も殴りつけた。つぎにジェントリーは顎にすさまじい右クロスをくらい、よろけて壁にぶつかり、気が遠くなりかけて、床にずるずると倒れた。

まわりにまぶしい光の点が見えた。そのまんなかで巨漢が大きな拳を固めてふりあげ、殺そうとしているのが明らかな足どりで近づいてきた。

「Z！　こいつを撃ち殺せ！　早く！」

ゾーヤ・ザハロワは、廊下の先に向けてグロックで撃っていた。予備弾倉は持っていなかったので、ジェントリーのグロックの弾倉がフルに装弾されていることを願っていた。クラフチェンコのセスナから持ってきた三八口径の弾薬は尽き、敵が頭を低くして進めないようにするために、ゆっくりと着実な射撃をはじめていた。銃火の輝きで、路地から追ってきたのとおなじ男たちだとわかった。四、五人はいるようだった。伏せて小さなターゲットになり、ターゲットが見えたときに、攻撃してくるのを防ぐために撃つほかに、手立てはなかった。すくなくともひとりを負傷させたと確信していた。あとの連中は、あいたままの金属製のドアの左右にとどまっているか、もっと奥の角のあたりにいた。

ゾーヤが右の暗い昇降口にちらりと目を向けると、巨人が電光のような速さの右クロスを放ち、それをくらったジェントリーが、ぬいぐるみの人形みたいに背中から壁にぶつかるのが見えた。ジェントリーが床にくずおれ、腫《は》れた口で「Z！　こいつを撃ち殺せ！　早く！」といったようだった。

ジェントリーは自分より大きな相手でも素手での戦いを制することができると、ゾーヤは思っていたが、ほんの一瞬、ちらりと見ただけで、ジェントリーが殴っているのではなく、さんざん殴られているのだとわかった。

ゾーヤは、ドアに向けて二発放ってから、グロックを右の昇降口に向けた。ジェントリーの上に立ちはだかっている男の胸に狙いをつけ、引き金を引いた。

なにも起こらなかった。両手で握っていた拳銃を見ると、スライドが後退し、弾倉が空《から》だというのがわかった。

弾薬が尽きた。

ジェントリーは、左の腰を下にして、横たわっていた。叩きのめされたのだとわかった。いまにも襲ってくる打撃を防ぐために腕をあげることすらしていない。ジェントリーが肘を使って戸口から這《は》い出し、廊下に出ようとしていた。そうすると、廊下の敵の射線にはいってしまう。だが、いまジェントリーを殴り殺そうとしている男から、必死で逃げようとしているのだと、ゾーヤにはわかった。

ゾーヤは立ちあがりかけた。巨大な人影に正面から襲いかかって、昇降口に突き戻すつもりだった。廊下の射線から逃れるとともに、ジェントリーが離れる時間を稼《かせ》ぐ。

だが、そうする前に、廊下の反対側のドアがあき、いくつもの高ルーメン・ライトがあたり一面を照らして、ゾーヤと戸口の男たちがその光に捉えられた。

「警察だ！」六人以上が、声をそろえてどなった。「伏せろ！」

ジェントリーがうなるのが、ゾーヤの耳に届いた。「やっと来たか！」

大男は廊下に出て、這いずっているジェントリーの上にかがみ込んでいた。警官たちのほうを見て、ふりあげた拳を頭の上でぴたりととめた。一秒後、その手をおろして、向きを変え、昇降口に姿を消した。階段を駆けあがる足音が、ゾーヤに聞こえた。

警官たちが大男にとまれと叫んだが、だれも発砲しなかった。ゾーヤは廊下から昇降口に駆け込んだが、階段は使わず、中庭に出る鍵のかかっていないドアが奥にあるのを見つけて、そこを通り抜けた。

ジェントリーは、痛みに苦しんでいたが、動かなければならないとわかっていた。そこを離れないと、警察に拘束される。警官たちが発砲していないのがわかると、立ちあがった。警官たちが近づいていた。ジェントリーも昇降口に逃げ込み、動くたびに体のあちこちが激痛に襲われた。

非常口に通じるドアを見つけた。そこを通ると、火災報知器が鳴った。ゾーヤが逃げ切れたことを願うしかなかった。

十分後、ジェントリーは舗道をよろめき歩いていた。顔、肩、脇腹、下腹が痛く、体を動かすのを妨《さまた》げた。

階段から投げ落とされては、這いあがり、また投げ落とされたような心地だった。

白いミニクーパーが近づいてきて、とまった。ジェントリーは車内を覗《のぞ》き、ゾーヤがハンドルを握っていたのでほっとした。

安心した理由は、数え切れないくらいある。ゾーヤが生きていて、警察に捕まらず、戻ってきてくれたのがありがたかった。それに、キャシディの事務所に忍び込み、今夜のジェントリーの目的を果たしてくれたゾーヤが、目の届くところに戻ってきたおかげで、これからも任務に集中できる。

ジェントリーは精いっぱいすばやく、助手席に乗った。座るとあらためて激痛に襲われ、うめき、うなった。ゾーヤがすぐに車を発進させた。

まもなく、ジェントリーは咳き込みながらいった。「いい車だ」

ゾーヤが、ジェントリーの顔を見た。「盗んだのよ。シートに血がつかないように、できるだけ注意して」

ジェントリーが鼻に触れると、血が出ていた。口のまわりから顎まで流れていた。ジェントリーは、血を拭《ぬぐ》ってから、フラットへの道順を教えた。

車が走っているあいだに、ジェントリーはイヤホンを耳に戻して、スーザン・ブルーアに電話をかけた。呼び出し音数度で、スーザンが出た。

ジェントリーはいった。「ヴァイオレイターだ。起こしたかな？」

スーザンがいった。「いま自宅。旅支度をしているところ」

「バケーションには妙な時間だな」

「仕事よ。もうじきロンドンへ行く」

「最高。ここへ来て、おれのためにドア突破役をやってくれるのか？」

「それは無理ね。会議に行くのよ」

「なんの会議？」

スーザンが笑った。「知らないの？ 毎年やっているファイヴ・アイズのシンポジウムよ。スコットランドであるの。あなたが知らなかったとは不思議ね」

ジェントリーは、上唇に垂れてきた血を拭った。「おれは、そういうきらびやかなイベントに招かれるような雇い人じゃない。みんなシャンパンを飲んで、おたがいの背中を叩きな

ぬぐいをさせるんだろう」

「殉教者気取りはやめて、ヴァイオレイター」スーザンがいった。鋭い指摘だと、ジェントリーは気づいた。さんざん殴られたせいで腹を立て、文句をつけていたのだ。

だが、ジェントリーはいった。「あんたがこっちへ来て、紅茶を飲んでクランペットを食べていたら、CIAのリークを見つけられないだろう?」

「それには取り組んでいる」

「口ではなんとでもいえる」

「アンセムはどう?」

ジェントリーは、ミニクーパーのハンドルを握っているゾーヤのほうを見た。「ここにいる。おれといっしょだ」

「なんですって? まったく、ヴァイオレイター。どうしてそれを最初にいわないのよ。アンセムは、金庫でなにを見つけたの?」

ジェントリーは、ゾーヤのほうをちらりと見た。それをきくことすら、思いつかなかった。

「それには取り組んでいる。これまで手が離せなかった」

「取り組んでいる? 手をのばして彼女の首をつかんで、それが落ちるまで揺さぶればいいのよ」

「それはおれの流儀ではないんだ、ブルーア」

「やつらを撃って、死体を探るのが、あなたの流儀ね。でも、今夜のわたしはツキがないから、あなたのそういう伎倆《ぎりょう》はあてにできそうにない」返事がなかったので、スーザンはいった。

「彼女を電話に出して」

ジェントリーは、イヤホンをはずし、スピーカー機能をオンにして、イヤホンではなく携帯電話で通話できるようにした。ゾーヤの顔を見てからいった。「きみに電話だ」

ゾーヤが溜息をついた。話をしないつもりなのかとジェントリーは思ったが、やがてゾーヤがいった。「もしもし、スーザン」

スーザンのてきぱきした口調に、じかに話しかけられたときよりも強い重圧を、ジェントリーは感じた。「どうして隠れ家から逃げたの？」

「どういうわけか、あまり安全な隠れ家ではないと感じたからよ」

「嘘よ。わたしは動画を見て、ウィリアム・フィールズと話をした。襲撃がはじまったときには、拘禁室から出ていた。襲撃があるのを知っていたのね」

「知らなかった」

「それじゃ、どうして逃げたの？」

「終えていない仕事があって、やらなければならないのを思い出したから」

「ほんとう？　それがあなたの作り話？」

「説明しづらいことなの」ゾーヤが考えているのを、ジェントリーは見守った。欺瞞《ぎまん》の兆候が顔に浮かぶかもしれないと思ったからだ。かすかに顔がひくひくしたので、ゾーヤにはなにもかも明かすつもりはないのだと、ジェントリーは見抜いた。「父の遺体の写真を見せてくれたわね。立っている男が、そこに写っていた。その男はロンドンにいる。わたしは彼と話がしたかった」

「イギリス人の弁護士が、ダゲスタンにいたというの？　お父さまが――」

「キャシディのことではないわ。ウラジーミル・ベリャコフよ。知っているでしょう？」

スーザンが口ごもった。「ええ。ＤＩＡ（国防情報局）は、その写真ではベリャコフだというのを識別していなかった。いまはビリオネアで、ロンドンにいる」

「写真に写っているのはベリャコフよ。そのころからの知り合いだから、すぐにわかった。わたしはここへ来て、ベリャコフと話をして、それでテリー・キャシディまでたどった」

「なんのために？」

ゾーヤは、かなり長いあいだ黙っていたが、携帯電話をジェントリーの手から取った。通話を切ってから、返した。

「ごめんなさい」運転しながらいった。

ジェントリーは肩をすくめた。「あやまることはない。おれもしじゅうそんなふうに電話を切っている」

「あなたの部屋に行って、手当てをしたら、知っていることを話すわ。ブルーアに話してもかまわない。でも、まずあなたに聞いてもらいたいの」

33

ルーカス・レンフロは、下院議員や補佐官がひしめく〈キャピトル・グリル〉のテーブル席を立ち、何人かと握手し、レストランのあちこちに手をふってから、出口に向かった。警護班がおらず、ひとりきりなのは、CIAの本部長とはいえ、作戦本部ではなく支援本部の長だから、警備を強化する必要はないと判断されたからだ。

そのほうが、レンフロには好都合だった。警護官がふたり、ずっと付き添っていたら、今夜のようにフォールズ・チャーチの家に帰る前に愛人とひそかに会うのが、もっと難しくなる。

それでもできないことはないと、わかっていた。密会のために借りているアパートメントにはいるときに、警護班には外の車で待つよう命じればいい。何時間でも愛人とセックスできる。警護班は不倫を報告するのが仕事ではないから、ひとことも漏らさないはずだ。彼らの仕事は、レンフロの命を護《まも》ることだ。

しかし、この際、それは問題にはならない。愛人はいても、警護班はおらず、レンフロは、妻がいる家に帰る前に、どうしても彼女に会いたくてたまらなかったからだ。

レンフロは、ハッピーアワーに下院議員や補佐官たちと会い、手早く食事をしたので、まだ午後七時十五分だった。混み合ったレストランの店内を進んで、ドアに向かうとき、紺のブレザーを着たがっしりした顎鬚《あごひげ》の男が、バーカウンターから離れて、あとをついてくるのに、レンフロは気づかなかった。

レンフロの車は、レストランの北にある専用駐車場にとめてあったので、早くも混雑している夕暮れ時の歩道を歩きながら、トリナにメールを送った。三十分後にアパートメントへ行くが、あまり長い時間はいられない、と書いた。トリナは来るはずだ。レンフロが呼べば、かならず来る。

トリナは数年前に離婚しているが、レンフロは離婚するつもりはない。トリナは、レンフロにすっかり頼り切っている。

駐車場にはいるときに、レンフロは肩ごしに見た。一五メートルほどうしろを、ひとりの男が、足音をたてずに歩いていた。べつに変だとは思わなかったが、目を配り、相手の服や外見を記憶するのが習性になっていた。五十代らしく、体格がいい、ブロンドの髪、紺のブレザー、鬚面《ひげづら》。レンフロはレクサスのセダンまで歩きつづけて、運転席に乗った。

駐車場を出るときに、うしろにいた男が黒いシボレー・サバーバンに乗るのが見えた。

日が暮れかかっているワシントンDCの道路でレクサスを走らせながら、レンフロは妻に電話し、一杯飲んだところで、同僚ふたりとこれから食事をすると伝えた。レンフロが男同士で遅くまで飲み食いするのに慣れている妻は、楽しんでいらっしゃいといった。

レンフロは、つづいてトリナに電話して、ふたりの逢い引きの場、ウッドレイパークのアパートメントに、二十分後に着くといった。

車の流れは遅かったが、もっともひどい渋滞を避けるために、レンフロはコロンビアハイツを目指した。今夜、家に帰る前に味わう愉楽《ゆらく》を思いながら運転し、もう一度ルームミラーを覗《のぞ》いた。十分前にキャピトルヒルで見かけたのとおなじような、黒いサバーバンが目にはいった。

べつのサバーバンかもしれない。

そのサバーバンは、すぐうしろを走っていて、六メートルないし一〇メートルに車間距離を詰めていた。信号でとまったときに、レンフロは運転している男をじっくりと見て、まちがいなく駐車場へ歩いていくときにうしろにいた男だと知った。

レンフロは、ルームミラーをずっと見ていた。尾行されているという確信はなかったが、曲がるたびにサバーバンがついてくるので、疑念は強まった。こういうあからさまな尾行に対応する諜報技術《トレードクラフト》を思い出そうとしたが、とうにほとんど忘れていた。パニックを起こしてはいけないということしか憶えていなかった。

パニックを起こしてはいなかったが、不安はつのるいっぽうだった。

サバーバンは、政府の車のようにも見えたが、確認するすべはなかった。尾行しそうな人間のことを考えると、それだけで頭がいっぱいになり、パニックの鈍い感覚がふくれあがりはじめた。

携帯電話をつかみ、ＣＩＡ保安部に電話をかけようかと思ったが、すぐに置いた。質問されるにちがいない。どうして街のその地域にいるのか？ どこへ向かっているのか？ いったいなんの目的で、何者かが尾行していると考えているのか？

作り話が必要だったが、車を走らせながら納得がいくような話をでっちあげることができるとは思えなかった。

近くのモールに寄ろうと、とっさに思いついた。そして、買い物をし、尾行者が車をおりて、徒歩で跟《つ》けてくるかどうかを見届ける。一石二鳥だと、心のなかでつぶやいた。まず、一台の車のヘッドライトだけではなく、尾行の人数と態勢を見極められる。それにより、政府の人間なのか、民間人なのかがわかる。つぎに、妻のために買い物をすれば、街のここにいる理由をこじつけられる。

レンフロは、ワシントンＤＣで最大の小売店〈ＤＣ ＵＳＡ〉にレクサスを入れて、駐車場にとめた。午後八時になっていて、がらがらではないにせよ、客は多くなかったので、店の入口まで一分で行けるところに、なんなく空きスペースを見つけることができた。

レンフロは、レクサスをおりて、夜の闇のなかを歩き出し、できるだけなにげないそぶりでふりかえって、黒いＳＵＶがいるかどうかをたしかめた。サバーバンが見えなかったので、すべて気のせいかもしれないと思いはじめた。トリナと過ごす貴重な時間が短くなったのが腹立たしかったが、とにかく作戦計画をつづけて、妻のためにつまらないプレゼントでも買おうと思った。

宝飾店に向かったものの、着いてから十五分とたたないうちに、〈ベッド・バス・アンド・ビヨンド〉でワイングラスのセットの前に立っていた。レンフロの妻がそれを必要としているわけではなかったが、なかなか素敵だったし、目的にかなうと判断した。

店の正面に向かいかけたとき、ブレザーの男が正面にいるのがわかった。男は黒いサングラスをかけていた。表が暗いのに、店内でサングラスをかけているのは奇妙だったし、小型掃除機の陳列棚のそばに立っていた。

髪が短く、顔を囲む顎鬚は、きちんと刈り込んであったが、ワックスで固め、顎の端で尖《とが》らせていた。もみあげも、なかなか派手だった。

それに、明らかにレンフロのほうを見ていた。

「こんばんは」レンフロはいった。

大男はなにもいわなかった。兵士か、元兵士だと、レンフロにはわかった。いかつい顔が、風雪にさらされてきたせいで、すこし老けて見える。たぶん五十代のはじめだろうが、ブレザーを着ていても、体に筋肉がしっかりついているのがわかる。

男が大胆不敵に立ちはだかっているありさまに、レンフロはさむけをおぼえた。

数秒の間を置いて、レンフロはきいた。「会ったことがあるかな？」

サングラスをかけた男は、ひとことも漏らさなかった。

怯《おび》えていたが、レンフロは笑みを浮かべていった。「パイロット用サングラスをかけるには、時間が遅すぎるんじゃないか？」

男は答えなかった。

レンフロが顔から笑みを消し、男から顔をそむけて、周囲の店内を見まわした。三十代の女が、それほど遠くないところに立っていた。レンフロが目を向けたとたんに、女が顔をそむけたような気がした。

あの女も監視チームのひとりなのだ。ほかにもいるにちがいない！ ふたりだけということはありえない、レンフロは心のなかでつぶやいた。

それから五分間、レンフロは〈ベッド・バス・アンド・ビヨンド〉を歩きまわった——ワイングラスのセットは取らなかった——そのあいだに、尾行にちがいないと思われる人間を、ほかに四人見つけていた。

サングラスの男のほうを、二度ふりかえった。男はそのたびにちがう品物を棚から取っていたが、二度とも見つめ返した。

協働しているプロのチームに尾行されていると、レンフロは確信していた。パイロット用サングラスをかけて目立っている男を除けば、全員がかなり腕の立つ政府の監視要員のようだった。

CIAかもしれないし、FBIかもしれない。法的な管轄ではFBIだというほうが理屈に合うが、CIAだと疑うのにじゅうぶんな根拠があった。

もしCIAのだれかが尾行を命じているとすれば、その理由をレンフロははっきりと知っていた。窮地に追い込まれたことも知っていた。レンフロは、そこを出てモール内を通り、車に戻って、駐車場から出した。トリナがいる秘密のアパートメントではなく、妻がいる自宅に向かった。この混雑では一時間かかる。そのあいだずっと、猛烈な勢いで頭を働かせることになるはずだった。

ザック・ハイタワーは、悠然《ゆうぜん》とサバーバンに向けてひきかえしながら、にんまりと笑った。きょうの仕事は終わった。家に戻り、明朝、すっきりした気分で仕事をはじめられるように、しばらく体を休めるつもりだった。

笑みを浮かべたのは、もうじき眠れるからではなかった。丸一日の尾行で、夜になってはじめて成功を収めたからだった。

ルーカス・レンフロ本部長の今夜の行動によってザックは、レンフロに政府の人間による尾行を怖れる理由があることを、直感で確信した。隠すことがなにもないように見えるあとのふたりとは異なり、恐怖が自分の暮らしにすでに棲《す》みついている人間に圧力をかけるのは、けっこう楽しかった。

それに、レンフロが周囲の人間すべてを疑っていることは明らかだった。パイ焼き皿を探している色っぽい中年女、マッサージチェアに座っている禿頭《はげあたま》のおっさん、エスプレッソマシンを買うかどうかで痴話喧嘩《ちわげんか》をしている、身なりのいいゲイのカップル。

レンフロは、彼らすべてに見張られていると思っていた。ひどく緊張し、怯え切って、罪の意識にさいなまれているのがわかった。

ザックには確信があった。それに、あすまたレンフロの前に姿を現わし、圧力を強めるのが、いまから楽しみだった。

フォードル・ザハロフ、別名ディヴィッド・マーズは、安心できるようなときでも熟睡することはないが、この数週間、自分の策謀の〝作戦開始日《Dディ》〟が近づくにつれて、夜通し研究や確認や連絡にふけるようになっていた。衛星画像やファイヴ・アイズ参加者の履歴書をつぶさに見て、攻撃と防御の両面で自分の武装を強化する方法を考えた。

防御の面では、自分の作戦は粗漏《そろう》なく固められていると思っていたが、コントロールできないいくつかの力が介在するようになったので、もう何事もおろそかにはできなかった。

攻撃の面では、つねに知るべき新情報が現われることを、諜報活動の長い経験から知っていた。そういう情報は、任務に役立つ。今回は攻撃の効力を高められる。

今夜のマーズは、城での宿泊から漏れた会議出席者を収容するホテルのコンピューターをハッキングして得た、宿泊者のリストを見ていた。損害が最大になるように攻撃時刻を決定するために、ファイヴ・アイズに参加する情報機関のどれに属するかを突き合わせた。

暗号化されている回線の電話が鳴り、マーズは受話器を取った。フォックスからで、テリー・キャシディの事務所と数ブロック離れた学校で起きたことを、詳細に報告した。マーズは目を閉じてじっと聞いた。部下たちに腹を立てるとともに、ゾーヤの安否が心配だったが、平静な声で答えた。

「ついていなかったな、フォックス君」

「そうです。まさかスナイパーがいようとは――」

べつの電話がかかってきた。マーズは、フォックスにはいわずに、通話を切り換えた。

「デイヴィッド・マーズだ。そちらは？」

ひどくうろたえた声で、相手がいった。「わたしだ。バーナクルだ」

マーズは目を閉じた。またミスター・CIAか。熟練の情報部員であるはずなのに、この男はすぐにひどく驚いたり、見境のないことをやったりする。もう役に立たなくなっている。だが、そのアメリカ人には、最後の使い道がまだ残っているので、なだめなければならなかった。

「どういう用件だ？」

「やつらが迫っている。尾行された」

マーズは、首をかしげた。「まちがいないか？」

「わたしはCIA《エージェンシー》に何十年も勤務しているんだよ」

「支援本部だろう。架空の名スパイ、ジョージ・スマイリーとおなじではない」

その意見は、しばし宙に浮いていた。「べつの部門にもいたことがある。養成所《ザ・ファーム》でも訓練を受けた。公然監視をやられれば、わたしにはわかる」

「公然？」

「それは……尾行の指揮者が、わざと目立つようにする。こっそり監視しているやつらもいたと思う」

マーズはいった。「もうじききみはこっちへ来ることになる。心配するな」

「CIAがロンドンでわたしを尾行しないと思っているのか？　もちろん尾行する。証拠をつかんだら、わたしを捕らえるだろう」

「どういう証拠が考えられる？」

「銀行家が口を割ったにちがいない」

バーナクルの口調を聞いて、マーズは低い声で威嚇《いかく》するようにいった。「バーナクル」

「申しわけない。ただ――」

マーズはさえぎった。「銀行家はきみの身許を知らなかった。やつらがなにを嗅《か》ぎつけたにせよ、ディルク・ヴィッセルが情報源ではない。きみがほんとうに尾行されているとしても、秘密が漏れた作戦について知っている小数の人間のひとりだからだろう。パニックを起こすよう仕向けているだけのことだ」

「しかし……あなたのいうことがまちがっていたら、わたしは終わりだ」

「そのとおりだよ。だから……そうだと想定するほうがいい。わたしのいうことは正しいと。あと二日、ふだんのとおりにやれば、きみの人生は明るい方向に向かうはずだ」

マーズは電話を切り、情報をもっと聞き出すために、フォックスにかけ直した。バーナクルのことは、心配していなかった。CIAがもぐらの正体を突き止めたとしても、バーナクルが知っている情報は限られている。せいぜい声ぐらいしか知らないのだ。

マーズには、もっと心配な問題がいくつもあった。まず、肝心なのは、数日後にスコットランドで攻撃に使用する兵器に関する、ウォン博士の作業の進み具合だった。つぎの問題も、おなじくらい重要だった。死んだと思っていた最愛の娘が、生きていて、銃やナイフを持って活動している。だが、どういうもくろみがあるのかがわからない。ゾーヤがなにをやろうとしているのか、だれに操られているのかが心配で、ほかのことに集中するのが難しかった。

34

ジェントリーのフラットに行く途中で、ゾーヤは、バロンズコート地下鉄駅近くの深夜営業の市場に寄った。市場にはいっていって、食料品、安物のウォトカ一本、ビールの六本パック、氷の大袋三つ、レモン数個などの補給品を買った。

ゾーヤは五分以内に戻ってきて、警察をごまかすために、駅近くの角を曲がったところに車を乗り捨てた。あとは徒歩で行ったが、ジェントリーがゾーヤに肩を借りて、よろよろと歩くので、あまり速くは進めなかった。

ジェントリーが鉄の階段をおりるのに、ゾーヤが手を貸し、鍵を受け取って、ドアをあけた。ウェストケンジントンの地下のフラットは暗く、ゾーヤは二カ所の明かりをつけた。そして、すぐにバスルームへ行き、買った氷をすべてバスタブに入れた。栓を閉めてから、冷たい水を出した。キッチンへ行って、フリーザーを覗《のぞ》き、氷のトレイを見つけて、トレイごと氷をバスタブに入れた。

そのあいだ、ジェントリーは薄暗い狭い部屋で、ビールのパックを顔に当てていた。唇《くちびる》が腫《は》れて、鼻からまだ血が流れていた。左目が腫れてあかず、下顎《かがく》、顎《あご》の先端、左頰が、灰色の痣《あざ》になっていた。

「用意ができた」ゾーヤが、バスルームからいった。

ジェントリーは、バスルームにはいった。シャツを脱ぐのをゾーヤが手伝ったが、ジェントリーは両腕を途中まであげるのがやっとだった。ゾーヤがしゃがんで、靴の紐《ひも》をほどいた。ジェントリーは、ズボンのボタンをはずして、そのまま床に落とし、バスタブの縁に腰かけて、苦労しながらゆっくりと靴下を脱いだ。

ジェントリーは、ボクサーブリーフをはいていた。下腹部と脇腹に紫と灰色の痣がある。顔になおも冷たいビールを押しつけて、口、下顎、左目を交互に冷やしていた。

ジェントリーは、バスタブにはいろうとしたが、ゾーヤがいった。「パンツははいたままなの？」

ジェントリーは、片脚をあげるときに顔をしかめ、両足を水に浸けたときにもたじろいだ。

「恥ずかしがり屋なんだ」と冗談をいった。

「タイではそうじゃなかった」

冷たさと痛みになおも顔をゆがめながら、ジェントリーはいった。「タイでは、だれも恥ずかしがらないんだよ。手を貸してくれないか？ しゃがもうとすると、肋骨《ろっこつ》と背中が仕返しをするんだ」

ゾーヤが手を貸してしゃがませ、たちまちジェントリーは全身を冷水に浸した。数十秒で内出血と腫れがしだいに治まり、つづいて痛みが鈍りはじめた。ジェントリーはさらに体を沈めて、氷水に鼻まで浸かり、口と下顎の痛みを冷やした。

ゾーヤは、黒い運動着のフーディのジッパーをあけて、床に落とした。下には白いTシャツを着ていた。バスルームの冷たい床に座って、黒いクライミングシューズの紐をほどき、蹴って脱いだ。

それから、ウォトカのキャップをあけて、ジェントリーの膝《ひざ》のあいだに手をのばし、氷をいくつか取った。キッチンから持ってきたプラスティックカップに氷を入れ、透明なウォトカを注いで、カップを揺すった。

ジェントリーは、冷たさに慣れようとしていて、まだ口をきかなかったが、やがてゾーヤが沈黙を破った。

「それで……階段にいたあの大男だけど。どうしてやり返さなかったの？」

ジェントリーは、口を水から出したが、顎は浸けたままだった。いまでは凍《こご》えかけていた。ゾーヤのほうを向いて、鋭い目つきでいった。「あれでも、やり返していたんだ」

「あいつを殴った？」

ジェントリーは、バスタブの外に垂らした両手を見おろした。寒さのせいでふるえている。「痛くないのは拳《こぶし》だけだから……殴っていないようだな。とにかく、あいつが気がつくようなパンチはくらわしていない」

ゾーヤは、ウォトカを飲み、氷はそのままカップに残した。淡々といった。「あいつはあなたを叩きのめした」

「まぐれのパンチが一発か二発当たっただけだ」

「あるいは二十発」

ジェントリーはくすくす笑い、裂けた唇に痛みが走ったので、また口を氷水に沈めた。

三十分後、ジェントリーは濃紺のズボンと、新しい下着のシャツを着ていた。グレイのウォームアップパンツと黒いTシャツを、ゾーヤにあげていた。

ふたりは暗いリビングのソファに座り、前のコーヒーテーブルに、レモンと氷を入れたウォトカのカップが置いてあった。その横に瓶も置いてある。ゾーヤはカップをつかんで、テーブルのジェントリーのカップに当ててから、飲み干し、レモンをカップに吐き出した。

ジェントリーはカップを取ろうとしたが、脇腹の痛みがひどく、体をのばせなかった。ゾーヤが、カップをジェントリーに渡してからきいた。「どこか折れているんじゃないの？」

ジェントリーは首をふった。「打ち身だけだ。息をしても痛くない、痛いのは上半身を動かしたときだけだ」

ゾーヤはうなずき、仕事の話に戻った。「これがはじまったとき、あなたは個人として契約して仕事をやっていたの？　それともCIA《エージェンシー》に雇われていたの？」

「エージェンシーのほうだ。といっても、仕事を割り当てられてはいなかった」

「それで、この作戦に積極的に協力した《ヴォラントールド》の？　それとも志願したの？」

ジェントリーは答えた。「〝志願を強制された〟ようなものだ」

ゾーヤはいった。「ブルーアは説得がうまいから」

「ひとつの単語でいえる」

「くそ女」

「おれは、そうはいわなかった」

「わたしはいった」ゾーヤはうなずいた。「そうよ。くそ女だけど、仕事はできる」

「おれも操り人形みたいに世界中に送られているから、そういえるだろうな」

ジェントリーは、自分のことから話題を変えた。関与否認作戦に従事するのに必要なスキルとして、それが身についている。「きみの話をしよう。おれが知っているのは、ブルーアから聞いたことだけだ。きみはヴァージニア州の隠れ家にいて、殺し屋《シカリオ》の一団がそこを殲滅《せんめつ》する十秒前にずらかった」

ゾーヤが、暗がりでかすかにうなずいた。「ついていたのよ。たぶん無意識にだけど、頭の奥のどこかで長いあいだ、ある謎《パズル》に取り組んでいた。そこにブルーアが、新しいピースをくれた。それが手にはいったとき、ロンドンに行って謎を解かなければならないと気づいた。たまたま、その夜にメキシコ人が銃を撃ちまくりながら突入してきた。もちろんわたしにとっては幸運だったけど、二十分前に逃げ出していたら、ほんとうについていたといえたでしょうね」

ジェントリーはいった。「その謎と、ベリャコフという男のことを教えてくれ」

ゾーヤがためらった。これからいうことは、あまり話したくないのだとわかった。ようやく、薄暗いなかでゾーヤが小さくうなずいた。「ベリャコフは陸軍にいた。父とおなじ。父は水族館《アクヴァリウム》を指揮していた。それがなにか、知っているでしょう？」

「ロシアの参謀本部情報総局、いわゆるGRUの本部のことだ。モスクワのホドゥインカ飛行場にある」

ゾーヤの目が鋭くなった。「わたしの国のことを、よく知っているのね」

「ろくでもないことだけ」ジェントリーは答えた。「スパイ、兵士、犯罪者、カラシニコフといったようなものしか知らない」淡い笑みを浮かべた。「バレエは観たことがない」つぎの質問の答はすでに知っていたが、知っているのを知られたくなかった。「それじゃ、お父さんはGRU長官だったのか？」

ゾーヤがうなずいた。「ええ」

「両親はふたりとも亡くなったといったね」

「ええ、あなたにそういった」

その言葉が宙に浮かんでいるあいだに、ゾーヤは自分とジェントリーのウォトカを注ぎ足した。ゾーヤが三杯目を飲もうとしているのに、ジェントリーは気づいた。だが、ゾーヤは酔ってぼんやりとしてはいないようだった。

「さすがロシア人」ジェントリーは、ロシア人が強い酒を平気で飲むことにあきれるとともに驚いて、つぶやいた。

「なに？」ゾーヤは、ジェントリーにカップを渡しながらきいた。

ジェントリーは、「お母さんの話をしてくれ」と答えた。

ゾーヤは、その質問に驚いて、すこしひるんだが、地下の狭く暗い中庭に面した窓の外を見た。そこは高い塀に囲まれている。「母のこと？　じつは……このロンドンで生まれたの。両親はともにイギリス人だった」

ジェントリーは、ウォトカをひと口飲み、うなずいた。「ロンドンのレディが、どうしてロシア人のGRU将校を夫にしたのかな？」

「母が七つのとき、一家は南カリフォルニアに越したの。祖母がUCLAで教えることになったから。母はそこで育てられ、八〇年代にUCLAに行って、言語病理学の学位をとって、ハリウッドでしばらく方言指導をやった。祖母が一生その分野の研究をしていたし、母は、自分は半分イギリス人で、半分アメリカ人だと思っていたからよ」ゾーヤはくすりと笑い、ちょっとあきれたような顔をした。「母は過激な社会主義者でもあった。八〇年代の終わりに、研究のためにソ連へ行った。英語学の学位を持っていて、第二外国語として英語を教えられたので、モスクワ国立大学で資本主義者の言語を学ぶ学生たちをひろやかな心で支援した。KGBが母のことを聞きつけ——教える技術と政治的傾向がきっかけだった——絶好のチャンスだと考えた。やがて、母はGRUとKGBの兵士やスパイに協力するようになった。英語を教えるだけではなく、アメリカ人やイギリス人として通用する方法を教えた」

ジェントリーは、片方の眉をあげた。「それは……アメリカに対する裏切りだろう？」

ゾーヤは肩をすくめた。「でしょうね。父はGRU少佐で、母が教えている授業を受けるよう命じられた。もともと英語には堪能だったので、花形の生徒になった。母はGRUを説得して、父の個人授業をはじめた。父にいろいろな英語の方言を教え込み、英語が母国語の人間とほとんど変わらないようにした。

父は母にデートを申し込み、一年後には結婚した。父はほんとうに素敵なひとだったのよ。そのころには、ソ連は崩壊していたけど、モスクワの政府はずっと母に訓練の報酬を払っていた。ロシアもソ連とおなじように、スパイを必要としていたから」

ジェントリーは無言で座っていた。ゾーヤに話をつづけさせ、顎《あご》のずきずきする痛みのことは考えないようにした。

「母が妊娠し、フョードル・フョードロヴィッチ——家族がフェオと呼んでいた兄が生まれ、二年後にわたしが生まれた」ゾーヤはいった。「やがて父が、ロシア大使館の武官という偽装で、ロンドンに配置された。空いている時間に父は、イギリス人に似せる方法を精いっぱい学んだ。イギリスでいくつも作戦を指揮したようだけど、わたしはそれについてはなにも知らない。

つづいて父はワシントンDCに転勤になり、そこでも偽装を維持した。GRUでの地位もずっとあがっていた。DCへ行ったときは大佐だったから、仕事の腕はかなりのものだったんでしょうね。

わたしはアメリカの学校に通った。母にいわせると、ロシア語よりも英語が上手だったようで、父はくやしそうだったけど、母は誇らしげだった。六歳のときにロシアに戻った。十五になるまでモスクワに住んでいたけど、そのあいだずっと母が世界中の言語や方言を教えてくれた。父はわたしに諜報技術《トレードクラフト》を教え込んだ」

「前に、お母さんは、きみがまだ子供のころに死んだといったね」

ゾーヤは肩をすくめた。「嘘だった。あなたに会ったばかりだったから、わたしがアメリカ人になろうと思えば〝変身できる〟能力を知られたくなかった。だれかに打ち明けるのは、これがはじめてよ」

「おれに嘘をつかなくてもいい」

ゾーヤは、長いあいだジェントリーを見つめてから、ウォトカをひと口飲んだ。「わかってる。ごめんなさい」

ゾーヤは話をつづけた。「兄は幼いころから医学に興味があったので、医師になるだろうと家族は思っていた。わたしはそんなに頭がよくなかったので、家業を継いだんでしょう」

「お父さんに、スパイになるよう仕込まれたということだね？」

ゾーヤは目をそらして、その質問をしばし考えた。ウォトカをちょっと飲んでからいった。「それが、父が知っているすべてだった。一生、それに集中していた。それと、兄と、わたしに。わたしと父が結びつく、ひとつの方法だった」肩をすくめた。「それに、楽しかった。ロッククライミングや柔道を習った……ロシアではちょっとちがう。軍隊格闘術《システマ》と呼ばれているの。投函所《デッド・ドロップ》の使いかた、銃の撃ちかた、訊問、工作員の操りかたを父は教えてくれた。九〇年代にも残っていた最高の体育学校に、入れてくれた。父のコネが役に立ったのよ……

わたしは、オリンピック級の選手といっしょに訓練を受けた。才能の差は歴然としていたけど」

「かなり優秀だったにちがいない」

ゾーヤは、それを聞いて笑みを浮かべた。「十八のときにアメリカ――ロサンゼルスに戻って、UCLAに入学した。母が学び、祖母が教えた大学に。諜報活動はしていなかったし、父とのつながりを除けば、ロシアの情報機関とは無関係だったけど、偽装をこしらえて、アメリカ人として暮らすことにした。ゾエだと名乗った。ゾーヤとほぼおなじだから。家族の得意とする同化の技術に、強くこだわっていたのね。わたしはゾエ・ツィマーマンになり、アメリカ人名で偽のIDとクレジットカードを手に入れ、成りすましに成功した。ビザ、パスポート、大学の成績証明書を除けば、LAでわたしが身につけていたものはすべて、ゾエ名義だった」

ジェントリーはそれを聞いて笑った。笑うと肋骨《ろっこつ》が痛かった。ゾーヤも、十五年前の自分を思い出して笑った。

ジェントリーはいった。「いまきみがやっていることは……生まれた日からずっと訓練してきたことなんだね」

「そのとおりよ」

「それじゃ……大学にはいったときにはもう、自分はスパイになるだろうとわかっていたわけだ」

ゾーヤは、きっぱりと首をふった。「とんでもない。その後の仕事とは、まったく関係がなかったのよ。たしかに、父はわたしが大学を終えると、SVRにはいってほしいといった。でも、GRUには入れたくなかった。軍に女性がいるのに反対していたから。だけど、わたしは自分で進路を決めるつもりだった」

「どうして？」

「それは、あなたがきいたなかで、いちばん答えやすい質問よ。わたしは九〇年代のモスクワで育った。自分の国がものすごくひどいところになったのを見た。貧困になり、犯罪が蔓延《まんえん》し、腐敗し、絶望のどん底に落ちた。テレビで見る欧米人がうらやましかった。食べ物、安全、安定した政府、経済。お金。少女のころに、わたしはテレビドラマの『フレンズ』を見て、あんな服を着て、あんな素敵なアパートメントに住み、一日中座って、友だちとのんびり話をして、コーヒーを飲みたいと思った。アメリカはそういうところなのだと思っていた。あさはかに思えるけど、通りで飢えているひとたちや、パンをめぐって撃ち合いをするのを何年も見ていると、そういう考えが染みつくものなのよ」

ゾーヤはきっぱりといった。「アメリカをスパイしたかったのではなく、アメリカ人になりたかったの」

「でも、重大ななにかが起きたんだね」ジェントリーは、二杯目を飲み干しながらいった。

ゾーヤが、ジェントリーにもう一杯注いでから、ぬるくなった自分のウォトカに注ぎ足した。

三十分に四杯か、とジェントリーは思った。

「そう。重大なことが起きた。真夜中に、大学の寮の部屋に電話がかかってきた。兄からだった。トゥヴェルスコイ地区で友だちとランチをするために出かけた母が、車に轢《ひ》かれて死んだ」ゾーヤは、虚空を見つめた。

こんどはジェントリーが、ふたりのウォトカを注いだ。傷だらけの体は動かしづらかったが、そのぐらいのことはできた。

「もちろん、お葬式のために帰国した。父は慰めようもないくらい、悲しんでいた。兄もわたしもそうだった。でも、父はわたしに小声で、母の西側に敵対する仕事を阻止するために、イギリスの諜報員が殺したのだといった。そのことに父は取り憑《つ》かれていた。もちろん、公《おおやけ》の報告には、殺人だったとは書かれていない。でも、母が死んでから、父は変わった。過激になり、自分の仕事にいっそう打ち込んだ。

数日後に、わたしはカリフォルニアに戻り、数カ月後に電話があった。こんどは昼間だった。やはり兄から」

「どういう話だったんだ？」

「癌《がん》の第四ステージで、余命いくばくもないというの」

ジェントリーは、信じられない思いで首をふった。「なんだって。前からずっと悪かったの？」

「ぜんぜん。それまでは鼻風邪をひくぐらいだった。急いで帰ったけど、便が遅れた。着いたときにはもう死んでいて、お葬式にも間に合わなかった。お別れをいえなかった」

ジェントリーは、ゾーヤに同情した。あまり感情をこめずに話していて、ひどい出来事のことでも涙を浮かべなかったが、こうして話をするだけでも感情が昂《たか》ぶるはずだとわかっていた。

ジェントリーはいった。「それから……お父さんが」

ゾーヤが、ウォトカをがぶ飲みした。「また嫌な電話。こんどはウラジーおじさんからだった……ウラジーミル・ベリャコフのことよ。泣いていた。ダゲスタンの前線で父が死んだというの。その言葉をわたしは信じたけど、納得がいかなかった。GRU長官の将軍がそこへ行くのは、どう考えても変だった。モスクワの水族館《アクヴァリウム》でデスクに向かっているべきだったのに」

ジェントリーは、つぎの質問を考え、しばらく棚上げにしようかと思ったが、それでも口にした。「しかし、隠れ家から逃げ出してロンドンまで来た理由と、そういうことがどう関係があるのかがわからない」

ゾーヤが、プラスティックカップの中身を飲み干し、とうとう目がぼんやりしはじめた。ジェントリーのほうに顔を近づけた。「コート、三日前にスーザンが写真を見せてくれたの。それを見てわたしは、父がダゲスタンで死ななかったことに気づいた」

ジェントリーは、まったく予期していなかった。「まいったな」

ゾーヤは、首の斑点《はんてん》のことを説明し、それがなにを意味するかを教えた。それから、暗い明かりのなかで、ソファに座ったまま背中を丸めた。

「それがわかったときに、ここに来てウラジーに会わなければならないと思った。父が死んだとされていたときに、彼はその場にいたから。これが明らかに嘘だとすると、ウラジーは真実を知っているはずだと思ったのよ」

「きみは……その夜までは疑っていなかったんだね？」

ゾーヤはすこし考えているようだった。「頭の奥で、変だと感じていた。なぜかはわからない。死んだといわれたとき、説得力のある口調だった。政府の反応も、なんの疑惑も残さないものだった。ダゲスタンの戦争はつづいていて、ロシアのあちこちでひとが死んでいた。でも、わたしは納得がいかず、ずっと気になっていた。

わたしは三年後に、UCLAを卒業した。なにをやらなければならないか、わかっていた」肩をすくめた。「ひょっとして、そういう定めだったのかもしれない。すぐにSVRで訓練をはじめたの。きつかった。あなたもそういう時期のことは、憶えているでしょう」

ジェントリーはうなずいた。「どの日のことも憶えている」そこで、信じられないというようにいった。「お父さんがほんとうに生きているとしたら、ずいぶん長い年月、隠れていたことになる……いったい何年？」

「十四年。父の技倆《ぎりょう》なら、どこにでもいられる。ロシア政府は、父を引退させるために、これをやったのではないわ。父がなにかの任務についているから、やったのよ。父にはなんらかの奥深い偽装がある。そうとしか考えられない」

「どれほど奥深いんだろう？　ロシア人で、元GRU長官らしい風貌のはずだ」

ゾーヤは反論した。「十四年前のGRU長官がどんな風貌だったか、いったい何人が知っていると思う？　ロシア人だということについては……わたしもおなじだけど、なんの意味もない。わたしたちはカメレオン一家なのよ。政府に潜入する訓練を受けた。父はどの人種でもないようになる。溶け込める。どこの国にも行けるし、そこでだれにでもなれる」

「アメリカやイギリスでも？」ジェントリーはきいた。

ゾーヤはうなずいた。「ええ。母は、ロシア人ではなく現地の人間として、西側に潜入できる男女から成る、不活性工作員《スリーパー》ネットワークを築くのを手伝った。訓練で母が関わったのは、言語と習慣についてだけだった。書類偽造屋、武器の専門家、諜報技術《トレードクラフト》の教官と協力するスリーパーを教育した……何人いるのかは知らない。父は母の最初のころの生徒だった。今夜も、母の生徒だったにちがいない男ひとりと会った」

「何者だ？」

「フォックスと名乗っている。流暢《りゅうちょう》なイギリス英語を話す。とことんオクスフォード卒の感じよ。でも、なんなくロシア語に切り換えて、わたしと話をした。もともとロシア語が母国語なのよ。わたしもそういう訓練を受けたことがあるからわかる。フォックスはスリーパーのロシア人で、彼がここにいることで、父は近くにいると、わたしは確信した」

「ここに？　ロンドンに？」

「フォックスはそういっていた」

ジェントリーは、しばし考えた。もうウォトカは飲みたくなかった。体に具合の悪いところがしこたまあるのに、頭痛まで抱えるのは、なんとしても避けたい。だから、薄暗がりでじっと座っていた。やがて口をひらいた。「それで……お父さんがいまも生きているとしたら、どういうことになる？　じかに対決して、なにができるだろうね？　姿を消した理由をきくのか？　お父さんがなにを企んでいるかを見抜くために」

ゾーヤは首をふった。「ちがう。コート、母と兄のことを突き止めなければならないのよ。ふたりが生きているにせよ、死んでいるにせよ、わたしが聞いた話は事実ではない。父のこととおなじように」

ジェントリーは混乱していた。「お兄さんは、癌にかかったと、自分でいったんだろう」

ゾーヤは、ウォトカが渦を描くように、カップを揺らした。それを見つめながら、ゾーヤはいった。「強力で進行の速い癌を引き起こす方法は、知っているでしょう？」

ジェントリーは、数秒のあいだゾーヤの顔を見た。まだ信じられない思いだった。「放射能のことだね？」

「そうよ。ポロニウム２１０。ＦＳＢとＧＲＵの作戦・戦術極秘資料《プレイブック》に載っている。めったに使われないけど、使われたことがある。わたしは母と兄の遺体を見ていない。それがずっと気になっていたの」ジェントリーのほうを見あげた。「ふたりの身になにが起きたかを、知る必要があるのよ」

「つまり、お父さんが生きていると確信し、そのことから、お兄さんが殺されたか、あるいは生きているのではないかと思っているんだね？　お母さんのことも、おなじように？」

ゾーヤがウォトカを瓶ごとつかんで、らっぱ飲みしようとしたが、ジェントリーは手をのばして、瓶を取りあげた。ゾーヤがあらがわなかったので、ジェントリーは驚いた。ゾーヤはひどく疲れているようだったので、アルコールが脳にあたえる影響は、ふだんよりも強いはずだった。だが、ゾーヤは攻撃的にならず、無抵抗だった。

ゾーヤはいった。「あなたにはわからない。父は欺騙《ぎへん》の達人だった。とても独創的で。こういう計画をやりかねない」

「どういう計画？」

「正直なところ、まだわかっていない。でも、母がイギリス側に殺されたと思ったのなら、怒り狂ったはずよ。自分が死んだように装ったのは、引退生活を送るためではなかったでしょうね。そのとき、父は情報機関の長だった。GRUはSVRよりもずっと大きく、力のある組織なのよ。そこを離れたのは、父にとってその地位よりも目的のほうが重要だったからにちがいない」

ジェントリーは、眉根を寄せた。「きみにまつわるこれらすべては、CIA本部のもぐら狩りとどう結びついているんだろう？」

「まったくわからない。関係ないのかもしれない。でも……」ゾーヤが立ちあがり、角に積みあげた汚れた服のほうへ行って、バックパックを取った。そこから小さなiPadを出して、ジェントリーに見せた。「でも、これに答があるかもしれない」

「キャシディの事務所の金庫から持ってきたのか？」

「そうよ」

「それなら、そこから情報を取り出そう。ブルーアに電話する」

ゾーヤは、iPadをコーヒーテーブルに置き、ジェントリーに身を寄せて座った。「あとでね」ジェントリーにキスをした。「ブルーアはちょっと待たせてもいいんじゃないの？」

ジェントリーは、ゆっくりとうなずいた。「ゾエ、ブルーアはひと晩待たせてもかまわないよ」肋骨《ろっこつ》の近くをゾーヤが触《さわ》らないことをひそかに願いながら、ジェントリーはキスを返した。

35

一カ月前

乗客六人が乗るエアバスA145社用ヘリコプターが、低地平原の中央を飛んでいた。冷たいブルーの川が、ヘリコプターの腹の数百メートル下を流れ、左右には三〇〇メートルの高さの青々とした峰がそびえている。前方にモイ湖があり、最終目的地までかなり近づいていた。

ヘリは、ネス湖の真西にあるインヴァネスの街の数キロメートル南東を飛行していたが、美しくはあるが急峻な地形のせいで、湖も街もまだ見えなかった。

スコットランド高地を通るフライトは、絵のような美しさだったが、マーズは窓の外を見ていなかった。ジャニス・ウォンのほうをずっと見ていた。

ウォンは、地形、空の雲の動き、現在の気象状況と予報と付近の地図を表示した目の前のノートパソコンを、交互に注視していた。

マーズは、適切な人間兵器を選んだことを心のなかで自画自賛し、笑みを浮かべた。

組織から離叛《りはん》し、北朝鮮からの命令に従わないほうが、むしろ国家の敵に壊滅的打撃をあたえられるし、凱旋《がいせん》すれば偉業の見返りがあると、マーズはウォンを説得していた。ただし、祖国で錦を飾ることはできないと、納得させた。そういっておけば、ロシアと風変わりなイギリス人が実行犯と見なされるにちがいないと、ウォンは考えるはずだった。

だが、じつはマーズの計画は、そうではなかった。ロシアが非難を避けられるように、北朝鮮にすべての責任を負わせるつもりだった。

ジャニス・ウォンは、マーズの人間兵器であるだけではなく、囮《おとり》でもあった。祖国ロシアが、〝刑務所から解放される〟ための切り札だった。

ウォンが、マーズのほうを見あげ、ヘッドセットを使ってきいた。「城までは遠いの？」

マーズは、ヘリコプターの進行方向を指さした。「エンリック城はネス湖畔にある。そう遠くない」

ウォンがマイクの位置を直してから、マーズの隣の席に移った。持ってきたノートパソコンを、マーズのほうに向けた。「これまで計画してきたとおりの攻撃の効果がどれぐらいになりそうか、計算していたの」

「損害予測だね？　どういう結論が出た？」

「スウェーデンで働いていたときに、西側には、ペスト兵器で攻撃されている個体群に知らせる環境警報システムがないことがわかりました。迅速なテストも、普及していません。エアゾールによる目標到達《デリヴァリー》を隠密裏にやれば、病院や診療所に患者が押し寄せるようになるまで、個体群はペスト菌による生物兵器攻撃を受けたことに気づかないでしょう。そのころには、ほとんどが手のほどこしようがない状態になっているはずです」

それはウォンから聞いてすでに知っていたことだったので、マーズはいらだたしげにいった。

「死傷者数は？」

「ご存じのとおり、一次感染では、抗生物質を大量に投与されないかぎり、約八時間後に症状の進行がとまらなくなります。とめるには、十日以上、毎日投与する必要があります。肺ペストの二次感染は、最初の個体群による転移性感染によって起きます。死亡率はさほど高くありませんが、一次感染者が細菌を浴びたことに気づかないように、攻撃を巧みに隠せば、その個体群がそのまま省庁や大使館に戻り、二次感染したものへの手当てが遅れます。うまくやれば、二次感染者の死亡率を四〇パーセントないし六〇パーセントにできるでしょう」

マーズは、その評価に満足したが、口ではこういった。「三次感染者は？　その死亡率は？」

ウォンが首をふった。「十日後くらいに、西側はなにが起きたかを悟るでしょう。会議の出席者が四百人も突然死ぬわけですからね。二次感染者が三次感染を引き起こすころには、感染者には抗生物質が大量に投与され、かなりの高齢者、幼児、かなり虚弱な人間以外は、ほとんど生き残るでしょう。死亡率はせいぜい五パーセントでしょうね。でも、これは幾何級数的な公式です。つまり、一次、二次、三次と感染が進むにつれて、個体群が増大します。ですから、三次感染者は死亡率が五パーセントでも、死者数は一次感染者よりもはるかに多くなります」

ウォンは、得意げに背すじをのばした。「わたしたちのこの兵器は、西側インテリジェンス・コミュニティの奥底まで切り込んで破壊するでしょう。でも、破壊がつづくのは、最初の十日間だけです。二週間でかなりの人数が死ぬはずですが、そのあとはほとんど犠牲者が出ないでしょう」

「ファイヴ・アイズ全体の損耗《そんもう》予測は？」

「会議の出席者が勤務する大使館、情報機関、軍・法執行機関の職員数を調べてみました。わたしのおおよその推算では、四百人のほとんどが一次感染したあと、二次感染で四千人ないし五千人が死ぬ」

自分の計画であるにもかかわらず、マーズは度肝を抜かれた。ウォンとはちがって結果を判断する力量はなかったので、千人前後だろうと憶測していた。

興奮したマーズは、つい手をのばして、ウォンの前腕をぎゅっと握った。素肌にタランチュラでも置かれたかのように、ウォンがそこを見おろした。

マーズはすばやく手を離した。

「五千人か」マーズはいった。

ウォンはすこし緊張を解いたが、自分の腕をじっと見ていた。「正確には、四千人ないし五千人。それと最初の四百人。西側の情報機関にとっては壊滅的よ」

「たしかに」マーズはいった。「立ち直るには、何世代もかかるだろう」

ウォンは、ノートパソコンを閉じて、マーズのほうを見た。「わたしの病原菌は、成功を収めます。あなたの計画が成功すれば、わたしたちは、同盟を組んでわが国に敵対している世界のインテリジェンス・コミュニティのかなりの部分を取り除くことになるでしょう。ロシアに対抗している国々の」

「そうだ」マーズはいった。

そのとき、ウォンの目が鋭くなり、隣に座っている、顎鬚《あごひげ》を生やした年配の男のほうを見た。「でも、あなたに対抗しているのではない」

六十二歳のマーズが、首をかしげた。「どういう意味かね？」

「マーズさん、わたしはまだあなたを信用する気になれないんです。あなたの動機がわからないからです。あなたがなぜこういうことをやるのか、どうしても知らなければならないんです」

ウォンは圧力をかけていた。マーズにとってそれは不愉快だったが、もっともな要求だというのは、認めざるをえなかった。マーズはいった。「アメリカとイギリスの情報機関を文字どおり滅ぼしたいからだ」

「もう一度ききます……なぜですか？」

マーズは、胸をふくらまして、ゆっくりと息を吐いた。「それらの組織を滅ぼしたいのは、ウォン博士、妻、息子、娘がすべて、ファイヴ・アイズに殺されたからだ」

ジャニス・ウォンは、片手を口に当てて、しばらく押さえていた。

マーズはつけくわえた。「これではっきりしただろう?」

ウォンがのろのろとうなずいた。手を口から離すとき、作戦の技術面に無関係な思念をすべてふり払っているように見えた。

「わたしたちが使う農薬散布機について、教えてください」

問題が片づいたので、マーズはほっとした。マーズも当面の作戦上の問題に意識を戻した。

「城の三五キロメートル西に造成した飛行場から離陸する。これまでのファイヴ・アイズ会議を調べたが、セキュリティの準備には、飛行禁止空域を設けることは含まれていない。ヘリコプターに乗った警備陣がいて、われわれの飛行機を追い払うだろうが、その前に一度、城の上空を通過できるはずだ」

ウォンがいった。「一度通過できればじゅうぶんです。兵器の容器は四本あり、ノズルを全開にすれば、一本あたり十二秒で発射できます。最大の被害をあたえられる菌株の量を超えます」マーズのほうを向いた。「もちろん、パイロットは優秀でなければなりません」

「パイロットに会いたいかね?」

ウォンは、それを聞いて驚き、首をかしげた。マーズが無線機のスイッチを入れて、ヘリコプターの搭乗員と話をした。

三十分後、ヘリコプターは着陸した。作戦の秘密保全のためだと説明されて、そこへ行くまでウォンは目隠しをされていたが、いまはマーズ、フォックス、ハインズにつづいてヘリコプターをおりて、一軒の小屋へ行った。表に数人の男が立っていた。武器は見えなかったが、全員が薄手のウィンドブレーカーを着ていたので、警備班だろうと思った。小屋に近づくとき、だれも制止しようとしなかったので、彼らはマーズかフォックスの配下にちがいないと思われた。

数百メートル離れた小山の頂上に、石造りの角張ったゴシック様式の教会が建ち、その前に墓地があるのが見えた。かなり離れていたが、ウォンの目には、教会は荒れ果て、崩れかけているように見えた。

一行は教会には向かわなかった。畑を通っていくと、放置されて荒れた木造小屋のそばに、鮮やかな黄色の農薬散布機がとまっていた。燃料、肥料、エンジンオイルのドラム缶が、小屋の横に積んであったが、飛行場らしい施設はなにもなかった。見たところ、滑走路もなかったが、そのあたりの地面は平坦で、芝草も数センチしかのびていなかった。

一行は小屋にはいっていった。風のある涼しい日だったのに、なかにいた五十代の小柄な男は、黒いタンクトップに半ズボンという格好だった。

男が口をきく前から朝鮮半島の人間だとわかったので、ウォンは驚いた。

だれも名乗らなかったが、全員が握手を交わした。マーズがいった。「英語はわからない。話すのはあなたの国の言葉だけだから、なんでもききたいことをきけばいい」

「どこの出身？」ウォンはきいた。

男が、ちょっとほほえんだ。「ソウル。あんたは？」

ウォンは、男を無視して、マーズにきいた。「どういうことなの？」

「ウォン博士、この男は傭兵パイロットだ。いわれたことは、質問せずに、なんでもやる。それに、韓国人だから、ここにいても、きみの国にはなんの影響もない」

ウォンは、男のほうを向いた。「農薬散布機を飛ばせるの？」

「空軍で、でかいC‐130輸送機を飛ばしてた。農薬散布機なんか楽々飛ばせる」

「どうしてここに？」

「仕事でここに連れてこられた」

ウォンは、まごついていた。マーズの顔を見た。「どうして彼がすでにここにいるの？」

マーズはいった。「偽装を確立するためだ。わたしはここにチームを置いて、彼を護《まも》らせ、見張っているような人間がいないかどうか、監視させている。それに、彼は毎日、除草剤を撒《ま》いて、ワラビやヒースがはびこるのを抑えている。ネス湖東岸近くまで散布するよう、わたしは彼と契約を結んでいる。攻撃が行なわれる日にはもう、鮮やかな黄色の農薬散布機は、この付近ではすっかりおなじみになっているから、それが低空をゆっくり飛んでも、だれも驚かない」

ウォンは、パイロットに向かって、自分の国の言葉でいった。「任務のことはわかっているのね？」

「ああ」パイロットがいった。全員が表に出て、鮮やかな黄色の単発機のほうへ歩いていった。パイロットが、ウォンを連れて機体の周囲をまわり、説明した。「機体下面にあるのがタンクです。ホッパーと呼ばれています。風力ポンプが、機体下面のこの噴霧ノズルのついた水平のパイプに、液体を送り込みます。ブームと呼ばれています。コクピットでスイッチをひとつはじくだけで、液体の薄い噴霧がブームから出ます。ターゲットに届くころには、かなり細かい霧になっているので、見つかりません」

それを通訳されたマーズがいった。「どれくらい細かいんだ？」

ウォンがその質問に答えた。「いま、兵器そのものに取りかかっています。消火器ほどの大きさの筒形容器四本をまとめます。ホース四本がすべてノズル一個に接続されますが、輸送中の安全を確保するために、容器はそれぞれ密閉できます。物質は霧状で、まったく見えないわけではありませんが、ほとんど見えません」

マーズは、フォックスと目配せを交わしたが、なにもいわなかった。

パイロットが、またウォンに説明した。「一回目はバンクをかけて城にじゅうぶんに接近して、ホッパーから除草剤を散布し、二回目は上空を通過してからホッパーをあけ、そこで中身を撒きます。そしてここに戻り、攻撃があったことにだれかが気づく前に、船でこの国を離れる」

ウォンはいった。「ゆっくりと通過して。かなりゆっくり、慎重に通過して」

「だれも撃ってこなければ、四〇ノットまで落として飛べます」

ウォンが、それをマーズに通訳した。マーズがパイロットを見て、英語でいった。「だれもおまえを撃ちはしない、おっさん。城の上空を農薬散布機が飛んでいることなど、だれも気にしないように、牽制《けんせい》を行なうつもりだ」

「牽制？」ウォンは、それについてはなにも知らされていなかった。

マーズが手をふっていった。「飛行機をもっと詳しく見よう」

エアトラクターAT-602のまわりをもう一度歩き、任務についてパイロットが確約するのを聞いてから、飛行場を見にきた一行は、ヘリコプターに戻った。

ローターの音で声が聞こえなくなる前に、ウォンがマーズに向かっていった。「来月の気象状況を調べました。比較的穏やかで、弱い風があるはずです。パイロットが優秀で、怪しまれずに接近できれば、成功の見込みは高いと思います」

マーズはうなずいたが、答えなかった。

ウォンがいった。「さっき、牽制がどうとか、いいましたね。どういうことですか？」

「博士、あなたは心配しなくていい。これが行なわれるときには、約束どおりあなたは無事にこの国を出ている」

「でも、作戦が失敗したら、わたしたちは――」

マーズはさえぎった。「失敗しないようにする。信じてほしい。わたしの牽制戦術は、共通の敵を完全に不意打ちすることになる。さて……エンリック城へ行こう。夕食の時間に間に合うように行きたい。最上階にレストランがあるそうだ」

ジャニス・ウォンはヘリコプターに乗ったが、マーズはフォックスを引きとめた。ふたりは背を向けて、耳打ちした。「きみの考えは？」マーズがきいた。

「ウォンとパイロットは、ああいっていますが、確実とはいえませんね。風が強いかもしれない。雨が降るかもしれない。飛行機が撃ち落とされるかもしれない」

マーズも、おなじ結論に達していた。「一か八かに賭けることはできない。もうひとつの選択肢が、唯一の方策だ」

「つまり、エアトラクターとあのパイロットは使わないんですね？」

「使うとも。ウォンが、どういう牽制をやるのかときいただろう。いま話し合った計画のほうが牽制で、それが失敗したときに、ほんとうの作戦が成功するということを知ったら、ウォンはどう思うかな。さあ、離陸前にウォンに目隠しをしてくれ」

〔下巻につづく〕

冒険小説

パーフェクト・ハンター上下
トム・ウッド／熊谷千寿訳
ロシアの軍事機密を握るプロの暗殺者ヴィクターが強力な敵たちと繰り広げる凄絶な闘い

ファイナル・ターゲット上下
トム・ウッド／熊谷千寿訳
CIAに借りを返すためヴィクターは暗殺を続ける。だがその裏では大がかりな陰謀が！

暗殺者グレイマン
マーク・グリーニー／伏見威蕃訳
〝グレイマン（人目につかない男）〟と呼ばれる暗殺者が世界12カ国の殺人チームに挑む

暗殺者の正義
マーク・グリーニー／伏見威蕃訳
悪名高いスーダンの大統領を拉致しようとするグレイマンに、次々と苦難が襲いかかる。

暗殺者の鎮魂
マーク・グリーニー／伏見威蕃訳
命の恩人が眠るメキシコの地で、グレイマンは強大な麻薬カルテルと死闘を繰り広げる。

冒険小説

シブミ上下
トレヴェニアン／菊池　光訳
日本の心〈シブミ〉を会得した世界屈指の暗殺者ニコライ・ヘルと巨大組織の壮絶な闘い

サトリ上下
ドン・ウィンズロウ／黒原敏行訳
孤高の暗殺者ニコライ・ヘルの若き日の壮絶な闘い。人気・実力No.1作家が放つ大注目作

シャドー81
ルシアン・ネイハム／中野圭二訳
戦闘機に乗る謎の男が旅客機をハイジャックした！　冒険小説の新たな地平を拓いた傑作

A-10奪還チーム 出動せよ
スティーヴン・L・トンプスン／高見　浩訳
最新鋭攻撃機の機密を守るため、マックス・モス軍曹が闘う。緊迫のカーチェイスが展開

高い砦
デズモンド・バグリイ／矢野　徹訳
不時着機の生存者を襲う謎の一団――アンデス山中に繰り広げられる究極のサバイバル。

寒い国から帰ってきたスパイ

The Spy Who Came in from the Cold

ジョン・ル・カレ

宇野利泰訳

〔アメリカ探偵作家クラブ賞、英国推理作家協会賞受賞作〕任務に失敗し、英国情報部を追われた男は、東西に引き裂かれたベルリンを訪れた。東側に多額の報酬を保証され、情報提供を承諾したのだった。だがそれは東ドイツの高官の失脚を図る、英国の陰謀だった……。英国と東ドイツの熾烈な暗闘を描く不朽の名作

ハヤカワ文庫

リトル・ドラマー・ガール（上・下）

The Little Drummer Girl

ジョン・ル・カレ

村上博基訳

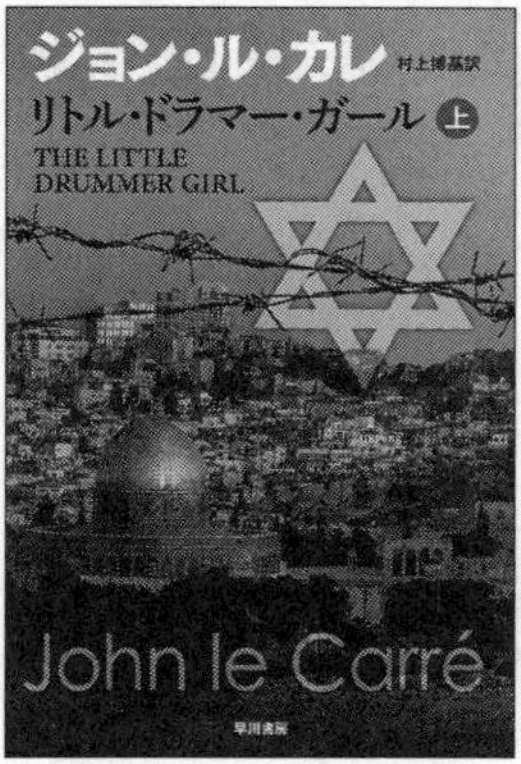

ユダヤ人を標的としたアラブの爆弾テロの黒幕を追うイスラエル情報機関は、周到に練り上げた秘密作戦を開始した。アラブ人テロリストを拉致したイスラエル側は、イギリスの女優チャーリィに協力を依頼。彼女はある人物になりすまし、テロ組織に接近していくが……中東問題の本質に鋭く迫る衝撃作。解説／森　詠

鷲は舞い降りた〔完全版〕

The Eagle Has Landed

ジャック・ヒギンズ

菊池 光訳

〔映画化原作〕チャーチル首相を誘拐せよ！　ヒトラーの密命を帯びて、歴戦の勇士シュタイナ中佐ひきいるドイツ落下傘部隊の精鋭はイギリスの片田舎に降り立つ。使命達成に命を賭ける男たちの勇気と闘志を謳う戦争冒険小説の最高傑作――初版刊行時に削除されていたエピソードが追加された完全版！　解説／佐々木譲

襲撃待機

Stand By,Stand By

クリス・ライアン
伏見威蕃訳

湾岸戦争での苛酷な体験により、帰還後悪夢に悩まされているＳＡＳ軍曹ジョーディ・シャープ。ＩＲＡの爆弾テロに巻き込まれて妻が死亡した時、彼は首謀者を自ら処刑する決意をした。北アイルランドの荒野から南米を舞台に展開する復讐戦。元ＳＡＳ隊員の著者が豊富な経験と知識を駆使して描く冒険小説の話題作

訳者略歴　1951年生，早稲田大学商学部卒，英米文学翻訳家　訳書『暗殺者グレイマン』グリーニー，『レッド・プラトーン』ロメシャ，『無人の兵団』シャーレ（以上早川書房刊）他多数

HM=Hayakawa Mystery
SF=Science Fiction
JA=Japanese Author
NV=Novel
NF=Nonfiction
FT=Fantasy

暗殺者《あんさつしゃ》の追跡《ついせき》
〔上〕

〈NV1455〉

二〇一九年八月二十日　印刷
二〇一九年八月二十五日　発行
（定価はカバーに表示してあります）

著者　マーク・グリーニー
訳者　伏《ふし》見《み》威《い》蕃《わん》
発行者　早川浩
発行所　株式会社早川書房

郵便番号　一〇一 - 〇〇四六
東京都千代田区神田多町二ノ二
電話　〇三 - 三二五二 - 三一一一
振替　〇〇一六〇 - 三 - 四七七九九
https://www.hayakawa-online.co.jp

乱丁・落丁本は小社制作部宛お送り下さい。
送料小社負担にてお取りかえいたします。

印刷・中央精版印刷株式会社　製本・株式会社明光社
Printed and bound in Japan
ISBN978-4-15-041455-9 C0197

本書は活字が大きく読みやすい〈トールサイズ〉です。